VIENDRA LE TEMPS DU FEU

VIENDRA LE TEMPS DU FEU

Wendy Delorme

Cambourakis

sorcières

Collection dirigée par Isabelle Cambourakis

Illustration de couverture : Karine Rougier,
Dancing to restore an eclipse moon (détail),
huile sur bois, 27x35 cm, 2018.
Reproduction photographique : JC Lett.
Dessin de la page 5 : Karine Rougier.

« *Après le temps de la politique, qui n'est qu'un jeu pervers auquel on devra un jour mettre fin, et après le temps de la guerre, qui s'achèvera également [...].* »

Velibor Čolić, *Chronique des oubliés*

ÈVE

Elles sont mortes, toutes. Elles étaient peu nombreuses et elles sont mortes, il n'y a pas de traces. Je les ai vues souvent, sans plus faire partie de leur groupe, leur cercle, leur assemblée. D'autres les ont vues. Certains se souviennent mais aucun ne sait ce qu'elles sont devenues. Je ne connais pas l'emplacement de leurs tombes. Je ne sais s'il y a des corps qui pourrissent sous terre, elles ont disparu.

Je ne sais pas si j'ai la force d'écrire cette histoire. Si je meurs sans l'avoir racontée, c'est comme si elles n'avaient pas existé.

Il y avait Louve. Il y avait Maïna, Raquel et Grâce. Rosa et Francesca. Il y en avait d'autres. J'ai aimé Louve, plus que de raison, dès le début. Je l'observais. Elle était d'une beauté frappante et ne ressemblait à personne. Ne ressemblait à aucune de ces femmes que l'on trouve belles. Elle était d'une beauté sanguine, calme et féroce.

Penser à elles me saisit au centre du corps et une coulée de plomb m'emplit. Puis vient la nausée, puissante, quand je pense à la suite. Il me faudra du temps.

Parfois je sens que je vais mourir. Je me sens mourir. Cela me prend une fois par jour au moins. Je me ressaisis parce que je sais qu'ils guettent. Il faut faire attention. Ne pas donner de signe de faiblesse. Il m'arrive d'oublier qu'ils sont nos ennemis. Au mieux je peux considérer qu'ils ne sont pas mes alliés.

Il n'y a plus lieu de dire « nous » car il n'y a plus que moi. Ça me donne le vertige de savoir cela et d'être seule à le savoir. Je les laisse penser que je suis parmi eux, quand je ne suis pas là mais dans un repli de mon âme où elles existent encore. Je leur laisse croire que nous sommes faits pareils quand la mémoire de ma peau conte une tout autre histoire.

Il y a eu la main de Louve sur ma nuque. Il y a eu son souffle et le mien entre nos bouches ouvertes l'une à l'autre. Entre nous, l'oxygène a circulé. Y penser est une façon de lutter contre l'asphyxie.

Chaque jour je rassemble les morceaux de mon être. Chaque jour il m'est plus difficile d'effectuer ce geste de composition. Il me semble que bientôt je n'aurai plus la force mais il y a cette enfant que j'ai voulue, que j'ai portée, donc je n'ai pas le droit de mourir et chaque jour je rassemble les morceaux de moi épars.

LOUISE

Dans l'entrée du supermarché, il y a un castor géant. Depuis l'intérieur, on peut tout observer. Je le sais parce que je suis dedans. Je fais l'animation entre les portes automatiques. Ma scène est le carrelage beige sous de grands néons blancs, les allées colorées, le bip des caisses enregistreuses en fond sonore et les annonces promotionnelles du rayon ultrafrais. Je salue les clientes, me penche vers les gosses, tends la patte, me laisse prendre en photo, un sourire de peluche toujours fixé sur ma face, mon crâne engoncé et mes cheveux aplatis dans une tête en fourrure quatre fois grosse comme la mienne. On étouffe là-dedans.

Le soir à l'inverse je suis totalement nue au Gentlemen's Club, à l'autre bout de la ville. Là, il s'agit de n'avoir aucune fourrure : jambes glabres, sexe à découvert, aisselles lisses comme une peau de bébé. Ce n'est plus ma tête que j'agite alors mais mes hanches, mes seins. La chorégraphie diffère, la paye est plus élevée. Ce sont mes heures supplémentaires, personne n'est au courant. Ça ne se dit pas trop, ce genre de métier. Officiellement je suis animatrice dans le divertissement. On me demande parfois de venir au goûter des enfants, pour les anniversaires. Je me déguise en clown. Je sais être enjouée, inventer tous les jeux qui amusent les petits et rassurent les grands. À qui court le plus vite pour attraper la queue de l'âne en carton. À qui saute le plus loin. Le lancer de ballons. Je sais jouer aux fléchettes comme personne ici-bas. Les heures passées dans le bar à hôtesses décuplent ce talent. Quand personne ne vient au Club les débuts de semaine et que le barman s'ennuie aussi ferme que moi, on s'entraîne avec les pointes en métal en buvant de l'absinthe. Je touche toujours la cible au centre. J'essaie des variantes : sur un pied, dos tourné, de la main gauche. Je ne rate jamais.

Depuis ma cachette de fourrure, sous mon costume géant, la journée j'observe les clientes qui viennent faire leurs courses. Il en passe, des mères. Peu de femmes après vingt-cinq ans sont sans progéniture. Comme j'atteindrai bientôt la date limite pour ma première contribution, on me pose des questions. « C'est pour quand, le petit ? » Moi et mon Raphaël on ne leur répond rien, il se contente de me serrer l'épaule d'un air très amoureux. Moi je me colle à lui, comme une liane à son arbre. On sait parfaitement jouer les couples ordinaires, depuis le temps qu'on s'entraîne. Dès la petite école, puis ensuite au lycée, on a conclu un pacte de non-emmerdement. Il me protégerait contre les gars balourds, je dirais à tout le monde qu'il est mon petit copain. On mène une vie tranquille, personne ne nous ennuie.

Quand même ce qui m'inquiète c'est l'état de ces femmes, l'air hagard, qui poussent leur caddie. On dirait que personne ne prévient, que personne ne regarde ce qui se passe vraiment dans leur quotidien, une fois qu'elles contribuent. Moi je les observe à longueur de journée, et je vois. Comment elles n'en peuvent plus, certaines, comment elles font au mieux, pour bien donner le change. Pomponnées, souriantes. Comment elles se passionnent pour le troc des avoirs, de la viande pour douze œufs, et pour les promotions ou les offres spéciales qu'elles reçoivent en fonction du nombre des enfants. Comment elles s'échangent des recettes infaillibles pour mieux réussir les cakes sans gluten, depuis que le maïs a remplacé le blé des plans de production. Comme elles embrassent fièrement les joues rondes

des enfants bien nourris par leurs soins attentifs, propres et souriants comme des petits soldats lors du premier appel.

Mais le ton de la voix, leurs inflexions aiguës quand les enfants s'agitent, leurs regards de noyées, tout cela les trahit. Elles sentent la solitude, la fatigue et la perte de soi, mais de ce genre de choses il ne faut pas parler. Ça m'angoisse de savoir que si on n'en fait pas, de marmot, avec mon Raphaël, on ne nous pardonnera pas. D'avoir la vie facile. De ne pas contribuer. Deux virgule cinq enfants par femme, c'est le mot d'ordre depuis que je suis née. Ma mère en a eu trois. La mère de Raphaël en a élevé six, elle est même médaillée. Il est le plus petit, et moi je suis l'aînée. Mais on est nés le même jour de la même année, et toujours dans la même classe, depuis la maternelle. « Faits pour se rencontrer », disent les gens de nous. Alors ils s'étonnent fort qu'on n'ait pas contribué. La nation manque de jeunes. Les gens comme nous doivent faire de beaux enfants. J'ai bientôt vingt-cinq ans, ça commence à peser.

On passe et on repasse avec docilité chacun des examens, à chaque visite annuelle de la fertilité. On affirme aux docteurs qu'on fait tout comme il faut quand je vais ovuler. On nous a fait les tests, sanguins et hormonaux. On a même suivi, bons élèves, les séances requises de sexothérapie. Mais rien ne cloche chez moi, et rien ne cloche chez lui, à part cette chose qui ne peut pas se dire sous peine de gros ennuis.

J'essaie de ne pas y penser, la prochaine visite est dans plus de six mois, ça laisse quand même le temps. Mais toute la journée la valse des caddies, des mères et des enfants me rappelle le problème de la contribution. Au moins dans le castor je me sens à l'abri, les gens ne peuvent savoir qui est sous ce costume souriant et débonnaire. Et puis un ventre plat, lisse et sans vergetures m'est nécessaire le soir pour mon lot de pourboires. Car les clients du Club n'aiment pas reluquer les femmes qui ont enfanté, et les contributrices sont interdites de scène. « Toute femme devenue mère ne peut se montrer nue dans un espace public ni sa nudité être publicisée par les voies de presse, des écrans ou du réseau. » Alinéa 4 de l'article 17 du Pacte national, affiché à l'entrée du vestiaire des filles. L'affichette dédouane le gérant du Club et prouve la bonne foi de tous ses recrutements. Je suis la seule des filles qui se soit mise en paire, mais cela je le tais. De nos vies personnelles on ne partage rien, et si j'en rencontre une par hasard dans la rue, nos visages ne disent pas que l'on se reconnaît et nos regards s'évitent. Au Club je suis Élise. Dehors je suis Louise, et personne ne le sait.

ÈVE

Je n'avais pas prévu qu'en mettant un enfant au monde, je scellais un pacte avec le reste de l'humanité.

J'ai voulu un enfant parce qu'on avait été capables d'inventer un monde à notre mesure. Parce qu'on vivait libres, et avec l'inconscience de qui ne connaît pas la peur. Mais porter cette enfant m'a rendue perméable. J'ai été la première à quitter les lieux.

Depuis l'autre rive, j'observe le paysage qui m'est familier. Et je me remémore le travail de la pierre, si rude pendant l'hiver qui dure pourtant si peu. Je repense à elles entassant les rochers, les cailloux, peu à peu déplaçant la montagne. Elles se gelaient les mains. Je les revois souffler entre leurs doigts raidis, le visage rouge de froid, les yeux brillants sous leurs capuches en fourrure. Je sais comment traquer les bêtes et assouplir les peaux. Je connais le rythme des coups dans la roche, l'eau fraîche du ruisseau sur nos pieds en été. La puissance des chants qu'on chantait toutes ensemble. Je me rappelle par cœur chaque parole et je ne sais s'il faut les apprendre à l'enfant. Faire d'elle une des nôtres sachant qu'elles ne sont plus, qu'il n'y a plus de nous, que toutes ont disparu.

Peut-être que ces chansons doivent mourir avec moi. Je me demande si les autres déserteuses s'en souviennent aussi. Je ne les ai plus vues. Je suis la seule, je crois, qui est restée si près des lieux où nous avons vécu. Et j'en suis la mémoire.

J'ai franchi l'eau de nuit, mon enfant sur le dos, pour ne pas être vue et ne pas regretter. Mais je n'ai pu aller plus loin de ce côté de la rive, juste en face des terres où j'ai vécu dix ans.

J'habite si près du fleuve que je vois les bateaux passer sous mes fenêtres. On ne traverse pas mais on peut y voguer les samedis matin en écoutant les guides vous raconter l'histoire et la topographie du territoire actuel. Leur histoire officielle. Chaque fin de semaine je regarde les familles faire la queue sagement, ignorants passagers qui attendent leur tour en barques de plaisance. J'y monte parfois avec l'enfant car elles longent la rive où je l'ai mise au monde. Je reconnais les tas de pierres sur le talus qui n'ont pas terminé de s'ébouler dans l'eau. Les pierres extraites de la montagne par mes anciennes sœurs ont ceci de reconnaissable qu'elles luisent au soleil d'un éclat blanc laiteux. Les galets de la rive où je vis aujourd'hui sont friables, mats et gris. L'enfant et moi faisons des ricochets.

J'observe l'enfant qui a six ans et je m'étonne qu'il soit si facile d'être heureuse. Il suffit de vivre dans l'ignorance de qui a vécu là avant nous. De ce qui existait et n'est plus. L'enfant ne sait pas qui je suis. Chaque jour au réveil je reconstruis l'intérieur de moi qui s'écroule comme ces tas de rochers extraits de la montagne, et qui roulent dans le fleuve. L'enfant ne sait pas qu'il n'y a pas si longtemps j'ai respiré le souffle de la dernière de celles qui ont creusé cette montagne et bâti leurs demeures à flanc de rocher. Elles y travaillaient dur, fortes et inlassables.

Dans ma maison de l'autre côté du fleuve, je suis à l'abri. On y trouve du confort et même si j'y vis seule avec l'enfant, nous ne manquons de rien. Mais les jours de temps clair, je guette malgré moi le souvenir de Louve. Elle sortait en forêt toute seule le matin juste avant le soleil, toujours la première. Il me semble encore voir sa longue silhouette, épaules droites, menton fier. Je me rappelle ses yeux noirs et ses sourcils arqués, qui lui donnaient cet air si particulier, attentif, concentré. Je ne peux m'empêcher de la veiller ainsi, aux bords de ma mémoire.

LOUISE

Il n'y a pas d'ailleurs, les frontières sont fermées. Il n'y a que l'ici, et le savoir-y-vivre à respecter surtout pour qu'on nous laisse tranquilles. L'ailleurs est dans les films, mais on ne peut visionner que les autorisés. L'ailleurs est dans les livres, pas dans ceux que l'on trouve au grand supermarché, mais dans ces anciens livres qui ne font plus l'objet du commerce officiel. Il en reste assez peu mais on en trouve encore. J'ai découvert cela dans le sous-sol humide du club de strip-tease.

J'étais descendue seule dans l'ombre de la cave, pour y rester tranquille entre deux tours de scène. L'ambiance surchauffée des vestiaires exigus, l'odeur de laque des filles et celle du vernis, de leur transpiration, des fonds de teint huileux, j'en avais mal au cœur. On suffoquait en loges, je cherchais la fraîcheur. J'ai descendu les marches menant à la réserve, et je me suis assise sur une caisse en métal. J'ai pris cette habitude, personne n'y redit. Je remonte quand mon nom est crié au micro. « Élise pour vous messieurs ! » Alors je me hâte pour mon entrée en scène et j'étire le sourire le plus large qui soit, je balance mes hanches, la musique reprend. En attendant mon tour je suis dans la pénombre. Il fait bon rester seule dans cette obscurité, l'humidité des pierres, l'arc rassurant des voûtes. J'en ai fait mon domaine. Personne ne descend aux horaires d'ouverture, la cave sert de remise, de réserve aux alcools les plus rares et précieux réservés aux clients qui viennent les soirs spéciaux, quand de hauts responsables veulent voir sans témoins le spectacle de femmes qui se dénudent pour eux.

Et c'est dans cette cave, mon repaire tranquille, que j'ai trouvé un soir une caisse de livres. Je fumais du tabac acheté en secret à une des effeuilleuses qui sait où en trouver. Les femmes ne fument jamais en public, sauf au Club. « Préserver sa santé pour pouvoir contribuer. » Article 12 du Pacte national, section Bonnes Mœurs et Hygiène citoyenne. À la lumière du feu j'ai lu les étiquettes sur les caisses de vins, alcools fins, spiritueux. Une des caisses tout au fond n'avait pas d'étiquette. J'ai soulevé le couvercle avec difficulté, une odeur douceâtre de papier vieilli m'est montée aux narines et m'a toute pénétrée. J'ai regardé un temps avant de me risquer à toucher de mes mains la couverture des livres. J'ai entendu mon nom appelé au micro pour la deuxième fois, je risquais le renvoi si je ne montais pas. J'ai pris sans réfléchir un des livres au hasard, l'ai caché dans mon sac avant d'entrer sur scène. Et de retour chez moi, les volets bien fermés, j'ai pu examiner le fruit de mon larcin. Une couverture craquelée, une tranche jaunie. Pas de titre ou de date, et pas de nom d'auteur. Le papier friable était tout gondolé. Je l'ai laissé sécher quelques jours sous mon lit avant d'oser l'ouvrir.

Une nuit que j'étais seule, minuit allait sonner à la plus haute cloche de la grande cathédrale. La rue devient alors vraiment silencieuse, car c'est le couvre-feu. C'était un de ces soirs où Raphaël me laisse un mot dans la cuisine, disant de ne pas l'attendre et de me coucher sans lui.

J'ai exhumé le livre de sous le lit de la chambre, l'ai respiré un peu. Le papier était sec, l'odeur avait changé, ça sentait presque l'encre. Comme ces fleurs séchées qui, prenant la chaleur, se souviennent parfois de leur senteur première, du temps de leur vivant. Mon cœur battait trop fort. Mais j'ai glissé un doigt entre les pages raidies et me suis mise à lire l'une d'entre elles au hasard, prise au milieu du livre. J'avais le souffle court :

Elles disent, le langage que tu parles t'empoisonne la glotte la langue le palais les lèvres. Elles disent le langage que tu parles est fait de mots qui te tuent.

J'ai entendu en bas le loquet de la porte cliqueter discrètement. Raphaël est rentré. J'ai refermé le livre. L'heure n'était pas venue de le partager.

ÈVE

Il faut savoir que là où nous vivions il n'y avait pas d'enfants. On ne mangeait pas tous les jours à sa faim et même, on ne mangeait pas tous les jours. Louve et toutes les autres avaient ces bras musclés et cet air efflanqué que donne le travail dur.

Une fois, quand l'enfant était petite, quelques semaines à peine après l'accouchement, je l'ai emmenée dehors, serrée contre mon corps par un grand tissu noué, pour qu'elle entende nos chants, le son de la pierre qui se brise, sente l'air sur son visage qui vient de la forêt. J'ai marché jusqu'au fleuve avec le convoi qui transportait la pierre. C'était une imprudence. Ce jour-là a eu lieu une de ces attaques qui arrivaient quand des gens d'en face venaient s'asseoir sur les remparts en amont du fleuve et nous jetaient des choses : bouteilles de bière, insultes et crachats. Un mouvement de foule, une marée d'uniformes, la colère grondait. Au son du verre fracassé sur les pierres je me suis écartée pour protéger l'enfant. Puis les yeux m'ont brûlé et l'air irrespirable nous a fait suffoquer. Les poumons abrasés comme au papier de verre, j'ai couru en collant le visage de l'enfant tout contre ma poitrine. Quand j'ai vu les habits noirs de la police, j'ai compris que c'étaient seulement des lacrymo. Mais des poumons grands comme une paume de main ne peuvent respirer ça.

Je suis partie le lendemain. Quand les flics sont venus il y a eu dispersion. Pas de blessées cette fois. Personne ne m'a rien dit mais j'entendais penser certaines ce soir-là qu'on n'emmène pas un nouveau-né sur les bords de cette rive par les temps qui courent. Sans rien dire j'ai pensé en retour que je voulais seulement que l'enfant puisse entendre les chants de quand nous travaillions à creuser la montagne.

Nous l'avions si bien minée de l'intérieur depuis des années, nos aînées avant nous, qu'il ne restait de l'immense roc millénaire qu'une mince croûte cachant le trou béant d'une carrière de marbre tellement profonde que certaines, les plus courageuses, celles qui rentraient le soir avec des bleus au front, les bras tout écorchés et le teint gris du manque d'oxygène, disaient qu'on atteindrait bientôt le centre de la Terre.

Et puis il y a eu cet éboulement monstre. La montagne effondrée. Je l'ai lu placardé sur un kiosque au matin, juste trois ans après mon arrivée ici. Un premier morceau de moi s'est décroché à l'intérieur pour tomber au creux de mon ventre. J'avais l'enfant à mes côtés, trottinant près de moi. Elle était petite, à l'époque. Je portais un sac plastique empli de courses dans la main gauche et une baguette de pain à droite. Ici on mange chaque jour et plusieurs fois par jour, pourvu qu'on contribue. Mon corps avait pris de l'ampleur, mes bras s'arrondissaient. Je commençais à ressembler aux gens d'ici. Maintenant on ne fait plus la différence. Je suis passée inaperçue assez vite, rien qu'à cause de l'enfant. Personne ne se pose de questions sur votre loyauté au Pacte national lorsque vous êtes une mère munie d'un sac de courses. La seule chose qui questionnait c'était l'allure de ma petite. Impossible de dire si c'est une fille ou un garçon. J'ai paré aux questions et regards curieux en lui mettant des choses dans les cheveux qui servent à décorer, et en lui apprenant comment bouger comme moi. Je suis née, j'ai grandi parmi eux, je connais les arrangements et la chorégraphie.

LOUISE

Quelqu'une chante en versant des larmes, Mon cœur s'amollit / quand je vois le printemps revenir / l'été reverdir / l'air doux est un poison mortel / la chair de tes lèvres / est à ma bouche / le soleil et la neige.

L'été n'est jamais vert, dans notre territoire. Les plantes, l'herbe, les feuilles d'arbres prennent des nuances brûlées dès la fournaise de juin. En août les branches sont sèches, les feuilles tombent au sol, privées de toute sève. On cultive, on travaille et on vit en fonction de la température.

L'air doux est un poison, dit le livre caché le jour sous mon matelas, et que je lis la nuit. L'air doux vient en automne, comme un soulagement après l'été brûlant, son souffle haut-fourneau. Mais ma mère se rappelle avoir connu enfant, des printemps pluvieux. Depuis que je suis née je n'ai vu de la pluie que de novembre à mars, rarement après avril et jamais après mai. Chaque toit de maison ou d'immeuble chez nous est équipé exprès pour récolter cette eau, que l'on fait décanter. Et le grand fleuve nous sauve d'une trop grande sécheresse.

la chair de tes lèvres / est à ma bouche / le soleil et la neige.

Je n'en ai jamais vu, ce qu'on appelle la neige. Ma mère m'a raconté, c'est quelque chose de blanc, léger et vaporeux, qui fond lorsqu'on la touche. Il a neigé, une fois, quand elle était petite. Mais je connais la grêle, qui s'abat sans prévenir durant les mois d'hiver et décime les récoltes qui ne sont pas sous serre. Des billes de glace si dures qu'elles brisent des carreaux, cassent des branches d'arbres. La grêle dure juste une heure, s'en va sans prévenir, tout comme elle est venue. Les billes fondent au sol, les enfants jouent avec, malgré l'interdiction. L'eau n'est pas un jouet ni un divertissement, sous aucune de ses formes. Les avoirs sont comptés, même pour ceux qui comme moi ont chez eux l'eau courante : des volumes pour l'usage domestique et l'hygiène, d'autres pour la cuisine et l'hydratation.

Ce que je comprends là, dans ces pages anonymes que je lis en secret, sans toujours bien saisir ce qui y est décrit, c'est que les livres parlent du monde tel qu'il était avant que je sois née, ou tel qu'il est ailleurs que là où nous vivons. Les gens qui ont mon âge savent du monde connu ce qu'en apprend l'école, ce qu'en disent nos écrans, ce qu'en savent nos parents qui eux-mêmes ont vécu la Grande Disparition des jeunes de leur âge durant l'adolescence et n'aiment pas en parler, ou n'ont de souvenirs que lointains et trop vagues. Et leurs parents à eux, qui sont majoritaires, les plus de soixante ans, n'évoquent du passé que le strict nécessaire.

Ce sont eux qui ont vu leurs enfants disparaître, toute une génération de l'âge de ma mère. Ce sont eux qui ont fait de notre territoire un refuge, un blockhaus, une île en pleine terre. Un endroit clos d'où entrent et sortent seulement les matières et objets du négoce officiel, jamais aucun civil.

Ce sont eux qui ont dit les livres rendent triste, les livres nous rappellent comment c'était avant, les livres tuent nos jeunes, il faut les interdire et en faire de nouveaux, des plus divertissants, des qui n'étreignent pas le cœur d'une trop grande, d'une immense nostalgie d'un monde qui n'est plus, qu'on ne connaîtra pas, que je n'ai pas connu.

Ils ont dit nous vivrons, mais il faudra détruire dans chaque bibliothèque, dans chaque librairie et dans chaque maison, tout ce qui pourra nuire au moral des plus jeunes.

Ils ont dit que les femmes devront contribuer à l'effort national, de même que les hommes, chacun de la manière la plus appropriée pour la perpétuation. Produire et reproduire.

Ils ont dit nous serons parmi les survivants et nous continuerons notre œuvre de survie, avec application. Ils ont dit la méthode pour mieux y parvenir.

Ils ont dit écrivons, un pacte qui nous lie, un pacte qui oblige, un pacte de survie.

Ils ont dit quelle serait la vie de leurs enfants, ceux qui ont survécu, ils ont dit quelle serait ma vie à moi aussi.

Dans le livre caché, celui que j'ai volé au Gentlemen's Club, ce sont *Elles*, qui disent. Un *Elles* qui n'est jamais très bien défini. Je ne sais qui *Elles* étaient.

Elles disent, que celles qui revendiquent un langage nouveau apprennent d'abord la violence. Elles disent, que celles qui veulent transformer le monde s'emparent avant tout des fusils. Elles disent qu'elles partent de zéro. Elles disent que c'est un monde nouveau qui commence.

Il y a des prénoms, qui égrènent les pages, très régulièrement. C'est comme une litanie.

GALATÉE ZAÏRE ÉVELINE CONSTANCE ANNONCIADE VICTOIRE

Je ne sais trop quel sens donner à ces prénoms. Une liste de disparues ?

Ont-elles même existé ?

ÈVE

J'ai des vertiges et des déséquilibres, depuis le jour de l'éboulement. Lorsque je tombe au sol et qu'on me vient en aide, je prétends un diabète pour qu'on me laisse tranquille. C'est mon cœur qui faiblit, cela me dure depuis près de trois ans déjà. Par moments il trébuche et rate un battement, puis les tempes me bourdonnent des cascades de pierres qui s'écrasent dans ma tête.

Je me suis aussitôt demandé qui était sous terre, quand ça s'est produit. Ça les médias ne le disaient pas puisqu'officiellement personne n'habitait de l'autre côté du fleuve. Mais l'éboulement avait eu lieu. Ou peut-être pas. Peut-être était-ce une invention sécuritaire pour s'arroger l'accès à la montagne creuse. Peut-être que certaines de mes anciennes camarades ont péri écrasées et que leurs corps y sont. Je n'ai pas pu savoir. Louve n'en parlait pas, les quelques fois où j'ai laissé mon enfant pour venir la voir de nuit en traversant le fleuve. Je connais un passage à gué. On se mouille les chevilles. La frontière est surtout symbolique, même si bien gardée. La peur et l'ignorance suffisent à la tenir.

Il en a fallu peu d'ailleurs pour la faire disparaître et l'amener plus loin par-delà les eaux, jusque dans la forêt. Quelques piquets vite délogés du sol. De longs fils barbelés coupés au sécateur. Je les ai vus un matin, des agents d'entretien qui ont emmené ça avec les poubelles.

J'ai su que je ne verrais plus jamais les sœurs. Au moins le corps de Francesca et celui de Rosa je crois savoir qu'ils sont au centre de la montagne, sous les éboulements. Toutes deux allaient toujours plus loin et plus profond pour déloger les pierres les plus lourdes et dures. Elles étaient plus âgées que nous et respectées pour leur histoire, c'étaient des survivantes de l'époque où leur simple existence était si intolérable qu'il n'y avait pas de mot pour les nommer dans le langage, seulement des insultes. Ce sont elles qui ont pris une insulte et l'ont polie et retapée, l'ont fait briller comme un joyau taillé dans les pierres blanches de la montagne, pour s'en faire un blason. Notre génération, la suivante, ne savait même pas que ce mot avait été insulte. Francesca me l'a dit un jour que je l'avais attendue longtemps pour qu'elle ne rentre pas seule après la nuit tombée. Il y avait une galerie qu'elle tenait à percer avant qu'arrive l'hiver. La roche alors devient plus dure à travailler, froide et glissante car l'eau s'infiltre et la terre gelée ne boit plus la pluie.

Elle m'a chanté aussi les premiers chants connus de notre histoire. Francesca venait d'un pays où je n'ai jamais mis les pieds et son prénom d'origine est imprononçable dans notre langue. Francesca est la sonorité qui s'en rapproche le plus. Là d'où elle vient, toute une génération a été dispersée, forcée à se fondre dans la population tant elles étaient traquées. Elle est venue ici et avec quelques autres, elles se sont mises d'accord pour creuser la montagne, forgeant des rituels, les chants qui résonnaient dans les galeries sous terre, les cercles se formant chaque soir près du feu, pour que les corps se touchent et que les épidermes échangent de la chaleur. Je voulais que mon enfant grandisse dans cette chaleur et ne connaisse pas que la mienne de peau, mais celles de tout le clan. Qu'on soit toutes capables d'élever parmi nous des natives, qui seraient nées ici et pour qui la pierre et la forêt, la rive et le fleuve ne seraient pas un refuge en exil mais là où on a vu le jour. Il me semblait que les entrailles de la montagne faisaient analogie avec la matrice où grandissait l'enfant. Mais c'était sans compter les gaz lacrymogènes, les crachats, la faim et les éboulements, sans compter la peur qui m'a prise aux entrailles dès que j'ai senti bouger à l'intérieur de moi le corps en gestation de l'enfant à venir.

J'avais fait une chose irrémédiable, celle de mettre un être en ce monde. L'en protéger est devenu mon obsession. Pour se protéger du monde il faut devenir invisible, transparente. Qui n'a pas de contours ne devient jamais cible.

Qui me croise dans la rue avec mon sac de courses et l'enfant à côté, ne se doutera pas qu'un jour, il n'y a pas si longtemps, j'œuvrais avec toute une armée à faire collapser la montagne.

LOUISE

Ce matin il fait morne, rares sont les clientes. La journée sera longue sous mon costume trop lourd de castor empesé, et je travaille ce soir au Gentlemen's Club.

Or le livre m'attend, caché sous mon matelas, des heures m'en séparent. Il faudrait que j'en parle bientôt à Raphaël. Il y a seulement quelques semaines que j'ai trouvé ce livre et l'abrite en secret, mais cela nous éloigne, sans qu'il s'en aperçoive. Lundi, je lui dirai, quand nous irons au fleuve manger sur l'herbe rase. Peut-être lui lirai-je des passages, pour qu'il sache. Comment c'était avant. Quelles voix ont existé, tout ce que le langage peut bâtir comme possibles. Car un ailleurs existe, ou il a existé. Il est entre ces pages, racornies, gondolées.

Je me sauve par les yeux de cette réalité, chaque fois que je lis ces histoires étranges, lointaines mais si présentes qu'il me semble l'entendre, scander secrètement en son for intérieur le rythme d'une phrase, celle qui a écrit cet ouvrage en son temps. Car ce n'est pas une voix d'homme, j'en suis sûre à présent. Le tout n'est pas signé, pas une seule référence. Mais il y a ce *Elles*, qui est omniprésent.

> *Elles disent, prends exemple sur les oiselles sauvages qui, si elles s'accouplent avec les mâles pour tromper leur ennui, refusent de se reproduire tant qu'elles ne sont pas en liberté.*

Elles ont existé, ou du moins celle qui a consigné leur histoire, ou l'a imaginée. Et le savoir suffit, je peux mieux respirer, même sous l'étau lourd de la tête de castor. Mais les moments sans lire sont d'autant plus cuisants que je sais maintenant comment m'échapper seule, sans que personne ne sache, juste en ouvrant ce livre. Et il y en a d'autres, dans la cave du Club. Autant d'évasions, d'histoires à découvrir, de témoins du passé.

Je comprends maintenant pourquoi beaucoup de livres quand ma mère était jeune ont été retirés du commerce officiel et des lieux dédiés, comme des bibliothèques de particuliers. Pourquoi on ne vend plus de livres qu'au kilo, comme on vend les légumes. Pourquoi les voies de presse, d'édition, les écrans, le réseau, sont tous supervisés par la Régie centrale des Discours et Données. Si tout le monde savait comment c'était avant, notre réalité serait insupportable. Plus je lis plus je crains de perdre peu à peu, au fil de ma lecture, toute motivation pour effectuer les gestes de mon quotidien. Toute envie de faire rire les gosses dans les goûters que j'anime le samedi, d'amuser les parents, de saluer les clientes du grand supermarché, de donner des ballons aux mômes pour un sourire et les voir revenir avec un peu de joie pour le rituel des courses de leurs contributrices.

Les enfants ne savent pas, comment c'était avant. Moi non plus je ne sais pas, car je suis née dix ans après l'édiction du Pacte national. On ne peut plus aller au-delà du grand fleuve qui court de l'Est à l'Ouest. Et à son embouchure dans l'océan à l'Ouest, l'eau saline et acide s'étend à l'infini au-delà des falaises. Au Sud mugit la guerre, on y envoie les hommes qui ont passé trente ans et qui ont procréé, pour leur contribution à la sécurité de notre État-nation. Au Nord du fleuve sont les pays alliés, mais il n'est pas question d'y faire du tourisme, le terme n'est d'ailleurs plus dans aucun dictionnaire depuis des années, il est officiellement un mot de langue morte.

Ce qui n'a pas de mot tombe vite dans l'oubli et ma mère dit souvent qu'il est certaines choses qu'il vaut mieux oublier ou bien ne pas savoir, sous peine de cultiver la nostalgie d'un monde qui n'existera plus, qu'on l'ait connu ou pas.

Mais elle a malgré tout quelques vagues souvenirs de voyages de tourisme, faits avec ses parents lorsqu'elle était enfant. Des villes qui portaient des noms très exotiques : Venise, New York, Oslo. Ces lieux n'existent plus, ils sont maintenant sous l'eau. C'est ce qu'on nous apprend à l'école pour qu'on sache dès l'enfance qu'on prendrait de grands risques à vouloir voyager.

Le climat n'est pas stable, dans beaucoup de régions. Ici on a la chance d'avoir très peu souffert, à l'intérieur des terres, surtout grâce aux forêts et aux sources d'eau douce qui forment le grand fleuve, dont l'eau est exploitable après décantation. J'ai questionné ma mère, souvent, pour qu'elle raconte, « comment c'était avant ? ». Elle a peu de mémoire de cette période-là et n'a pas de photos. Les données numériques comme les archives papier ayant été saisies, il n'y a plus d'images. Pas de traces du passé, peu de nouvelles du monde extérieur aux frontières. Seulement quelques photos prises par satellite pour montrer la sécheresse et les inondations qui dévastent le globe, et les images postées lorsque l'on commémore le temps d'avant les Crises. La crise du pétrole, commémorée en mars. La crise des religions, la crise des guerres civiles, commémorées en mai juste avant que commence la vague des canicules, de mai jusque septembre. Les grands centres commerciaux, tous climatisés, ouvrent alors chaque jour de six heures du matin jusqu'à l'alarme aiguë du couvre-feu le soir.

Le Grand Deuil national, la perte de nos jeunes, reste commémoré chaque premier du mois pour ne pas qu'on oublie la raison pour laquelle le Pacte fut voté. Cinq minutes de silence dans tout le territoire, les yeux levés au ciel. Le temps de se rappeler qu'on est de celles et ceux qui vivent sur des terres que l'on peut cultiver, près d'une eau qu'on peut boire. Que dans notre système chacun reçoit son dû, qu'on ne manque de rien pourvu qu'on contribue. Je crois tout cela encore, nous avons plus de chance que ceux qui meurent de soif, que tous les disparus de chaque grande crise. Mais je pressens aussi que les livres interdits pourraient me révéler que le monde d'avant recelait d'autres choses que ce qu'en dit l'Histoire qu'on apprend à l'école. Sinon on trouverait tous les livres qu'on veut en dehors des ouvrages de divertissement qui sont vendus au poids, dans les rayons culture du grand supermarché. Je n'aurais pas si peur qu'on sache que j'en possède, que j'en ai une pleine caisse cachée dans un sous-sol.

Ce serait dramatique si on me surprenait. Je ne sais qui les a un jour cachés là-bas, ni si cette personne est encore de ce monde. Peut-être est-ce un de ceux qui ont quitté les lieux avant que l'on clôture tout notre territoire et que soient interdites toutes allées-venues hors négoce officiel, au motif d'empêcher l'afflux d'autres populations. Quelqu'un qui aurait vu venir avec le vote du Pacte national toutes ses conséquences. Oui on pourrait survivre. On vit bien, on mange bien, on a assez à boire. Mais que personne ne bouge pour ne pas perturber le fragile équilibre qui règne en ce pays. Que l'on se reproduise entre personnes qui jouissent d'une bonne éducation, d'un corps homologué. Si ma mère savait ce que je fais au Club, et comment Raphaël transgresse chaque soir l'heure du couvre-feu pour des raisons obscures qui n'appartiennent qu'à lui et qu'il garde secrètes, elle s'évanouirait d'angoisse aussitôt. Heureusement je suis officiellement en paire avec un homme charmant, et c'est moi la mascotte de ce supermarché. On ne se figure pas de vie plus innocente.

Mais là je n'en peux plus de saluer les gens et de hocher la tête, ou d'agiter la patte pour donner des ballons. Lorsque sous les néons le temps passe trop lentement, le ballet des clientes prend des allures mystiques, un rythme syncopé et presque hallucinant. Et je sors du travail comme absente à moi-même, mes yeux n'accrochent plus rien que des silhouettes vagues. J'appelle cela mes crises d'irréalité. Alors je parle seule, sans bruit, dans ma tête. Ça me tient compagnie quand je ne tiens plus.

Mais ce matin elle entre, celle que parfois je vois dans ce supermarché, seule avec son enfant. Je ne sais rien d'elle mais sans autre raison que son allure étrange, je m'y suis attachée. La petite est timide, mais son regard est dense. La mère est toujours seule, et sans anneau au doigt. Une contributrice qui n'est pas mise en paire, c'est chose rare par ici. Les veuves portent une croix. Les femmes de déserteurs sont les seules qui n'ont pas d'anneau ni de croix. Celle-ci ferait bien de s'en procurer une, on la traiterait mieux. Elle passerait alors aux caisses prioritaires, on lui dirait bonjour. De simples petites choses qui rendent pourtant la vie plus supportable ici.

Elle me touche et m'émeut, sans que je sache pourquoi. La tristesse dans ses yeux. La façon insécure qu'elle a de se mouvoir, s'accrochant au caddie comme les vieux à leur canne. Mais elle est encore jeune, peut-être trente-six ans. Elle doit dormir très peu, ses paupières sont gonflées. Elle a les cheveux longs, libres autour du visage, pas la coiffure serrée de la plupart des mères.

La toute première fois qu'elle est venue ici, je débutais mon job. J'étouffais salement sous la pelure marronne, les épaules écrasées, la tête confite de chaud. Mais j'ai appris depuis à me couler entière dans cette sensation obscure d'étouffement. Je suis devenue maîtresse de la claustrophobie en observant les gens, me concentrer sur eux plutôt que l'inconfort de ce costume immense. La plupart des femmes entrent sans y penser dans le grand magasin, d'un geste automatique elles prennent un caddie avec le jeton bleu qu'elles gardent dans leur sac. Celle-ci est d'abord restée plantée toute droite une fois passée l'entrée, observant les rayons. J'ai vu distinctement sa poitrine se soulever, comme si elle prenait une grande inspiration juste avant de plonger. Elle s'est dirigée vers le rayon du pain, et a pris une baguette. Elle n'avait pas de sac, elle portait sa petite accrochée sur son ventre par un tissu noué. Tous les autres bébés se promènent en landau. Cela fait six années bientôt que je l'observe, elle achète toujours les mêmes aliments. On ne s'est jamais parlé mais elle m'est familière plus que n'importe quelle autre cliente de ce lieu. Elle vit seule, ça c'est sûr. Elle ne procède jamais au troc de ses avoirs comme font les autres femmes, elle prend tout juste assez pour elle et pour l'enfant. Des œufs ou du poisson, du pain et des légumes, rarement de la viande. Elle me semble anémiée. Si on se connaissait mieux, je lui dirais d'acheter un steak, de temps en temps. Elle a le droit d'en prendre au moins deux par semaine, comme elle a un enfant.

La petite grandit vite. D'abord en bandoulière quand elle était bébé, sa mère l'a portée tard. Puis je l'ai vue marcher, sur ses petites jambes, toujours très silencieuse, plus sage que les marmots des autres acheteuses. Maintenant la gamine aide sa mère pour les courses, elles sillonnent les rayons en grandes habituées. Jamais elles ne papotent avec les autres femmes, ou les autres enfants. Je me demande si la petite a des amis, je ne la vois jamais dans les anniversaires des gamins du quartier où je travaille souvent. Une fois je lui ai tendu de ma patte velue mon plus beau ballon bleu aux reflets irisés. Elle s'est arrêtée net d'un air éberlué. La mère a remercié, d'une voix très polie. Puis elle s'est retirée avec un sourire doux, de la peur dans les yeux, la gamine à la main. Ne pas faire de vagues.

C'est là que j'ai compris. Elle n'est pas de chez nous, a peur de se trahir. Une autre femme aurait, je les ai vues cent fois, fait tout un étalage du cadeau du castor du grand supermarché. La gamine aurait ri, aurait sans doute voulu qu'on la photographie avec la mascotte. Celle-ci est partie vite, encombrée du ballon comme d'une chose incongrue. Va-t-elle même jouer avec ? Elle n'a pas l'insouciance des petits de son âge.

ÈVE

Certains jours je me sens tellement seule que j'imagine une main qui caresse mon dos, une main amie, aimante. Cette pensée m'obsède tant par périodes que je pourrais en devenir folle. Cette main est presque réelle, mais il n'y a personne au bout de cette main. L'enfant ne connaît rien de cette solitude. Je ne pense pas qu'elle la devine. Elle sent peut-être qu'à certains moments je ne suis pas présente. Elle ne sait pas que je suis dans la montagne à pleurer sur le corps de Rosa. Elle ne sait pas que je suis les pieds nus sur les galets glissants du passage à gué avec le cœur battant à l'idée que de l'autre côté, les bras de Louve peut-être vont refermer sur moi une étreinte aimante.

Peut-être ai-je rêvé ces nuits où je traversais le fleuve. Ai-je vraiment laissé, même juste quelques heures, mon enfant seule au lit ? Louve m'a-t-elle attendue, ou bien est-ce le fruit de ma grande déraison ? Personne n'était témoin. Qui sait si j'affabule. Moi-même je ne sais pas.

Ma peau ne connaît plus de contact que celui de mes vêtements. Une fois par jour au moins j'aimerais recevoir l'autorisation de mourir. Mais ce n'est pas une option. Il me faut rester droite. Et comme personne ne sait les efforts surhumains que je fournis chaque jour pour avoir l'air normale, je me demande si d'autres jouent le même jeu que moi sans que je puisse le voir. Il nous faudrait un code, mot de passe, signe de reconnaissance. Impossible à savoir. Les visages alentour sont ouverts ou fermés, sympathiques ou atones, ils ne sont que visages. C'est ce qui nous sauve et ce qui nous isole. L'inquisition s'arrête devant nos visages. Le mien connaît tous les masques. Toutes les expressions. Je fais de cette enfant une dupe dans un monde où personne ne peut m'entendre penser. Lui dire la vérité sur ses origines et les miennes la fera regarder ce monde d'un œil rasant, et elle vivra comme moi emmurée dans ses pensées et avec ce savoir qui déchire notre âme chaque jour un peu plus.

Un autre monde existait et elle est née là-bas. Maintenant ce monde n'est plus, et il est mieux sans doute qu'il disparaisse avec le souvenir que j'en ai.

Francesca et les autres sont-elles mortes pour rien ?

ROSA

Je suis la pierre. Nous faisons corps. Par la fente du rocher, j'ai tout juste assez d'air.

Quand arrive le matin, filtre un peu de lumière. J'y plonge mes doigts, ma main. Le peu de cette lueur me fait déjà du bien. La pluie goutte par cette même brisure du rocher, et elle me donne à boire. J'attends. Mon heure viendra.

J'ai soulevé des gravats et avec mes outils j'ai agrandi la fente, mais il m'est impossible de bouger les rochers qui obstruent la galerie. Je peux tenir sans doute quelques jours comme cela, avant de m'affaiblir. Les grands froids sont passés, arrive le printemps. Je gratte sur la pierre quand j'ai de la lumière pour y laisser des noms, qui pourront me survivre, si je m'éteins ici.

J'ai dit pour mes sœurs ensevelies tous les chants et prières que mon âme contenait. Séparées de moi par un éboulement, après les explosions. J'ai entendu leurs cris.

Maïna est restée vivante le plus longtemps. Dans l'opaque silence des galeries obstruées, la raréfaction d'air a fait s'éteindre peu à peu sa voix. On s'est parlé longuement, sa parole en écho souterrain sous mes pieds. Creuser jusqu'à elle aurait fait céder encore plus l'amoncellement de pierres, j'aurais hâté sa fin en voulant la sauver.

J'ai chanté avec elle et pleuré sa souffrance, puis le silence s'est fait et j'ai fermé les yeux à défaut de pouvoir embrasser ses paupières pour les clore à jamais.

Nous étions observées par les Autres de plus près que je ne l'aurais cru. Ils connaissaient l'entrée de plusieurs galeries, l'emplacement de nos vivres. J'ai cette amertume immense de n'avoir su prévenir l'ampleur de leur assaut. Notre plan était simple, fuir par les galeries sous la montagne, y rester quelque temps, regagner la forêt. Toutes ne survivraient pas en cas d'attaque massive, nous le pressentions. Certaines étaient parties, pour vivre chez les Autres, sur la rive gauche du fleuve. Une vie à se cacher plutôt qu'à résister, se battre et puis mourir.

Si personne ne vient pour enlever les pierres à l'entrée de la galerie, c'est qu'aucune n'est en vie, de celles qui étaient encore à la surface après qu'eut retenti l'alerte de l'assaut sifflée par nos guetteuses, quand ils sont arrivés au milieu de la nuit. Si certaines vivent encore, elles ne pourraient m'atteindre. Je pense qu'ils montent la garde, je les entends là-haut comme un remous lointain. J'observe le silence, des échos me parviennent sans que je sache encore bien les distinguer. D'étranges bruits de moteurs, de machines, et les chiens qui hurlent sans jamais s'arrêter.

Alors j'attends. Je suis la pierre. Je pourrais rester là indéfiniment. Mon corps a vécu depuis longtemps déjà au contact de la montagne, nous nous connaissons bien. Je pourrais mourir là, c'est dans l'ordre des choses. Resteraient mes ossements, sur ce banc de rocher. J'appartiens ici.

LOUISE

Je sortais tout juste de la salle de sport. J'étais en train de détacher mon vélo pour me rendre au club de strip-tease. Je vais à l'entraînement physique tous les jeudis, le mardi quand je peux. Cuisses-abdos-fessiers, cardio-résistance, ou bien assouplissements les jours de petite forme.

Avant, j'allais courir sur la berge du fleuve, les matins au réveil. Mais ils font des travaux de réaménagement. La grande coulée verte, un chemin de bitume bordé d'herbe et buissons pour patins et vélos. Tout est déjà prévu pour le divertissement, les flèches indiquent la route, aucun risque de se perdre. Plutôt que de sentir l'odeur du bitume, je me suis mise à suer sur des tapis roulants en prenant l'abonnement qui va avec mon job. Pour travailler au Club il me faut des fessiers exempts de cellulite, des jambes déliées, des triceps bien tendus et un ventre sans bourrelets.

Les mères, elles, au contraire, se doivent d'exhiber dès leur contribution les bras ronds, ventre plein et hanches évasées de celles qui ont mis bas. On me regarderait sans doute d'un œil moins torve si j'avais ce corps-là, mais je n'ai nul enfant à exhiber au monde pour me justifier. Alors je dresse ma chair au regard des clients, ceux qui viennent la nuit s'asseoir face à la scène aux lumières clignotantes où je danse pour eux. Mes cuisses sont douloureuses de ces heures d'exercice, mes bras raides de l'astreinte à tant de discipline. Mais j'y trouve mon compte. Le temps que dure le cours, à soulever la barre et ses disques en métal et à bouger en rythme, je ne pense à rien d'autre. Il règne, même en plein jour, dans ces salles d'entraînement, une atmosphère sonore et des effets néon qui me rappellent le Club. Une fois débarrassés de leur transpiration dans les douches des vestiaires, les corps fermes et dociles, regonflés d'endorphines, retournent travailler. La gym nous rend meilleurs, dit l'affiche étalée sur la devanture blanche. L'exercice physique est même obligatoire quatre heures par semaine pour les moins de trente ans qui n'ont pas contribué, section Hygiène et Sports du Pacte national, pour mieux canaliser l'énergie des plus jeunes.

Donc j'étais juste là, devant la salle de sport où je gare mon vélo, quand une voix m'a saisie, hésitante, un peu rauque, et j'ai levé les yeux.

« Vous savez qui je suis. »

Près de moi un homme jeune, la peau noire, les yeux denses de ceux qu'on ne voit jamais dans la lumière du jour, qui hantent les rues de nuit, en restant invisibles car la police les chasse. Sa voix butait un peu sur l'accent de la langue qu'on parle par chez nous. On n'en parle plus qu'une, de ce côté du fleuve, depuis que les civils ne peuvent plus circuler en dehors du pays.

Ça a commencé par des contrôles aux frontières, lors du dernier sommet des sept puissances mondiales sur notre territoire, il y a trente-quatre ans. Ma mère m'a raconté, moi je n'étais pas née. De grandes tours de contrôle ont été érigées durant cette période devant la capitale, non loin des remparts de l'ancien port fluvial. Elles y sont encore, avec les barbelés et les rondes de nuit. Il fallait empêcher des émeutes d'éclater aux portes de la ville qui jouxtent la frontière. Venant du monde entier pour manifester contre le sommet des puissants, faire entendre leur voix, des centaines de milliers de personnes se sont vu refuser l'entrée du territoire par le Sud, l'Est, le Nord. Même celles des pays membres de la ligue des sept, qui pouvaient jusque-là voyager sans encombre. À l'Ouest, l'océan et ses grandes falaises faisaient déjà barrage.

La seule délégation qui venait du Sahel pour se faire entendre au sommet annuel n'a pas été admise à passer la frontière Sud, la veille de son audience. Cinq femmes étaient venues des terres les plus arides, en bateau puis en train, le trafic aérien leur étant refusé. Quatre jours de voyage. Venues pour raconter que la saison des pluies devenait meurtrière. D'immenses inondations, que la terre asséchée ne parvenait à boire, emportaient des villages dans des torrents de boue.

Les cinq femmes ont attendu trois jours, avant de recevoir une notification de non-reconduction de l'audience annulée. Le quatrième jour, de désespoir, l'une d'elles s'est immolée devant le poste-frontière, causant un incendie, déclenchant une émeute. Les gardes ont tiré dans les jambes des personnes qui hurlaient, avec des balles réelles. Jusque-là, l'armée et la police avaient utilisé des balles en caoutchouc et des gaz lacrymo, éborgnant des manifestants et brûlant leurs poumons, mais sans causer de morts. Ce jour-là s'éteignirent plus d'une centaine de vies parmi les émeutiers, près de trois cents personnes furent arrêtées et enfermées sur-le-champ pour actes de violence en réunion et troubles à la sécurité. Ma mère n'est pas bien sûre des chiffres en question, ils ne sont consignés dans aucun manuel ou page du réseau. Les frontières Sud sont loin de notre capitale, les médias ne pouvaient accéder à ces zones. Personne pour témoigner.

La libre circulation des humains après ça ne fut pas rétablie. Seules les marchandises et matières premières peuvent entrer et sortir selon les accords de négoce entre les territoires qui restent nos alliés. Il n'est plus de voyage d'agrément, de famille, de travail qui soit permis depuis pour les simples civils. Et ma génération, celle qui est née ici, mourra ici aussi sans avoir vu l'ailleurs. Ou bien sans perspective de pouvoir revenir et tout le monde sait bien qu'au-delà du grand fleuve l'espérance de vie se réduit à néant dès lors qu'on est une femme ou bien un enfant. Preuve en est que tous ceux qui passent clandestinement sont des hommes, comme celui qui se tient devant moi. Dans la force de l'âge. Ceux qui ont survécu à la loi du plus fort. Car au-delà du fleuve, c'est de notoriété publique, on ne peut cultiver. Les sols sont trop acides, on ne peut se nourrir sans piller ou tuer soi-même des animaux, enfin ceux qui subsistent. Ici nous avons tout ce qui est nécessaire pour vivre dans le confort. Les avoirs qu'on nous donne sont très exactement calqués sur notre effort pour la communauté, car il faut contribuer, en biens et en services ou alors en enfants, si possible les deux, on est plus méritant et alors mieux servi. On a quelques bonus si comme moi on travaille dans la distribution : j'ai double ration de tickets-protéines comme je suis le castor du grand supermarché. Mon rôle est crucial pour le moral des mères qui viennent faire leurs courses, et celui des enfants, c'est le plus important.

L'homme venait donc d'ailleurs, par-delà la frontière, l'avait franchie de nuit, sans doute avec ces ombres qui connaissent les horaires des rondes d'uniformes. Ou qui donnent aux gardes de quoi fermer les yeux, juste quelques minutes.

Devant mon air surpris, il a repris, plus fort, la voix plus assurée :

« Vous me connaissez, oui. »

Je ne savais pas quoi dire. J'avais peur qu'on me voie et d'avoir des ennuis, peur qu'on nous interrompe et qu'on m'emmène au poste en même temps que lui. Cela arrive souvent. Délit de facilitation d'une présence illégale sur le territoire. Cela peut vous valoir l'arrêt du versement des avoirs-logement. On se retrouve alors à la rue comme ceux que l'on pensait pouvoir peut-être aider un peu.

« Non, on ne se connaît pas. On ne s'est jamais vus », je lui ai répondu.

Je ne savais que faire, j'allais être en retard, peur d'être renvoyée, car le gérant du Club surveille nos horaires. En désespoir de cause je lui ai demandé :

« Vous voulez des avoirs ? Nourriture, vêtements ? »

L'homme a secoué la tête, le regard douloureux.

« Non », a-t-il dit doucement, reculant de deux pas.

Je lui ai quand même tendu tout mon carnet d'avoirs, ça faisait largement de quoi vivre une semaine, mais il s'est détourné. Puis il s'est effacé dans l'ombre sous les arbres du parc citadin où ses semblables trouvent quelque abri du regard des hommes en uniforme.

Et j'ai compris alors ce qu'il voulait me dire. Je ne l'ai jamais vu mais je sais son histoire, celle des hommes comme lui. Nous la connaissons tous, nous qui vivons ici, même ceux qui comme moi n'ont jamais vu l'ailleurs. Il est né quelque part où l'on meurt de soif, de faim, ou par les armes, a traversé la mer et d'autres terres encore, puis le fleuve de nuit, ou bien la montagne. Il a dû tout laisser, ou on lui a tout pris. Il n'a plus que son corps, les vêtements qu'il porte, ses souvenirs, sa vie. Le reste a disparu. Je revois son regard, il avait cet air las de qui a cru pouvoir nouer contact humain.

ÈVE

L'enfant est née d'une utopie. Il n'était pas prévu qu'on se retrouve seules.

Pour la concevoir, il m'a fallu voyager au creux de la forêt qui entoure la montagne. Je n'en ai pas pris la mesure mais quelque chose en moi s'est alors déplacé en même temps que mon corps. J'ai dû m'éloigner des sœurs pour procréer, et cet éloignement préfigurait la suite. On se sent vulnérable quand notre chair abrite celle de quelqu'un d'autre. De ce corps dont les contours m'étaient donnés chaque jour par la paume de mes amantes et l'effort du travail sur la pierre, je ne percevais plus que la fragilité.

Depuis que je suis ici je ne sens plus mes bords, je suis devenue floue. Ça s'est produit je crois à cause des vêtements. Il a fallu s'habiller autrement. Ces petites choses qui vous éloignent du cercle intérieur. Ça n'était pas difficile sur le principe. Pour se couper de soi, laisser les choses se faire. On choisira pour vous ce qui vous sied le mieux. J'ai une silhouette en X, on m'a donné une robe avec un décolleté. Mes jambes savent se mouvoir sous le tissu glissant. De même pour les chaussures, je ne pouvais plus courir mais le claquement des pas sur les pavés m'a donné tout d'abord sentiment de puissance. Je me suis fait un visage. Tout ça m'était facile, j'étais née parmi eux. J'avais les aptitudes. D'autres n'y arrivent pas, quand certaines y excellent. Louve par exemple, j'ai vu des photos d'elle avec les traits fardés, la bouche rouge, paupières bleues, ses cheveux longs suivant les côtés du visage. Je ne la connaissais que les cheveux noués et la peau sans apprêt. Il y avait quelque chose de la mascarade réussie dans cette image d'elle.

Il faut l'avoir vue, les épaules découvertes et les reins sanglés d'une ceinture de travail, creuser la terre ou la montagne, fabriquer des onguents, poser ses mains à plat sur le dos d'une de nous pour dénouer un muscle, il faut avoir vu la veine sur sa tempe gonfler d'un accès de colère, l'avoir vue serrer les poings de rage et rougir de fureur, pour voir sur la photo un animal sauvage posant pour un trompe-l'œil.

Elle est très réussie cette image et Louve s'en est servie pour circuler ailleurs que sur notre rive. Il suffit de poster l'image sur le réseau et quand un client mord, lui fixer un tarif. Ils ne disent jamais non une fois qu'ils ont mordu. J'étais tout étourdie de voir qu'elle aussi faisait ça. Prêter son corps aux fantasmes des Autres. Je me pensais coupable de duplicité quand je ramenais des denrées en faisant la même chose. Voir qu'elle en était capable et ne s'en excusait pas, m'a montré à quel point elle était hermétique à tout ce qui m'a fait délaisser notre rive.

La peur de vieillir sans avoir plus la force de creuser la montagne. La honte face aux crachats. L'angoisse des lacrymo et des coups au visage. Il manquait depuis longtemps son œil gauche à Rosa. Un tir de projectiles depuis le haut des remparts de l'ancien port fluvial, quand on s'aventurait dans cette zone-là. Le fait qu'ils nous surplombent à cet endroit précis nous a rendues souvent bien trop vulnérables. Rosa, elle, s'en fichait de son bandeau sur l'œil. Elle était une pirate. Mais j'ai vu un jour l'orbite vide déformée et oui, ça m'a fait peur. J'ai compris le vrai risque qu'ils m'aient à l'usure, alors j'ai pris les devants et je me suis jetée d'un seul coup dans leur monde.

Il y a dans mon cerveau cet espace inviolable que personne ne connaît, qui est empli d'images, de sons parmi lesquels je puise comme d'autres gobent chaque jour leurs anxiolytiques. Le rythme de nos pas martelant les galeries, nos chants répercutés sur les boyaux de pierre. La nuque et les épaules de Louve brunies par le soleil. Il faut que je m'arrête une seconde d'écrire pour fermer les paupières et ça surgit en moi. J'ai besoin de savoir que ça a existé.

Une stratégie que j'ai adoptée pour survivre est la neutralité. Ne rien laisser dire aux traits de mon visage ou au ton de ma voix. Quand on me demande d'où je suis, je parle de cette ville qui est de ce côté mais plus loin de la rive. Les Autres dans l'ensemble posent assez peu de questions. Je passe pour une de celles que leurs hommes ont quittées. Être une pestiférée me protège parfaitement de leur curiosité.

Jamais ils ne pourraient deviner d'où je viens. La plupart avant que nous disparaissions ignoraient même jusqu'à notre existence. Ne voyaient pas l'œuvre sous le tas de rochers. Leurs yeux glissaient sur nous comme l'eau sur les galets.

Ceux que nous dérangions portaient des uniformes, de différentes sortes. Et ils venaient armés de diverses façons. Des bouteilles brisées brandies comme des épées, des crachats plein la bouche, des matraques électriques, des bottes à coque d'acier.

J'ai gardé une des armes que j'avais à l'époque.

LOUISE

J'ai mis deux œufs à cuire dans une casserole, pour Raphaël et moi. Nous irons pique-niquer ce soir au bord du fleuve. Comme tous les lundis, le night-club est fermé et je ne travaille pas. Raphaël est parti nous acheter du pain, peut-être reviendra-t-il avec du fromage. Au grand supermarché les salariés ont eu double promotion au rayon des laitages, ce début de semaine. Et grâce à mes extras du soir au Club je peux nous ramener du vin.

Ces derniers temps l'humeur de Raphaël est sombre, je le garde occupé par toutes les menues tâches qui me viennent à l'esprit. La camaraderie, la tendresse qui nous lient agissent comme autrefois, mais je sens qu'il s'échappe au fil de ses pensées de plus en plus souvent.

Ce matin au réveil, quand j'ai tourné ma tête vers lui sur l'oreiller, au lieu de contempler son profil endormi comme j'en ai l'habitude, j'ai vu ses yeux ouverts fixés vers le plafond. Sentant mon mouvement, il a dit d'une voix vide, que je ne lui connais pas :

« C'est tout ce qu'il y a, tu crois ? »

Je sais ce qu'il veut dire. Chaque jour s'ensuit, et les rituels tacites de notre quotidien.

« Que peut-on faire de plus ? » je lui ai répondu.

Il a mis sur ses lèvres son sourire courageux, son sourire d'archange, et s'est levé pour faire le café du matin. Allongé et sans sucre, pour moi, un fond de tasse sucré, pour lui. En sortant de la douche je l'ai trouvé debout, raide et comme ahuri devant la cafetière d'où coulait goutte à goutte le liquide foncé, dans sa carafe en verre. J'ai vu tomber des larmes sur la surface plane du meuble plastifié. Je l'ai pris dans mes bras, doucement enlacé. J'ai dit sans réfléchir :

« On pourrait s'en aller. »

Pour la première fois depuis qu'on se connaît, il n'a pas réagi en secouant la tête, ne m'a pas récité les prénoms de sa mère, de ses frères, ses neveux, ni invoqué pour la centième fois le fait que ceux qui partent d'ici ne reviennent jamais, qu'on ne sait ce qu'ils deviennent, ni comment les trouver. Le réseau de données qui nous relie aux autres s'arrête aux frontières de notre territoire, et l'on peut s'en aller mais pas y revenir, ni poster du courrier pour prendre des nouvelles des siens restés ici. Il sait cela par cœur, car son père est parti lorsqu'il était enfant. En quête d'autre chose, pour fuir la folie qui doucement gangrène tous ceux pour qui, année après année, l'air d'ici devient irrespirable. Pour fuir le service d'un an aux frontières Sud, que doivent effectuer les hommes, passé trente ans, quand ils ont assuré le renouvellement des jeunes générations et ne sont pas responsables dans l'Administration. Vingt-cinq pour cent d'entre eux ne reviennent jamais de leur affectation, c'est le chiffre officiel de la contribution au maintien des frontières, pour la sécurité de la population. Mon père y est resté, je l'ai connu six ans. Ma mère est honorée d'une médaille en croix comme les autres veuves. Elle a comme il se doit l'allocation d'avoirs, et double débit d'eau au compteur de chez elle.

Les hommes qui à trente ans ne sont toujours pas pères partent aussi en service mais doivent ensuite rester en poste à la lisière des territoires en guerre, pour garder les frontières pendant trois ans de plus. À défaut on les prive des avoirs-logement. Et les attendent alors les caves des quartiers pauvres aux marges de la ville, dans des immeubles qui régulièrement s'écroulent en faisant des victimes, la queue aux réservoirs des fontaines publiques, les tâches difficiles et mal rétribuées pour pouvoir se fournir juste de quoi manger, les trafics illicites pour trouver les denrées qui restent nécessaires, la crainte de la police, l'absence de climatisation durant les grandes chaleurs, pas de chauffage l'hiver, la puanteur des corps qui ne peuvent se laver, la honte de la famille, des proches, des connaissances, à qui on interdit de les héberger. La police les contrôle, fait des descentes surprises. Certains préfèrent partir, une bonne fois pour toutes, et chercher leurs semblables par-delà la frontière. Ils vont bien quelque part, la limite franchie.

Chaque nouvel été amène la mélancolie propre à l'histoire familiale qui marque Raphaël. Le père qui s'en va seul un jour de grande chaleur, sa mère qui reste ici avec les enfants, la lettre qu'il a lue, un jour avec ses frères, après l'avoir volée dans le meuble de chevet de sa mère délaissée. « Plutôt que de sauter dans le fleuve, plutôt que de devenir fou, plutôt que de servir vêtu d'un uniforme, je préfère partir. C'est le seul acte lâche de ma vie avec toi Catherine. Pardonne-moi s'il te plaît, moi je ne pourrai pas. »

La mère est restée droite, couvant ses six garçons et les élevant seule. Malgré la honte qui pèse toujours sur les familles après un tel départ, elle garde sa fierté. Femme deux fois médaillée pour sa contribution, respectée des voisins, elle n'a aspiré qu'à transmettre à ses fils le sens de la droiture, le respect de la vie, le goût des menues choses qui font le quotidien et auxquelles elle s'applique, encore, malgré son dos qui ploie et sa vue qui faiblit. C'est elle qui emmenait chaque lundi Raphaël et ses frères lorsqu'ils étaient enfants pique-niquer devant l'île aux castors, près du pont d'où s'en vont ceux qui quittent le pays. Partir est chose facile. Il suffit de donner aux gardes postés là sa carte d'identité et tout bien qu'on possède. On ne peut emmener qu'un sac de nourriture et un de vêtements. Une fois qu'on a franchi le poste après le pont, on ne revient plus.

Les familles ne viennent pas dire au revoir à ceux qui veulent s'en aller. Les moins de trente ans ne peuvent quitter les lieux, de même que les femmes. On part donc sans enfants, sans compagne, sans amie de sexe féminin. Celles dont le fils s'en va, ou le frère, le mari, le père ou bien l'ami, ont rarement la force de venir jusqu'au pont. Peu d'entre eux les préviennent. La plupart laissent un mot, de regret, ou d'excuses, rarement d'explication. C'est tellement évident et pourtant indicible : ils ne peuvent respirer, et puisqu'ils peuvent partir, mais qu'elles ne peuvent pas… Ils font quand même ce choix, comment le justifier ?

Le père de Raphaël est parti un lundi.

ÈVE

Aujourd'hui le fleuve gronde et charrie de la boue. Les flots débordent et lèchent les rives. Les rochers blancs se teintent d'une eau brune et épaisse.

J'ai mis une soupe à cuire pour l'enfant. Je tourne la cuillère dans le liquide brûlant en regardant le ciel déborder par la fenêtre. Autrefois la nuit par cette même découpe qui donne sur le fleuve j'imaginais en bas la silhouette de Louve, et je la cherche encore. Contre toute logique mon cœur se met à battre un peu plus fort chaque fois que mon regard s'évade par la fenêtre.

Il y avait ce poème qu'on lisait à l'école : « D'abord ils viendront pour ceux qui prient un autre Dieu. Puis ils viendront pour les sans-toits, les pauvres et miséreux… » Nous n'étions jamais sur la liste. J'entendais ce poème comme une réminiscence de guerres passées, de guerres d'ailleurs. Comme celle qu'avait fuie Francesca. Son âge et ses yeux obliques, son parler marqué des accents de sa langue maternelle, tout cela contribuait à renvoyer dans un autre espace-temps cette idée de la guerre.

Le grand génie de notre époque et de ceux qui la gouvernent, c'est de nous avoir fait croire que nous vivions en paix quand ils lâchaient des bombes sur d'autres continents. Quand des bombes artisanales ont explosé ici, la surprise était générale. Comment ? On nous voulait du mal ? Mais qu'avions-nous donc fait pour mériter cela ?

Les Autres ont d'abord accusé ceux qui fuyaient les bombes qu'on avait envoyées dans leur pays natal. Ils campaient entre deux zones en friche, par-delà la frontière, au bord de la forêt. Les garde-frontières devenaient plus nombreux, leur veille s'intensifiait. Les chariots de marbre qui traversaient le pont depuis notre rive étaient fouillés longtemps. Seule une des sœurs pouvait conduire la cargaison, revenir avec des vivres. Rosa maintenait qu'on pourrait se passer du commerce de la pierre, n'avait-on pas assez pour vivre sans les Autres ? Certaines sœurs se sont mises à construire des enclos pour y parquer des chèvres et des petits animaux. L'hiver s'annonçait rude, et l'été serait pire.

Des femmes qui vivaient à l'orée de la forêt sous des tissus tendus et qui dormaient au sol venaient certains matins nous demander de l'aide. Une seule parmi nous parlait un peu leur langue, Maïna. Elle était née sur la rive gauche qu'elle avait fuie comme moi, mais avait un aïeul venu des terres du Sud bien avant la clôture des frontières. Dans sa famille on se transmettait en secret ce qu'on se rappelait de sa langue natale, qui était interdite depuis le vote du Pacte. Elle a traduit pour nous la complainte de ces femmes. Elles avaient traversé une mer, trois territoires. Partout on les chassait, on arrêtait leurs fils, leurs frères, leurs compagnons. Il n'y avait plus qu'une dizaine d'hommes avec elles, certains étaient malades. Nous avons collecté des textiles, des fourrures afin que leur campement résiste mieux au froid de l'hiver bref mais vif. Raquel organisait des veilles, des repas. Les femmes repartaient les bras chargés. Elles revenaient quand le gel ou la pluie se faisaient plus intenses. Mais elles ne restaient pas, n'osaient pas se lier. Certaines de nos sœurs voyaient avec méfiance leur présence toute proche et le risque que les Autres mettent fin au négoce, attaquent notre rive, viennent en représailles détruire l'équilibre fragile dans lequel on vivait. Elles appelaient « étrangers » ces quelques dizaines d'êtres qui, loin de leur pays, ne trouvaient nulle part où vivre et s'installer. Rosa leur rappelait : « Nous sommes aussi d'ailleurs. Nous avons aussi fui nos pays, nos familles. Personne parmi nous n'est née sur cette rive. » Les sœurs hochaient la tête, et lui donnaient raison, mais la peur grandissait.

Un matin Francesca est partie, puis revenue avec une trentaine d'entre eux. Un murmure d'affolement a parcouru la rive. Savait-on d'où ils viennent ? Peut-être y avait-il des ennemis parmi eux ? Rosa s'est avancée vers les femmes pour leur offrir le gîte. Les hommes sont restés dans la maison la plus éloignée. Ils ont coupé du bois, travaillé avec nous sans poser de questions. Mais ça n'a pas duré avant qu'ils soient repris. Eux étaient sur la liste. Les flics sont venus jusque sur notre terre et sans explication sont partis avec eux, menottes aux poignets. Nous n'osions rien faire, ils les tenaient en joue. Maïna pleurait de rage. Une des femmes a hurlé. L'un d'eux était son frère. Ils l'ont emmenée aussi. On ne les a pas revus.

C'est dans cette période-là que les incursions des Autres sur notre rive se sont faites plus fréquentes. Qu'il est devenu clair qu'on nous tolérait moins, et qu'il nous fallait craindre la fin de l'utopie que nous avions bâtie au bord de la frontière. Nous nous sommes relayées pour veiller jour et nuit, et creuser des galeries jusque sous la forêt en cas d'attaque subite. L'angoisse me prenait très souvent à la gorge. Car je portais l'enfant. Mon ventre avait une forme ronde sous les vêtements. Je ne travaillais plus dans les galeries sous terre.

Je pressentais que la naissance m'éloignerait des sœurs. Francesca me disait que je nidifiais. Grâce s'inquiétait qu'on ne me voie plus dehors. La nuit au lieu de me joindre aux chants autour du feu je restais sous les draps, une main sur le ventre, sentir la vie bouger. Ça faisait comme des bulles, un léger bruissement. J'attendais chaque soir que Louve me rejoigne, revienne des sous-bois.

Il fallait que je parte. Mais j'aimais déjà Louve, bien plus que de raison. Trop pour quitter la rive et partir chez les Autres. J'ai bien dû m'y résoudre, moins d'une année plus tard.

J'aimerais qu'on me montre sa tombe, ses ossements. Cela va faire six ans que je vis prisonnière des souvenirs de ce qui fut, de ce qui n'a pas été, ce qui aurait pu être. Sa main touchant la mienne était bien réelle, ça a existé. Ça n'a maintenant plus de matérialité, le souvenir n'est pas quelque chose de palpable. J'ai appris la valeur de ce qu'on ne peut toucher. D'une image dans ma tête. Et je sais maintenant que la mélancolie peut être permanente.

Je suis une comédienne tellement convaincante que personne ne soupçonne qu'en fait je suis ailleurs. Loin dans le passé. Personne ne connaît les contours des silhouettes que je garde en mémoire, là-bas, sur l'autre rive.

Une fois, j'ai fait ma valise. J'y ai mis ce cahier. Le stylo le plus fluide avec lequel j'écris. Des vêtements pour l'enfant. J'y ai mis des avoirs, que j'avais épargnés depuis que je suis ici. J'ai un emploi banal, mes journées se déroulent devant l'ordinateur. Ce sont les jours de repos les plus difficiles. Les heures passées devant la fenêtre. L'enfant se plaint beaucoup désormais qu'elle joue seule. Les promenades au bord du fleuve lui semblent monotones. Elle me demande pourquoi on va toujours là-bas.

La valise est restée cachée sous l'escalier.

Nous ne sommes pas parties. Je ne savais où aller.

RAPHAËL

Cette lettre, maman, doit rester un secret. Toi seule la liras. Toi seule auras la clef de ma disparition, je pense qu'elle est prochaine.

Je te demande pardon. Je sais que rien ne peut remplacer une absence, elle est irrémédiable. L'absence est quelque chose de palpable, je le sais. Elle se manifeste de mille et une manières, à travers une odeur, un son, un paysage, l'objet du quotidien.

Je me rappelle la bouilloire qui sifflait trop longtemps du temps où père était encore parmi nous. Le matin il la laissait sur le feu le temps de se raser, elle sifflait longuement avant qu'il redescende, les joues fraîches, épongeant d'une serviette humide les restes de savon dans son cou, ses oreilles. Il remplissait alors la grande cafetière pendant que tu dressais la table du petit déjeuner. Il tenait à faire le café à sa manière à lui, et tu te gardais bien d'aller couper le gaz malgré le chuintement qui agace les tympans.

Je sais que chaque matin quand tu prépares l'eau chaude, la mémoire de ses mains sur l'anse de bois foncé de l'ustensile en cuivre te fait penser à lui. Tu n'en parles jamais mais je t'ai toujours vue préparer le café de manière silencieuse, concentrée, comme on procéderait à une libation. Le rituel du matin est comme ta prière, ta façon d'honorer le père de tes enfants après qu'il fut parti.

Je vais partir aussi, je te demande pardon. Je t'écris tout ceci pour que tu me comprennes. Il te faudra brûler cette lettre au fur et à mesure que tu la liras, car ce qu'elle contiendra sera compromettant, et mettra en danger d'autres personnes que toi. Mais je veux que tu saches. Les choix que j'ai dû faire, les actes que j'ai commis. Ceux que je vais commettre.

Lorsque j'étais enfant, que je me réveillais en hurlant toutes les nuits, secoué de douleurs et tout brûlant de fièvre, tu venais patiemment caresser mes cheveux, me chanter des chansons, éponger ma sueur et rafraîchir mon front. Toutes ces nuits sans sommeil marquent encore ton visage, portant le témoignage de ton dévouement. Tu n'avais pas le choix, puisque tu étais seule, avec nous tes enfants. Mais jamais je n'ai senti que la tâche te pesait. J'ai vu ta grande fatigue et les poches sous tes yeux, mais seulement plus tard, lorsque j'ai eu grandi.

Le labeur régulier de prendre soin de nous, nous nourrir, nous laver, préparer nos affaires, nettoyer la maison, nous transmettre chaque chose qui rend le quotidien un tant soit peu vivable, tu l'as fait patiemment, journée après journée. Tu mérites à présent que l'on s'occupe de toi, que les rôles s'inversent, mais je pars loin d'ici. Il t'en restera cinq, des fils que tu as élevés, j'espère qu'ils sauront mieux t'apporter leur soutien, être présents pour toi quand je serai parti.

Tu ne l'as jamais dit et jamais reproché, mais je suis celui parmi tes six enfants qui t'a toujours donné le plus de souci. Je le vois dans tes yeux lorsque tu me regardes. Je sais que tu m'aimes plus, ou d'une manière spéciale. J'ai atteint l'âge adulte dans un corps bien bâti avec une tête solide, seulement grâce à toi. Enfant, j'étais fragile. Les sommes d'inquiétudes que j'ai dû te causer semblent proportionnelles au lien qui s'est créé entre mère et fils, soignante et soigné.

Je suis deux fois ton œuvre, car tu m'as mis au monde et tu t'es acharnée, chaque jour, chaque nuit, à prendre soin de moi, qui étais si malade, si souvent, qu'on disait que ce serait un miracle que je devienne un jour aussi grand que mes frères. Et c'est pourtant le cas.

Cette force intérieure que tu as su transmettre à chacun des enfants que tu as élevés, je l'ai mise au service d'une cause plus grande que celle de la famille. Plus grande que les liens qui m'unissent à Louise depuis la maternelle. Plus grande que la dette qui me liera à toi jusqu'à mon dernier souffle.

Je vais trouver les mots, peu à peu, lentement. La lettre sera longue. T'écrire comme je le fais est une manière, je crois, de retarder l'instant de te dire au revoir. De tenir à distance la culpabilité qui sera, je le sais, le plus fort sentiment que j'éprouverai bientôt chaque fois que je penserai à la femme qui m'a fait.

Élever des enfants est sans doute la tâche la plus difficile qu'on puisse imaginer, et celle qui demande le plus d'humilité. Je ne sais si pour toi tu souhaitais autre chose. Je sais que d'autres femmes, dont Louise, ne peuvent se résoudre à une vie tout entière dévouée au service, au soin, et à l'oubli de soi. Et qu'on les y oblige. Comme on nous oblige, nous, les pères, les maris, à partir chaque jour fournir notre énergie, notre force de travail, au nom du Grand Pacte national décidé par d'autres et imposé à tous. La plupart ne pensent pas à le remettre en cause, ou s'ils le font ils savent les risques qu'ils encourent. Et le système en place leur profite largement, s'ils ont la chance de n'être pas nés pauvres et d'être mis en paire avec une contributrice qui accepte sa tâche sans poser de questions.

Je ne dis pas, maman, que ta vie n'était pas digne d'être vécue. Je dis qu'il y a sans doute d'autres manières de vivre, qu'on n'imagine même pas. Ça je l'ai su très tôt.

Je l'ai su parce que je ne suis pas comme les autres. Je ne sais pas pourquoi je suis si mal à l'aise, à la place qui m'échoit malgré moi, parmi eux.

Peut-être d'avoir été si fragile, enfant, peut-être d'avoir su ce que c'est, l'impuissance, la dépendance totale, ne m'a pas habitué à être un dominant. Il me reste des années passées au lit, malade, l'immense gratitude d'avoir été soigné, d'avoir été aimé, d'avoir repris des forces grâce à tes soins constants. Je n'en ai pas conçu le goût d'être puissant, mais la conscience aiguë que sans le soin des femmes, les hommes ne seraient pas ce qu'ils sont aujourd'hui, et pourtant la plupart méprisent ou trouvent cela normal, puisque c'est un acquis, qu'on s'occupe ainsi d'eux, comme de leurs enfants.

Je ne suis pas de ceux qui trouvent cela banal qu'une femme sacrifie son temps chaque jour de sa vie, sa santé, ses envies et souvent ses besoins les plus élémentaires, pour élever des enfants. Qui ne se demandent pas ce dont leur mère rêvait, avant de contribuer. Ce à quoi elle renonce, pour accomplir chaque jour toutes ces menues tâches. Ce qu'elle ressent lorsqu'elle regarde ses mains abîmées par les heures de ménage et l'eau de la vaisselle, lorsqu'elle masse sous ses yeux les cernes disgracieux inscrits là par les nuits à veiller ses petits. Ce que cela lui fait de sentir chaque jour la douleur dans son dos, dans ses jambes, de se lever quand même pour répéter les gestes de son quotidien, qui meurtrissent son corps. Ce que cela lui fait d'être tenue en laisse du souci permanent de ceux qu'elle a en charge.

Je ne suis pas de ceux que le désir des femmes agite ou inspire. Je ne suis pas de ceux qui veulent se reproduire dans le monde tel qu'il est. Tes autres fils te donnent et te donneront encore d'autres petits-enfants. Moi je n'en aurai pas. Pas dans ce monde-là.

Mère, il y a un ailleurs, un autre monde possible, je le crois, je le sais. Personne ne devrait, selon la loi des autres, vivre une vie emmurée.

ROSA

Puisque je n'ai plus à moi que quelques jours, seule dans ce lit de pierres qui sera mon tombeau, le moment est venu d'écrire mon histoire.

Je vais mourir de la manière que j'ai fuie voici bientôt trente ans. Des mains des policiers. Ils ont dynamité l'entrée de la galerie qui donne sur la forêt, me laissant prise au piège.

Grâce s'est échappée, c'est la seule qui a pu jaillir hors de la terre avant que tout explose. Je doute qu'elle ait pu fuir dans la forêt à temps. J'entends depuis deux jours les chiens qui aboient, des patrouilles dans les bois, et des bruits de moteurs. J'ai mis un certain temps à comprendre que ces sons qui me viennent assourdis, déformés, de la surface du monde, sont le bruit des machines qui détruisent notre œuvre, très méthodiquement. Les maisons de pierre que nous avons construites, où nous avons dormi, mangé, parlé, écrit, pleuré, aimé, chanté et ri, fait l'amour, accueilli nos semblables, toutes les rescapées qui avaient entendu parler de ce lieu en lisière de forêt, au pied de la montagne, tout près de la frontière que forme le grand fleuve. Je me rappelle chacune. J'égrène leurs prénoms. Les inscris sur la pierre en grattant au burin, lorsque vient le filet de lumière du matin.

Galatée. Zaïre. Éveline. Constance. Annonciade. Victoire.

Furent les six premières à venir dans ce lieu. Elles étaient nées comme moi dans la ville qui se dresse par-delà les remparts, rive gauche du fleuve. Ensemble nous avons bâti les premières cabanes. Appris à nous nourrir de ce que nous glanions ici dans la forêt, à filtrer l'eau de pluie au travers de la mousse qui recouvre les troncs. Nous étions seules d'abord, tellement désemparées, ignorantes des manières de survivre en forêt.

Je pense à Francesca et à son arrivée, quelques mois après nous. Elle avait traversé toute seule deux pays, survécu à bien pire que ce que j'avais fui. Et elle était armée. C'est elle qui m'a donné la force de construire, de creuser, de bâtir. C'est elle qui a forgé nos premiers rituels, entonné des chansons dans sa langue natale dont nous retenions l'air, en changeant les paroles pour en faire des ballades soutenant nos efforts pour travailler la pierre. C'est elle qui m'a donné l'idée que cette pierre, de facture si rare, nous pourrions la vendre aux Autres en échange de denrées qui manquaient dans notre campement. C'est elle qui est venue avec moi qui tremblais à l'idée de me rendre au poste-frontière, pour parler de négoce.

Nous leur avons fourni, année après année, des blocs durs et précieux extirpés des entrailles de la grande montagne aux longues veines blanches. Du marbre pierre de lune que nous excavions en suivant un tracé reprenant le dessin d'une étoile à cinq branches. L'étoile nous abritait. Lors des grandes chaleurs, nous vivions la nuit à la surface du monde, et dès que le soleil se levait dans le ciel et devenait cuisant, nous descendions sous terre et dormions le jour dans la fraîcheur paisible de ces longs tunnels lisses.

Chaque galerie était pensée pour s'échapper du campement au plus vite, au cas où ils voudraient prendre l'exploitation du marbre à leur compte et nous chasser de là. Nous nous savions à peine tolérées, et souvent les hommes en uniforme s'approchaient de trop près. Nous recevions parfois, lors de nos livraisons des projectiles tirés par les garde-frontières, du haut de leurs remparts à l'Est de la ville. Ça m'a coûté un œil, voici quelques années.

Certaines d'entre nous voulaient partir plus loin, au cœur de la forêt. Depuis des mois j'avais demandé à mes sœurs que nous arrêtions le négoce de la pierre, devenu trop dangereux lors de ses livraisons. Francesca maintenait que nous devions rester à cet endroit précis, tout près de la forêt, au pied de la montagne, sur la rive du fleuve. Le bois, la pierre et l'eau.

La pierre nous abriterait en cas d'attaque subite, et nous pourrions fuir à travers la forêt. Tel était notre plan. Ils nous ont prises en nasse dans les boyaux de pierre que nous avions creusés durant trente années.

Francesca est tombée dès les premières rafales, alors que nous courions vers l'entrée des galeries. Je n'ai même pas pu la serrer contre moi au moment de sa mort. Elle gît à la surface. Son portrait est perdu quelque part sous la terre, avec son histoire. Que sa mémoire subsiste dans ces lignes tremblées.

Francesca était celle sans qui ce lieu n'aurait pas été terre d'accueil, pour celles qui venaient.

J'ai sur moi son burin, mais sans elle je n'ai plus la force de creuser, de soulever la pierre. Alors je reste là, parfaitement silencieuse, muette, recueillie, tandis que me parviennent les bruits de leurs chiens, de leurs explosions, de la destruction de tout ce que nous sommes et avions bâti. Et je veille toute seule la mémoire de mes sœurs en écrivant la mienne.

La pierre sera ma dernière maison.

Ce sera une mort lente, j'ai donc le temps d'écrire. C'est comme un fait exprès, car l'ironie du sort veut que j'aie avec moi, serrées à même ma peau dans leur étui de cuir, les feuilles blanches que j'avais destinées à devenir le manuscrit de mon témoignage pour ces lieux.

Notre tradition veut que chaque sœur laisse une trace de sa venue ici pour être célébrée. Son portrait dessiné, l'histoire manuscrite de sa vie telle qu'elle fut, avant son arrivée. Ces mémoires que nous conservions précieusement dans des rouleaux scellés sont toutes ensevelies dans la grande galerie à six mètres sous terre, là où gisent mes sœurs, pas très loin de moi. J'appréhende de sentir l'odeur de leurs corps qui se décomposeront, cela me rendra folle. Mais j'ai espoir que l'absence d'air et de lumière dans ce caveau obscur de pierre lisse et sèche les conserve longtemps, auprès de leurs récits. Peut-être qu'un jour les Autres désenseveliront le fond des galeries, et qu'on leur donnera une autre sépulture. J'imagine plutôt qu'elles vont rester là, puisqu'ils ont effacé toute présence de nous, ils n'iront pas creuser pour exhumer nos corps, les récits de nos vies, dessins de nos visages, témoignages de notre existence en ce lieu, du monde que nous avions bâti comme un refuge pour toutes les pourchassées.

Mon propre témoignage, j'ai tardé à l'écrire. C'est que j'ai œuvré plus qu'aucune de mes sœurs à creuser la montagne, avec Francesca. Cela fera trente ans ce printemps et mes pieds, mes mains, connaissent chaque détail de chaque boyau de pierre. J'en ai tracé les plans. Mon témoignage sera celui des débuts de cette terre d'asile pour les fugitives, celui de la manière dont je suis venue là, avec les six sœurs de la première époque, aujourd'hui disparues. J'ai longtemps résisté à l'idée de coucher sur papier ce qui a précédé la genèse de ce lieu. Je comprends maintenant qu'il s'agissait peut-être d'une prémonition. J'ai tardé à écrire le récit des raisons qui m'ont menée ici, car j'avais peur peut-être qu'il ne se reproduise.

Car mon récit commence comme s'achève mon histoire. C'est celle d'un grand massacre. D'une foule prisonnière, cerclée par la police.

ÈVE

J'ai pris quelques amants. Ça m'a été facile, bien plus qu'on l'imagine. Et puis j'ai arrêté. J'étais devenue comme allergique au toucher.

Mais j'ai le souvenir de leurs mains sur mon corps. De toutes leurs mains. Celles de mes amantes et celles des Autres, ceux qui me donnaient des avoirs pour ça. Je n'aurais jamais cru qu'un jour toute ma peau crierait ce besoin d'une main qui la touche. N'importe laquelle. Mais si un seul d'entre eux se met à me toucher je risque de hurler, de cabrer et de mordre, mon cerveau jaillira de mon crâne dans une explosion, on ne retrouvera de moi que des taches sur les murs, des fragments d'os broyés, des cheveux en paquets collés jusqu'au plafond.

Ma minuterie intérieure est sans arrêt possible, c'est celle d'une bombe bloquée sur le retardement.

L'enfant a trouvé mon cran d'arrêt l'autre jour, planqué dans le tiroir de ma table de chevet. Elle m'a demandé si j'avais déjà blessé quelqu'un avec. Je lui ai répondu calmement : « Personne à part moi-même. » Je ne peux pas lui dire que le plat du couteau, frais, lisse, aimant, s'est glissé sur ma peau durant de longues minutes. Que le manche est entré dans mon vagin tandis qu'une langue, une bouche, se posaient sur ma vulve. Louve m'a baisée une fois avec ce couteau. Il lui appartient. Elle m'a fait jouir trois fois. Après qu'elle eut couché tout son corps sur le mien j'ai tendu la main et rouvert le cran d'arrêt en un claquement sec. J'ai entamé ma peau à la saignée des veines. Et elle a bu mon sang.

LOUISE

Face à l'île aux castors, il y a une pelouse, et sur cette pelouse, des tables et des bancs. On peut s'asseoir sur l'herbe, aussi, si on préfère. Les enfants viennent ici avec leurs parents, ils jouent ou ils guettent l'île par-delà l'eau du fleuve, dans l'espoir de voir un animal furtif se glisser sous un tronc. Je ne sais s'il en reste, des castors, pour de vrai, mais ça amuse les gosses et ça donne de l'espoir de se dire que sur ces vingt mètres carrés d'île se trouvent peut-être encore des mammifères sauvages.

Je venais ici, enfant. De même que Raphaël, mais pour d'autres raisons. À l'Est de la pelouse où pique-niquent les familles, on voit la silhouette grise du poste-frontière. À l'Ouest, pas très loin, des travaux sont en cours, il y aura bientôt un autre embarcadère. Un tout nouveau ferry traversera le fleuve pour qu'on puisse visiter d'anciennes carrières. Une légende court, disant qu'une pierre rare d'une blancheur lumineuse en était autrefois extraite. L'idée de traverser fait déjà des émules, on s'était habitués à l'eau comme une limite, le bord du monde connu. On pouvait la longer mais pas poser le pied sur l'autre rive du fleuve. Cette rive interdite deviendra accessible le temps d'une visite guidée par haut-parleurs. Le territoire s'étend maintenant au-delà des eaux grises, jusque dans la forêt. Il se dit même qu'un jour on pourra l'habiter. Comment, on ne sait pas. On en entend parler depuis trois ans maintenant, sans pouvoir traverser. Il faut être patients, encore quelques mois. Certains disent qu'on a décimé un village pour gagner du terrain, que des femmes y vivaient. D'autres secouent la tête en disant que là-bas juste au-delà du fleuve la terre est trop acide et que personne n'y vit, n'y a jamais vécu, parce qu'on ne peut rien cultiver sur ces sols. Qu'on ne trouvera là-bas sur notre promenade que les immenses arbres que l'on voit même d'ici, dont les racines savent filtrer l'acidité.

Je n'ai jamais pu voir de castors sur cette île, mais j'ai envie de croire qu'il en subsiste encore. On peut apercevoir des branchages entassés, des amas de jeunes troncs tout autour du lopin de terre émergée. De mes leçons d'école sur la faune et la flore de notre territoire, j'ai retenu ceci : le castor brun s'adapte aux grands froids en hiver grâce à sa fourrure dense, et peut survivre aux vagues de chaleur même intenses, sa queue trempée dans l'eau thermorégule son corps. Il mange l'écorce d'arbres à toutes les saisons et n'est pas affecté par les variations de flore en bord de rive. La disparition de certaines espèces d'herbes et de lentilles d'eau le pousse à émigrer plus en amont du fleuve, mais il peut subsister rien qu'avec l'écorce de branches qu'il enterre sous les flots tout l'hiver, pour les rendre plus tendres. La pollution de l'eau n'entrave pas la reproduction du castor. Les barrages qu'il construit au fil des rivières diminuent les sécheresses en amont des cours d'eau. Avec ses barrières de branchages et de glaise, il se fait gardien et grand préservateur d'habitat naturel des espèces endogènes.

Si on nous fait apprendre par cœur son histoire en classe de Mœurs Civiques et non de Biologie, ce n'est pas anodin. Le castor est pour nous synonyme de survie.

C'est d'une telle ironie qu'on pourrait en pleurer : ce rongeur est devenu l'emblème du pays pour la raison précise qu'il construit des barrages. Ma mère affirme que c'est très précisément depuis l'édiction du Pacte national et l'interdiction de notre territoire aux entrées et sorties de civils hors négoce que la tête du castor est apparue partout. D'abord dans les manuels scolaires et les livres illustrés, les séries animées à l'heure des programmes de divertissement, puis dans les vitrines de magasins divers. La bête est sympathique et amuse les enfants. Les fils de mes frères sont fascinés depuis qu'ils savent que c'est moi qui agite la patte sous la peluche immense du grand supermarché.

Je venais pique-niquer ici avec mes frères, ma mère et ma grand-mère, et on nous racontait l'histoire des castors. Raphaël venait avec sa mère, ses frères, commémorer le jour du départ de leur père, chaque semaine, le lundi. Les deux mois de l'année où le temps est trop froid pour s'attabler dehors sur les tables en bois, sa mère vient quand même y faire une promenade. Et nous avons gardé, Raphaël comme moi, l'habitude du rituel. Il n'a plus le même sens aujourd'hui que mes frères et ceux de Raphaël ont tous fait des enfants. Eux viennent manger avec femmes et petits sur la grande pelouse pour s'amuser un peu, prendre l'air et jouer à la balle, à la course. Quand Raphaël et moi mangeons silencieusement, recueillis, à l'écart, assis sur l'herbe rase au plus près de la rive.

La lumière déclinante a ce soir quelque chose de doux, mélancolique. Je guette encore l'île comme je faisais, petite, en espérant peut-être y voir un des castors. Les yeux de Raphaël sont rivés fixement au poste-frontière, qu'on aperçoit au loin. Je sais à quoi il pense.

Pour le distraire un peu, je récite un passage du livre interdit, déniché à la cave du Gentlemen's Club. Je l'ai appris pour lui. Le moment est venu de lui dire mon secret. On a tout partagé, toujours, je ne peux pas garder plus longtemps ma trouvaille pour moi. Doucement je caresse le haut de son épaule. Il sursaute comme chaque fois que l'on touche cette zone, encore sensible même plus de quatre ans après la cicatrisation des brûlures profondes qu'on lui a infligées au poste de police.

Il se tourne vers moi et doucement je récite, un passage que j'ai lu dans les dernières pages :

Elles découvrent derrière les arbres un jeune homme prostré tremblant de tous ses membres les joues salies par les larmes, plein de grâce et de beauté. Elles apprennent au jeune homme qu'il est le premier à les avoir rejointes dans leur combat. Toutes l'embrassent. L'une d'entre elles lui apporte un fusil, disant qu'elle lui en apprendrait le maniement.

J'ai parlé dans un souffle, les yeux loin dans les flots. Lorsque j'ai terminé, Raphaël me regarde, comme on sonde un abîme. Il me murmure alors, le plus doucement possible : « D'où te vient cette histoire ? C'est toi qui l'as écrite, qui l'as imaginée ? »

Tout poème, ou roman, essai ou manuel, avant d'être imprimé puis vendu au rayon culture des supermarchés, doit être validé par l'Administration des Biens et des Services. Écrire est un métier, et des gens compétents sont formés, appointés, ils passent les concours de la fonction publique, section Professionnels du Divertissement. Moi j'ai été formée pour faire l'animation à de jeunes enfants. À chacun son domaine. Je n'ai jamais pensé que c'était chose possible d'écrire quoi que ce soit d'autre qu'un devoir, un message, ou mon journal intime. Et Raphaël non plus, lui qui est formé à l'ingénierie civile, comme ses cinq frères. Ils réparent les chaussées, consolident les routes, s'assurent que les bâtisses dans lesquelles nous vivons sont régulièrement mises aux normes d'hygiène et de sécurité. Je ne suis pas spécialiste en histoires mais je sais que les livres du supermarché n'ont rien à voir avec ceux que j'ai trouvés dans la cave du Club. Les livres qu'on peut acheter sont la version écrite des films et des séries qu'on trouve sur nos écrans.

« Non, je n'ai rien écrit. Mais j'ai trouvé un livre. »

Raphaël a souri, cela faisait longtemps. Son visage est soucieux depuis des mois. Il a demandé :

« J'aimerais bien le lire. Mais où l'as-tu trouvé ? »

Je lui ai parlé de la caisse dans la cave du Club. Raphaël connaît ce lieu mieux que moi, il y passe ses soirées. Mais je ne l'ai jamais vu descendre au sous-sol. Il est devenu pâle.

Il m'a dit tout bas : « Personne ne doit savoir où se trouvent ces livres. »

Nous sommes rentrés chez nous, plus lents que d'habitude. Tout en m'accompagnant, Raphaël me tenait près de lui par la taille, parlant à mon oreille en prenant un air tendre. C'est ainsi qu'on discute des sujets illicites. Personne ne songerait en nous voyant ainsi, qu'on ne se raconte pas que des banalités :

« Les livres que tu as vus dans la cave du Club sont des livres sauvés, des livres interdits. Certains ont été volés dans les grands containers du quartier des remparts. D'autres appartiennent à des personnes que je connais. Personne ne doit savoir. Je ne t'en ai pas parlé pour mieux te protéger. »

Pour la première fois depuis que nous sommes en paire, je lui ai demandé d'enfin me révéler ce qu'il fait de ses nuits, lorsqu'il ne rentre pas du Club avec moi. De ne plus rien me cacher. Il a baissé la tête, comme honteux, résigné. Il m'a glissé tout bas, me prenant dans ses bras, entre deux réverbères : « Je te demande pardon. Je ne peux rien te dire. Tu comprendras plus tard, et tu sauras que j'ai voulu seulement ton bien. »

Je me suis sentie seule comme s'il m'abandonnait. Pour la première fois depuis qu'on se connaît, je lui en ai voulu. Il a senti ma peine teintée de colère, et a serré ma main dans sa paume large et chaude : « Je ne veux pas, Louise, que tu prennes des risques. Je tiens trop à toi. »

Cette nuit, en silence, nos deux corps fraternels ont dormi chastement serrés l'un contre l'autre. Il m'a murmuré, glissant dans le sommeil : « Je peux encore t'offrir le creux de mon épaule pour y poser ta tête. »

J'ai compris que cela aurait peut-être une fin, j'ai pleuré en silence.

ÈVE

Ce matin l'air est clair, calme. Il n'y a pas de brume. Il y avait parfois des absences de Louve. Elle disparaissait des semaines entières, on ne savait pas où. Mon âme se tapissait dans un coin de mon être, en animal blessé. J'attendais son retour. Je ne sais où elle est.

La douleur, quand elle dure à ce point, a quelque chose de pur. C'est comme une mélodie. Le goût de l'alcool qui brûle dans ma gorge me dit que oui ceci est la réalité.

Elles étaient toutes brisées et pourtant incassables. Elles n'avaient pas besoin de rassembler chaque jour les morceaux de leur être, comme je le fais ici. Elles existaient ensemble comme un tout solidaire, un orchestre puissant, les organes noués en ordre aléatoire, un grand corps frémissant. Et j'étais l'une d'entre elles. Être un soi cohérent et autosuffisant n'est pas chose essentielle, quand on sait faire partie d'une communauté d'êtres.

J'avais trouvé en elles la force nécessaire. Dans la grande âpreté du quotidien vécu sous le sol, dans la pierre, nos peaux cuites de soleil, sous le vent, dans le fleuve, connaissaient la douceur du contact des autres.

On aimait simplement. On n'avait pas besoin de se sentir unique. Chacune d'entre nous même la plus mutilée trouvait parmi ses sœurs de quoi combler ses brèches, et l'on pouvait hurler, se taire et ne rien dire, chanter ensemble ou danser sans fatigue jusqu'à l'aube.

Les arbres alentour chargeaient l'air d'une fraîcheur qui vivifiait nos âmes.

Les arbres ne sont plus, ils ont été liés en des fagots immenses, puis charriés par les eaux pour construire un port. Des bateaux s'y amarrent. J'ai vu les planches poncées, fendues de coups de hache, percées de clous, martelées par les bottes de ceux qui vivent ici. Je me demande si le bois a une mémoire. Le souvenir de nos bras frôlant les troncs la nuit quand on se rassemblait pour brûler des brindilles, élevant un grand feu. On encerclait de pierres le foyer, s'asseyait tout autour et chacune d'entre nous racontait son histoire. J'en ai tant écouté, nous fûmes près d'une centaine à vivre sur cette rive au fil des années. Toutes ne sont pas restées, ce sont les déserteuses. Je les cherche des yeux dans les files du supermarché, dans la rue, les cafés. Une silhouette parfois accroche mon regard. Je guette dans la gestuelle, la voix ou l'attitude celle d'une ancienne sœur mais ici on évite par une règle tacite de regarder de près à qui on a affaire. Chacun est dividu, se suffit à soi-même. Il n'est pas question de lier une âme à l'autre mais de trouver en soi la seule raison d'être.

Je n'ai plus jamais su ce qu'est la complétude depuis qu'elles sont parties.

GRÂCE

Ils sont venus de nuit, comme on s'y attendait. Les matraques et les coups, on était habituées. Mais on ne savait pas qu'ils auraient des lance-flammes, et autant d'armes à feu. Certaines se sont rendues, d'autres ont résisté. J'étais encore sous terre à creuser les galeries par lesquelles s'échapper, mais j'ai tout entendu. Les bruits des pas qui courent, le claquement des balles qui entrent dans les corps. Les cris de fin de vie, le grondement du feu. Je pensais qu'on aurait encore quelques semaines avant la grande attaque, ils nous ont prises de court.

J'ai attendu longtemps, après que le silence a regagné la rive. Nous étions quelques-unes sous terre depuis la veille. Je suis sortie à l'air, mes outils à la main, c'était moins bien qu'un flingue mais c'est ce que j'avais. J'étais la toute première, derrière moi quelques sœurs attendaient mon signal. Rosa, Maïna, Raquel étaient juste après moi. Ils se sont approchés, j'ai entendu leurs cris comme des aboiements, j'ai couru vers les bois sans regarder derrière. Et des balles ont sifflé, ont mutilé des arbres. Une grande explosion a soufflé dans mon dos. J'ai couru sans arrêt, jusqu'à m'évanouir. Je suis restée longtemps sous les ronces d'un talus.

Bien plus tard j'ai compris qu'ils avaient écrasé mes sœurs dans les galeries, à coups de dynamite. J'ai vécu dans les bois. J'ai mangé des racines, des plantes crues et du lierre sans jamais rien faire cuire, ne pas attirer l'œil par la fumée d'un feu.

J'ai espéré longtemps voir l'une d'entre nous cachée parmi les arbres, j'ai suivi des silhouettes, des hallucinations. Je dormais dans le froid, je perdais la raison.

Un matin j'ai admis qu'il ne restait que moi. J'ai collecté mes forces, le peu qu'il me restait, attendu du soleil qu'il réchauffe mes membres. L'été n'était pas loin, on sentait que les arbres rassemblaient dans leur tronc, leurs branches et leurs racines toute l'eau nécessaire pour traverser les mois où il ne pleuvrait pas. J'ai cueilli quelques feuilles, j'en ai frotté mes pieds, mes tempes et mon visage. L'odeur amère et fraîche m'a ramenée à moi.

Je me suis endormie une dernière fois dans l'herbe, cachée dans le sous-bois. Au matin je me suis baignée dans un ruisseau qui nourrit le grand fleuve et serpente en secret sous des talus herbeux. J'ai pleuré en sentant le courant sur ma peau, l'eau fraîche m'a saisie, mais je tremblais de peur tout autant que de froid. Il me fallait me rendre, aller vivre chez les Autres.

J'ai pensé à toutes celles qui avaient déserté avant qu'il soit trop tard. À celles qui savaient que la fin était proche. Comme nous étions confiantes dans notre résistance. Comme nous avons dénié notre grande impuissance.

J'ai pris soin d'effacer les traces de la forêt sur mon corps, mon visage, de peigner mes cheveux avec mes doigts raidis. J'ai lavé mes vêtements aussi bien que j'ai pu en les frottant de pierres sur les mousses de rochers, et je suis restée nue à attendre qu'ils sèchent.

Puis j'ai marché longtemps en remontant les flots une fois la nuit venue, et je me suis glissée au passage à niveau de l'ancien port fluvial, avançant dans l'eau noire mes pieds mal assurés sur des mousses glissantes, craignant les sentinelles des tourelles voisines. Guidée par la lumière à l'entrée des hangars qui bordent l'autre rive, j'ai trouvé les ruelles qui mènent à la ville, juste au pied des remparts. J'ai enfin respiré, ils ne m'avaient pas prise. Dans ce quartier-là qui surplombe le fleuve, les lampadaires sont rares et les rondes espacées, je connais les horaires. J'y suis venue souvent du temps où l'on partait de nuit avec mes sœurs fouiller dans les poubelles, voler des matériaux dans les grands containers de déchets de toutes sortes, avant qu'ils soient brûlés ou chargés en cargos pour être déversés quelque part en aval, sur des territoires qui servent de poubelle depuis tellement longtemps qu'on n'y cultive plus rien.

J'ai attendu longtemps qu'aucun bruit de pas ou moteur de voiture ne se fasse plus entendre. Puis j'ai longé les rues, remonté les avenues jusqu'aux quartiers Centre, en suivant les panneaux indiquant l'hôpital. Je suis entrée, chancelante, souffle court, aux urgences. Trop de monde, les néons, des visages fatigués, des regards de souffrance. Personne ne m'a parlé.

Cette nuit-là une femme est morte seule dans le couloir, sur le siège juste à côté de moi. Elle s'est éteinte sans bruit. Je l'ai crue assoupie, puis j'ai senti l'odeur d'intestins qui se vident. Sa mâchoire relâchée, ses narines pincées, elle restait immobile. Le souffle de la vie venait de la quitter.

Personne ne l'attendait, elle avait cette allure qu'ont les grands esseulés. J'ai fouillé dans sa poche, et trouvé ses papiers. Le hasard avait fait qu'on avait le même âge et sa photo datait, ça aurait pu être moi à une autre époque. Visage long, cheveux bruns. Des yeux vagues, les joues creuses.

Quand les brancardiers m'ont vue j'avais une histoire prête. Je ne sais s'ils m'ont crue mais ils m'ont prise en charge. La morte était connue des services de santé, mais son dossier était dans un autre hôpital. Anorexie mentale, m'ont-ils dit au réveil. Ma maigreur confirmait très bien leur diagnostic. Les gens qui ne sont pas heureux chez les Autres sont tellement légion qu'ils n'ont pas remarqué que leur anorexique se jetait sur les plats fades et mous qu'on lui apportait. La cuisine d'hôpital est immonde chez eux, mais c'était mieux déjà que le lierre des forêts.

J'ai visité la morgue à ma sortie des lieux. Je recherchais le corps de celle dont j'avais pris le nom, l'identité. Je ne l'ai pas trouvée, mais j'ai lu dans le registre : femme inconnue, date et heure du décès, cause : arrêt cardiaque. Ils l'avaient fait brûler le lendemain de sa mort. C'est le sort de toutes celles et ceux que personne ne réclame. Il y avait une adresse sur sa carte d'identité, glissée dans un pochon accroché d'un lacet qui tenait une clef. J'ai erré dans la ville, évitant du mieux qu'il m'était possible les hommes en uniforme, cherché longtemps la rue. J'ai fini par trouver aux confins d'un quartier très éloigné du Centre, aux ruelles défoncées. J'ai hésité d'abord à employer la clef, car rien ne m'assurait qu'elle vivait vraiment seule, même si elle était morte sans proche à ses côtés. J'ai frappé à la porte de cet immeuble borgne, aux murs gris fissurés. J'ai attendu longtemps. Un vieil homme m'a ouvert d'un air méfiant, le visage hâve et les joues affaissées de qui n'a plus de dents. Il semblait apeuré. J'ai prétendu être une cousine de la morte. J'ai montré la carte d'identité en gage de ma bonne foi. En haussant les épaules il m'a montré l'endroit où elle habitait, en bas d'un escalier. C'était une cave avec un soupirail pour unique fenêtre, juste au ras du trottoir. La tristesse des lieux à peine aménagés aux murs sombres et humides m'a donné des indices sur ce qu'endurent ceux qui sont dans la misère, ici, chez les Autres.

J'ai cherché un emploi, dans la restauration. J'étais obnubilée par l'idée de manger. J'ai tant fait la vaisselle dans tant de restaurants de l'Est de la ville que mes mains sont devenues plus râpeuses qu'à l'époque où je creusais la pierre. Malgré tout ce que j'avale depuis trois années, mon corps garde la forme qu'il avait autrefois. C'est comme s'il refusait de se laisser gagner par cette nourriture, d'assimiler en chair les plats qu'on mange ici.

Ce monde ne m'inclut pas, mais je maîtrise l'art de rester très discrète. Ma silhouette diffère mais attire la pitié. Une femme sans enfant et qui n'est pas en paire, à qui on voit les côtes sous sa robe et qui fume, ça donne aux Autres le sentiment que leurs vies sont meilleures. Je me suis habituée à ce statut étrange de semi-paria qui procure bonne conscience à ceux qui se rassurent de posséder des biens, femme, enfants, chien, voiture, la recette du bonheur des Autres ici-bas. Je m'accommode bien de ma situation, car elle est transitoire. S'il s'avère que je suis définitivement la seule survivante parmi mes sœurs perdues, j'en tuerai quelques-uns, histoire de faire jaser. Une femme-bourreau fait toujours sensation.

LOUISE

Il y a des clients avec lesquels je couche. Ça ne fait pas partie de mon job habituel, on me paie pour danser. Mais nous avons des loges, des salons à l'étage. Les filles qui le veulent montent avec des clients après leur tour de piste. Ça nous fait des extras, certains paient en avoirs, et les plus fortunés donnent parfois des passe-droits pour voyager au-delà de l'enceinte de la ville, dans les terres de campagne. Je ne suis jamais sortie du périmètre urbain, mais bientôt j'aurai assez pour un voyage de loisirs sur les falaises qui bordent l'Ouest du territoire. L'océan n'est pas loin, à trois heures paraît-il, pour ceux qui prennent le train.

D'abord j'ai résisté, j'avais peur de ce que ces hommes voudraient de moi, au-delà de la scène où je me déshabille. Au bar, personne ne touche les corps qui se dénudent, cela me convenait. Puis j'ai franchi le pas, suis montée à l'étage au bras d'un inconnu. C'était facile, en fait.

J'en ai deux réguliers, deux pères de famille qui ont trente-et-un ans, tout juste revenus du service aux frontières. Tous deux ont cet air las, et ils ont ce besoin de toucher de la chair chaude et de parler aussi, déposer une partie des secrets qui leur pèsent. C'est comme ça que je sais ce qui se passe pour ceux qui reviennent du service. Leurs femmes en savent très peu, car la plupart des hommes se taisent sur ce qu'ils font, sur ce qu'on leur fait faire, pour que restent étanches les limites du pays. Sur tout ce qui advient dans les camps où l'on parque ceux qui tentent de passer. Ces bons contributeurs reviennent expier plusieurs soirs par semaine entre les cuisses des putes les horreurs qu'ils ont vues, et qu'ils ont fait subir au nom de la sécurité de notre territoire. Contre l'immigration de tous les réfugiés qui arrivent par le Sud, où on ne peut plus vivre. Ils ne peuvent oublier, on sent que ça les hante. C'est comme un tatouage qui reste indélébile au fond de leurs prunelles. Un halo flou de honte, un voile de douleur. Ils ne peuvent recevoir les caresses de leur femme sans frémir du dégoût qu'ils ressentent au fond d'eux, pour ce qu'ils sont devenus. Ils préfèrent les corps anonymes et faciles qui ne sont à personne, qu'ils n'ont pas à chérir, des femmes devant qui ils n'ont pas à garder la contenance assurée du bon contributeur, la carrure du mari, du père de famille.

Raphaël m'avait dit de quoi il retourne, avant de m'emmener au Club la première fois. C'est moi qui ai voulu y aller avec lui, c'est que je refusais de rester seule chez nous, quand il filait le soir dans les ruelles sombres, après le couvre-feu. Je voulais qu'il me montre où il passait ses nuits, plusieurs fois par semaine. La solitude pesait, j'ai préféré venir, passer dans l'autre monde, quitte à prendre des risques et contre son avis. J'ai appris les détours qu'il prend pour éviter les rondes d'uniformes, la démarche fluide empêchant que nos pas résonnent sur les pavés. Je peux maintenant juger en un rapide coup d'œil si telle ombre est amie ou présente un danger.

Raphaël refusait que je prenne des risques, et j'ai dû batailler contre son front têtu et ses refus constants, jusqu'à pouvoir le suivre dans ses courses nocturnes. S'il a cédé c'est par une trop grande compassion. Car il sait comme je hais ces nuits de solitude et l'angoisse permanente qu'il ne revienne pas, qu'il soit arrêté. C'est déjà arrivé. Je sais ce qu'ils font aux hommes durant les gardes à vue. Depuis, j'ai peur pour lui, et je m'inquiète moins quand nous sortons ensemble. Finalement Raphaël est bien moins en danger à mon bras dans la nuit, que seul et vagabond. Un couple risque moins, peut prétendre un dîner, une sortie entre amoureux qui s'est terminée tard. On en reste alors quitte pour une contravention.

Un soir j'ai eu raison de toutes ses résistances. Quand il est descendu à la tombée du jour en bas de notre immeuble sur ses semelles feutrées, couvert du manteau gris et du chapeau foncé qui cache ses boucles blondes, j'étais vêtue aussi et prête à y aller. C'était il y a six mois. Il m'a simplement dit « Observe mes manières et agis comme moi ». Nous avons contourné le centre de la ville, toujours très quadrillé après le couvre-feu. Puis nous avons longé les petites maisons aux alentours modestes des quartiers Ouest où vivent les ouvriers des docks et du centre de tri, juste en bordure du fleuve. Je ne comprenais rien à notre itinéraire. Puis je me suis rendu compte que nous nous dirigions vers le Sud de la ville, que je ne connaissais pas.

Des odeurs inédites m'ont saisie à la gorge, puissantes, sans prévenir. J'en ai eu la nausée et j'ai failli vomir. C'était irrépressible. Jamais je n'avais senti une telle puanteur. Les rues sans eau courante des quartiers Sud sentent l'urine à plein nez et les fosses septiques ouvertes à tous les vents. Les anciennes tuyauteries sont visibles pourtant dans les tronçons morbides de certaines façades à moitié démolies. Depuis Raphaël m'a expliqué pourquoi l'eau n'alimente plus que les pompes publiques dans cette zone-là. Celles et ceux qui y vivent gagnent trop peu d'avoirs pour accéder comme nous au chauffage collectif et aux arrivées d'eau jusque dans les immeubles. On tolère leur présence aux limites de la ville en surveillant leur nombre, ils sont comptés aussi à chaque recensement. Leur nom officiel est les banlieusards. On ne dit plus les pauvres, c'est un mot que ma mère emploie encore parfois, mais qui officiellement est un mot de langue morte. Sans argent, pas de pauvres. Le fonctionnement est simple depuis le vote du Pacte. Chacun gagne en avoirs assez pour se loger, s'hydrater, se nourrir, se divertir aussi, en fonction de sa contribution annuelle. Les gens de ces zones-là contribuent moins, dit-on. En résultat ils vivent dans ces lieux de misère et ils n'ont pas de rente quand vient la vieillesse ou bien la maladie. On dit qu'ils volent les autres, qu'ils font du marchandage illicite d'avoirs et de la contrebande. Je sais d'eux seulement les rumeurs qui circulent, car personne ne va dans ces quartiers Sud s'il n'y habite pas.

La toute première fois, j'étais peu rassurée de devoir traverser ces ruelles puantes et très mal éclairées. On y croise parfois des corps d'allure furtive, qui glissent sans s'arrêter, se fondent dans la nuit avec leurs vêtements sombres, comme ceux de Raphaël. Il a ses habitudes. Il a serré ma main, m'a murmuré tout bas de ne pas m'inquiéter. Qu'on risque moins ici que dans les rues du Centre après le couvre-feu. Nous avons marché vite, traversant des îlots d'immeubles défraîchis, des traverses aux pavés descellés, inégaux. Mais peu à peu le sol s'est fait lisse sous mes pieds, je ne trébuchais plus. L'air est redevenu soudain plus respirable, les bâtiments plus hauts, les façades présentaient comme un air familier. Et j'ai compris alors que nous n'étions pas loin de là où nous vivons, que nous avions décrit un immense détour, contournant toute la ville et gagnant par le Sud la lisière du quart Est.

Jamais je ne m'étais rendu compte que j'habite à une distance si proche de la banlieue qu'on peut s'y rendre à pied, en marchant moins d'une heure. Je n'ai jamais connu de la ville que l'Est, la rive gauche du fleuve, et le Centre aux immenses bâtiments bien gardés, où nous devons nous rendre quand l'Administration nous convoque chaque année.

J'en étais là de mes réflexions intérieures quand Raphaël a soudain ralenti son allure, s'est tourné pour guetter si nous étions suivis, et puis s'est arrêté devant une vitrine sombre, doublée par un rideau de métal dépoli. Le lieu avait tout l'air d'un magasin fermé. Une porte couverte de peinture écaillée se trouvait sur la gauche. On voyait au-dessus la trace d'une enseigne, aujourd'hui disparue. À la place, une pancarte annonçait en cursives : Le Gentlemen's Club.

Raphaël a frappé quatre coups à la porte, puis encore deux coups. La porte s'est ouverte, un brouhaha discret et des odeurs nouvelles m'ont accueillie dedans. Ça sentait le tabac, l'alcool, la nourriture, les corps chauds, les parfums, les chevelures de femmes.

Nous étions arrivés.

Et c'est là que je passe maintenant mes soirées plusieurs fois par semaine, avec mon Raphaël qui vient chercher là ce qu'il ne peut trouver en nul autre endroit. J'y trouve aussi mon compte, on me laisse travailler. Les gérants ne savent pas que nous sommes en paire, même si c'est Raphaël qui m'y a introduite et a choisi pour moi le prénom d'Élise. Cela s'est fait très vite, Raphaël savait ce qu'il lui faudrait dire une fois passée la porte. Et il m'a prévenue que si je revenais ce ne serait pas pour boire, pour manger ou pour regarder le spectacle. Tout ça est pour les hommes. Les femmes qui viennent ici sont celles qui y travaillent, nues sous les feux de scène, ou bien derrière le bar. J'ai commencé barmaid, préparant les cocktails. Un soir, quand une fille a manqué à l'appel au moment du spectacle, j'ai fait un tour de scène et j'ai plu aux clients. Raphaël s'y est fait. Je sais qu'il préférerait me savoir à l'abri dans notre appartement. Mais j'avais mis les pieds dans le monde de la nuit et j'y respire mieux nue sous les yeux des clients, que dans mon grand costume de fourrure étouffante sous les néons le jour au supermarché. Comme je gagne bien assez d'avoirs durant la nuit, j'ai voulu arrêter de faire castor le jour. Mais ce serait suspect que je ne contribue plus par un job officiel. J'ai quand même réduit les heures de service de mon emploi de jour, et je fais un mi-temps.

Certains soirs Raphaël reste plus tard que moi, et je l'attends en bas en jouant aux fléchettes avec le barman. Quand il monte à l'étage, ça dure parfois longtemps, mais je suis patiente. Je sais qui il fréquente, certains visages depuis sont devenus familiers, sans que je sache les noms. Car ici on n'appelle personne du patronyme qu'il porte à l'extérieur. Raphaël comme les autres change de nom une fois que la porte est franchie. Je suis la gardienne d'une partie de sa vie dont je sais les contours mais pas le contenu. Il a sauvé la mienne quand nous étions plus jeunes, je n'ai pas de secrets dont il ne sache les détails. C'est une asymétrie dont je dois m'accommoder, puisqu'il m'est nécessaire d'ignorer certaines choses pour mieux le protéger.

RAPHAËL

Ceux qui se joignent au cours des nuits, qui s'enlacent, dans une volupté berceuse, accomplissent une œuvre grave. Ils amassent douceurs, gravités et puissances pour le chant de ce poète qui se lèvera et dira d'inexprimables bonheurs. Tous ils appellent l'avenir. Et, même quand ils font fausse route, quand ils sont aveugles dans leurs étreintes, l'avenir vient.

Peut-être as-tu, maman, lu ces lignes au lycée quand tu étais plus jeune. C'est un poète ancien, qui était étudié, si je me fie aux notes inscrites à l'encre pâle dans les marges du livre ouvert sur mes genoux au moment où j'écris, dans le secret d'un lieu où des hommes comme moi se retrouvent la nuit pour vivre dans leur chair ce qu'exprime ce poète.

Ce silence intérieur qui se fait quand on lit, et quand les mots touchent juste ! Je souhaite que tu les sentes te frôler en dedans, comme je les sens aussi. Sache que ces mots sont proches de ma réalité, même s'ils furent écrits à une tout autre époque.

Je voudrais te parler ce soir de ma colère. De comment j'ai trouvé à l'apaiser même si elle court dans mes veines depuis tellement longtemps que je ne me rappelle pas avoir vécu sans elle.

Il y a dans la colère comme une poésie qui ne trouve pas ses mots. On ne sait pas toujours quel est son affluent, ni pourquoi elle déborde. Lorsque j'étais enfant tu me disais souvent « Parle, Raphaël, parle », quand je hurlais sans dire la raison de mes cris. Mais c'est que la raison en était à moi-même totalement indicible. Je ne pouvais te dire ce qui me poussait dans ces accès de fureur et ces cris déchirants. Mes frères, anxieux, se couvraient les oreilles, tu fermais les fenêtres même si elles n'étaient jamais grandes ouvertes. Tu me serrais très fort entre tes bras solides, tout contre ta poitrine. Il s'agissait alors de me calmer autant que d'étouffer mes cris dans ta chair moelleuse. « Si les voisins entendent… » murmurais-tu parfois, comme une supplication, et sans finir ta phrase. J'étais alors petit et ne comprenais pas le risque qu'on m'emmène pour mieux examiner les causes des hurlements. Sans savoir la raison de ce qui m'agitait, tu pressentais sans doute que les traitements et cures qu'on m'administrerait ne pourraient pas m'aider.

Père n'était plus là. Tes parents te disaient, je les ai entendus maintes fois le répéter, que si j'avais un père, un homme responsable, j'irais sans doute bien mieux. On me trouvait chétif, pâle et mal assuré comparé à mes frères. Tout le monde ignorait que le mal était pire que ce qu'il paraissait. Tu as su camoufler aux yeux de l'entourage que ton plus jeune enfant depuis sa naissance hurlait toutes les nuits et souvent la journée, que des crises inouïes révulsaient tout mon corps sans raison apparente et me faisaient trembler, battre l'air de mes pieds, frapper le matelas durant de longs moments.

« Tu es né en colère », disais-tu quelquefois. Comme une constatation, ou une fatalité.

En colère de quoi, tu n'aurais pas su dire. Cela datait d'avant le départ de père, on ne pouvait donc pas lui imputer mes crises.

Tu restais avec moi le temps que je me calme, cela pouvait durer plus d'une heure parfois. Tu disais que j'avais des airs de possédé. Que mes yeux regardaient comme au-delà de toi et à travers les murs. Que j'avais l'air de voir des choses invisibles, effrayantes, douloureuses. Je ne m'en souviens pas, mère, de toutes ces nuits dont ton visage garde les traces de fatigue plus de vingt ans après. Et je n'ai de témoins que les dires de mes frères. Comme j'étais difficile. Souffreteux et hurlant. Comme tu étais patiente. Comme on nous regardait après le départ de père, et qu'il leur fallait être en tous points exemplaires et protéger au mieux le jeune de la fratrie.

Je suis bien désolé, de t'avoir causé autant d'inquiétudes. De t'en créer encore. La seule chose que je peux te donner aujourd'hui, c'est une entière franchise, à défaut de tout le reste.

D'abord sache que Louise n'est pour rien dans tout ça. Elle est la seule personne à laquelle j'ai su rendre un peu de tout ce que tu as pu me donner. Protection et confiance. L'enceinte de bras qui ouvrent une étreinte accueillante, remparts contre le monde et les regards qui jugent. Je dois à Louise de me sentir utile. De savoir que je peux être une personne ressource. Pas seulement un problème.

Si je n'ai la mémoire de ces nuits agitées et des crises nocturnes de ma petite enfance, il m'est resté une chose, qui court entre mes doigts, en un flux invisible. C'est un bouillonnement. Comme de la vapeur chaude trop longtemps contenue et qui cherche une issue. Ces mots que je déroule pour toi sur le papier évacuent un moment le trop-plein qui m'agite. Cette sorte de fureur qui vient je ne sais d'où, que j'ai toujours connue, ne trouve d'apaisement que le temps de t'écrire. Et en lisant aussi, des livres oubliés qui gisent dans une cave dont je te dirai plus, peut-être par la suite, je trouve de la beauté, qui vient de la justesse.

Les outils du langage viennent fixer ce qu'ils peuvent de l'expérience humaine. Souvent, c'est moins le sens des mots qui rend pleinement ce qu'ils tentent de décrire, que le rythme qu'ils prennent à l'oreille qui entend, sans même qu'on les prononce. Car les mots qu'on écrit présentent ceci d'étrange qu'ils s'égrènent en musique résonnant seulement pour l'être qui les lit. Et c'est cette musique silencieuse et secrète qui dessine le mieux la forme de ce qu'ils disent.

GRÂCE

Je ne suis pas la seule qui vit en entresol. Nous sommes assez nombreux, nombreuses à vivre ainsi dans la banlieue Sud. Je m'en suis rendu compte au fil des jours qui passent. Je croise des ombres, le soir, qu'on ne voit pas de jour. Des ombres fluides, discrètes, qui savent se couler dans les angles des rues sans se faire repérer. Les Autres nous ignorent, détournent le regard lorsque nous traversons les halls de leurs immeubles que nous nettoyons, les cantines d'entreprise où ils mangent le midi et que nous récurons, les restaurants où ils sortent le soir avant le couvre-feu et où nous faisons la plonge. Car la plupart des femmes qui habitent comme moi ces caves insalubres au Sud de la ville font des ménages le jour ou bien travaillent de nuit dans les grands entrepôts, et ne gagnent pas de quoi vivre plus décemment. Mais comme personne d'autre ne veut de ces jobs-là c'est nous qui les faisons contre quelques avoirs. De quoi manger, chauffer quand il fait froid nos quatre murs de pierre, et prendre aux pompes publiques l'eau dont on a besoin.

Tous les quartiers n'ont pas ces logements en sous-sol, la ville est bien plus grande que je l'imaginais. J'ai marché longuement, de jour d'abord, pour voir, mais je me suis aperçue que partout où j'allais les hommes en uniforme me demandaient ma carte. Car je n'ai pas l'allure de celles et ceux qui peuvent aller où bon leur semble dans l'enceinte de la ville. Depuis, je sors le soir, comme la plupart des êtres que l'on parque en banlieue dans des bâtisses croulantes qui n'ont pas l'eau courante. Je sais me déplacer de manière silencieuse après le couvre-feu, me jouer de ceux qui sillonnent les rues de nuit sur leurs bottes crantées à coque de métal, si bruyantes qu'on les entend venir de loin.

Ma tâche au restaurant commence l'après-midi, finit le jour tombant. Quand la vaisselle est faite et mes mains rouges, gonflées, je salue discrètement le chef de cuisine et ma vraie vie commence. Je parcours toute la ville et rentre après minuit. Je commence à connaître mieux sa topographie.

Tous les grands bâtiments de l'Administration sont dans le centre-ville, tout près des hauts immeubles où habitent les puissants. La cathédrale y trône sur une place pavée, que les Autres traversent chaque fin de semaine le dimanche pour prier. Car ils espèrent encore le salut au-delà des contours de leur corps fait de chair périssable.

À l'Ouest, près du fleuve qui forme un arc de cercle au-dessus de la ville, de petites maisons abritent de simples gens, qui travaillent en usines ou en centres de tri. C'est depuis ces maisons rangées au bord de l'eau qu'on voit le mieux la rive droite au pied de la montagne, où vivaient autrefois mes sœurs disparues.

À l'Est, vers les remparts de l'ancien port fluvial, on trouve des espaces de promenade familiale, sur des pelouses moussues. Plus loin, au-delà des tourelles des postes de contrôle, trônent les grands entrepôts où s'amassent les déchets de la ville tout entière, dans d'immenses containers à transporter ailleurs ou à incinérer. C'est là-bas qu'autrefois, avec mes éclaireuses, nous allions nous fournir quand nous manquions d'outils, métaux ou matériaux qu'on ne pouvait fabriquer ni trouver dans les bois, la montagne ou le fleuve.

Au Sud, les quartiers pauvres, où vivent les gens comme moi, dans de vieux bâtiments qui ne furent jamais beaux, et que l'on détruira pour en faire des neufs, en nous chassant plus loin à la périphérie.

Au fil des semaines, qui sont devenues des mois, qui forment maintenant près de trois longues années, je me suis vue développer d'étranges habitudes, qui m'alertent sur mon état intérieur. Une sorte de manie, une folie invisible. La manie de compter. Je ne l'avais jamais eue. Chez les Autres je compte. Les assiettes que je lave le soir au restaurant. Les marches que je descends jusqu'à ma cave, ensuite. Le nombre de visages que je croise dans la rue. Mon cerveau s'occupe seul pour ne pas trop penser. C'est que les souvenirs me reviennent trop souvent, et avec eux la houle des deux mondes perdus : celui de mon enfance et celui de mes sœurs. Le visage de Marcia vient se superposer à celui de Raquel. La pierre que nous creusions dans nos carrières blanches de l'autre côté du fleuve se rappelle à ma paume comme la pierre des falaises sur lesquelles j'ai grandi. Il me faut faire alors des efforts soutenus pour diriger ailleurs le flux de mes pensées. Ces rituels invisibles de comptage permanent sont devenus une manie. C'est seulement ainsi que je peux résister au vertige infini, à la vague déferlante qui m'avale tout entière quand je pense au passé.

ROSA

Des images me reviennent du jour où j'ai quitté la rive où je suis née, la ville où j'ai grandi, pour venir jusqu'ici. Des sensations, aussi. Que mon corps grelottant de fatigue et de faim ressent d'autant plus fort qu'en dehors de ces heures où le sommeil me prend, il n'est plus de douceur. Seulement la pierre et moi, mes mains qui grattent la pierre ou tiennent mon stylo et manipulent les feuilles sur lesquelles j'écris. Mes mains tremblent maintenant, je deviens moins lisible. La faiblesse me gagne.

Ces images m'assaillent chaque fois que je ferme mes yeux qui peinent à voir autre chose que des ombres, depuis deux jours maintenant que je suis sous la pierre. Quand s'efface le rayon de soleil du matin et que vient la pénombre, je redeviens ce corps et ces émotions qui datent d'il y a trente ans. Le passé se réveille comme si mes cellules avaient gardé intactes toutes mes impressions et chacun des détails, même les plus minuscules, de cette journée-là. Quand tout a basculé.

Sur la place où convergent les rues et les avenues du centre de la ville, la grande roue avalée par une brume grise, épaisse, irrespirable, se dresse vide au milieu de l'ancienne kermesse, telle la grande carcasse d'une maison hantée. Les gaz des fumigènes et les lacrymogènes se mêlent au brouillard qui monte depuis le fleuve, en cette fin de journée. Les paupières nous brûlent et nos voix se brisent en longues quintes de toux et en cris angoissés.

La foule est cadenassée.

Les branches de l'étoile que forment la Grand-Place et les rues adjacentes ont toutes été bloquées. Des murs de boucliers transparents surélevés, maintenus par des hommes en uniforme noir et caparaçonné, le visage recouvert d'un masque tubulaire. Une armée de hannetons ordonnée, rutilante, qui attend en silence que la police termine d'avoir gazé la foule. Je viens d'arriver à l'entrée de la place par la plus grande avenue avec mes amies, nous tenons une banderole, la dernière du cortège de manifestation. Mes yeux, ma gorge sont en feu. Au-dessus du brouillard on entend des moteurs, une nuée d'hélicoptères dont les pales dissipent peu à peu la fumée. Ce ne sont pas les pompiers. Je sens monter la peur le long de mes entrailles et je m'écarte un peu pour mieux observer le mur de boucliers qui bloque l'avenue juste à droite de celle que j'ai prise pour venir. Un mouvement de panique se répand comme une onde du centre de la place jusqu'au bout du cortège, quelque chose ne va pas. Nous ne devrions pas être ainsi encerclés. J'attire mes six compagnes vers la queue du cortège, « Il faut partir », je crie à l'oreille de chacune, et les presse de quitter les lieux au plus vite.

Personne n'a vu venir la première grande charge.

Le trajet de la manifestation avait été déposé, et dûment validé par l'Administration. Tout était parfaitement légal et le rassemblement comptait les habituels cortèges : syndicats, étudiants, cheminots, retraités, professeurs et soignants, associations de lutte pour le rétablissement du droit d'asile, collectifs de mères des jeunes disparus, instances d'opposition à l'application du Pacte national.

J'avais vingt ans depuis la veille. Je m'étais levée à l'aube.

Avec mes camarades du syndic d'étudiants, nous avions rendez-vous aux premières lueurs pour bloquer le campus de l'université. Nous avions charrié des sacs de ciment, des barrières de chantier et des chaînes de vélo pour cadenasser les grilles, avant que les agents ne viennent faire l'ouverture. Mais des flics étaient là, ils nous attendaient aux côtés des vigiles de l'université, qui prenaient des photos des visages présents. Les flics nous ont chargés puis nous ont poursuivis, pris dans leur camionnette quatre des camarades. Je me suis échappée dès les premiers sifflets et me suis réfugiée dans la salle de chaufferie à l'arrière du bâtiment d'accueil. Je ne savais pas encore que cette première fuite préfigurait la suite de cette journée d'horreur.

En fin de matinée le campus était calme. Je me suis glissée dehors pour reprendre le tram et me rendre au départ de la manifestation. Depuis des mois des blocages et des grèves, de grands rassemblements et des marches urbaines secouaient le pays. Le Pacte national avait été voté très majoritairement presque trois ans avant, mais l'application de certaines mesures rendait le quotidien trop difficile à vivre pour bien des citoyens. Le blocage des frontières aux personnes civiles séparait des familles, des amants, des amis. Le couvre-feu de minuit et le quadrillage dense des zones urbanisées par des escadrons de police, avaient déjà suscité maintes protestations, pétitions et plaintes. On s'accommodait mal de tous ces changements. La gronde qui sourdait avait pris de l'ampleur. Le peuple était d'accord pour le protectionnisme, et la préservation de l'environnement au sein du territoire. Mais que les déplacements soient désormais restreints dans l'enceinte du pays, que le grand protocole de renouvellement des jeunes générations implique un suivi médical obligatoire pour toutes les jeunes femmes en âge de procréer, tout cela soulevait l'indignation d'une partie conséquente de la population.

Mais c'est lorsque l'argent fut retiré des banques que le feu prit la poudre. Cette manifestation était la huitième qui traversait ma ville, depuis moins d'un mois qu'on ne disposait plus de salaires ni d'argent, mais d'avoirs nous donnant droit à tel type d'aliment, à tant de litres d'eau, à tel type de logement, selon notre apport annuel à la production ou la reproduction. Moi et mes camarades étions étudiantes, pas encore mariées, aucune n'était mère. Nos avoirs étaient donc calculés au plus bas. Nous n'étions pas les seules. Des gens de tous les âges se sont mis à descendre tous les jours dans la rue, munis de leur colère.

Mais après ce jour-là, c'est la terreur qui a soudé les gens entre eux et rangé le pays.

J'ai vu comment les hommes en carapace noire mettaient en joue la foule. J'ai vu luire sur le toit de plusieurs bâtiments autour de la Grand-Place le reflet d'autres armes. J'ai crié à nouveau à mes amies de fuir, c'était avant la charge. Éveline a eu cette présence d'esprit de nous faire nous engouffrer dans un des restaurants qui entouraient la place, entre deux avenues. Elle en avait la clef car elle y travaillait comme serveuse et barmaid quatre jours par semaine, et faisait l'ouverture. Les lieux étaient fermés et vides de clients lorsque la foule des trente mille manifestants a envahi la place par l'artère principale. Nous aurions dû savoir. Pourquoi auraient-ils fait évacuer les cafés, restaurants et commerces tout autour de la place, si ce n'était en vue de ce qui allait suivre ? J'ai tardé à l'admettre, mais c'était bien la preuve que l'élimination de la foule en colère était planifiée.

Depuis la cuisine du restaurant désert où nous nous sommes cachées, toutes les sept, tremblantes, nous avons entendu. Les cris, protestations de la foule en panique devant le blocage des rues autour de la Grand-Place. Puis les voix se sont muées en de longues quintes de toux, le silence s'est fait. Même la grande sono du camion de tête a cessé brutalement d'émettre le moindre son.

Soudain, un grondement. L'attaque des hannetons vrombissant de concert derrière leurs boucliers, le bruit assourdissant des pales d'hélicoptères descendant en piqué. Et puis les hurlements, les corps que l'on piétine, le crépitement des balles tirées des armes à feu. Les mêmes exacts sons résonnent en écho sans fin dans mes tympans, depuis maintenant deux jours que mes sœurs ont péri de la même manière. Encerclées et gazées, abattues et broyées.

Les sept rescapées que nous étions alors, accroupies sous les tables de cette cuisine chromée de restaurant de luxe, les mains sur les oreilles, échangions des regards avec dans nos yeux cette incompréhension. Comment était-ce possible ? Comment, trois ans après la Grande Disparition des jeunes générations, pouvait-on massacrer une foule entière ? Nos yeux n'ont rien vu de ce premier carnage. Car il y en aurait d'autres. Mais nous entendions tout. C'est ce qui a hanté le plus longtemps nos nuits de cauchemars intenses. Avoir été présentes et avoir survécu à l'inimaginable, mais sans avoir rien vu.

Nous sommes restées ainsi, cachées et silencieuses, durant quarante-huit heures, n'osant pas revenir vers la salle à l'avant du restaurant pour voir par les vitrines qui donnaient sur la Grand-Place, ce qui restait des corps. Nous avons entendu toute la nuit durant, et toute la journée qui a suivi ensuite, des bruits incessants, obsédants, de moteurs. Des moteurs de camions qui venaient, s'arrêtaient, repartaient. Nous ne parlions pas. Nous savions qu'il fallait partir mais tant que ces bruits duraient, nous n'osions pas bouger. Nous nous tenions serrées, par deux, par trois, sanglotant en silence, les mains sur nos oreilles.

À la fin de la deuxième journée, Éveline n'y tenait plus. Alors elle s'est risquée à aller regarder par le trou du passe-plat qui donnait vers la salle, pour tenter de comprendre. Elle est revenue livide, marchant à quatre pattes, après avoir vomi un long jet clair de bile.

« Ils emportent les corps dans de grands camions », a-t-elle dit seulement. Elle tremblait très fort. J'ai dû la maintenir serrée entre mes bras jusqu'à ce qu'elle s'apaise.

Nous sommes restées encore quelques heures sans rien dire, n'osant changer de place. Nous avons uriné dans des récipients, casseroles, saladiers, posés à même le sol. Nous avons partagé l'eau que contenaient nos gourdes car l'arrivée d'eau avait été coupée. Il nous aurait fallu quitter notre refuge pour aller l'actionner dehors, en devanture, et on nous aurait vues. Nous aurions pu manger ce qui restait des plats invendus de l'avant-veille dans la chambre froide, mais nous n'avions pas faim. Le soir tombant, nous avons récité à voix basse comme une messe les prénoms de toutes celles et ceux que nous connaissions et qui étaient parmi les manifestants. Nous avions toutes éteint nos téléphones de peur que la zone ne soit balisée de capteurs. Galatée et Zaïre, qui devaient retrouver sur la Grand-Place des proches, pleuraient en continu, se tenant dans les bras. Victoire dont la sœur nous avait précédées dans le cortège de tête, se tenait allongée sur le côté, ses jambes entre ses bras. Elle formait une boule entre les deux fourneaux, muette sous nos étreintes.

C'est la troisième nuit qu'Éveline a rompu la pétrification qui nous avait retenues de quitter notre abri. En chuchotant elle a détaillé chaque étape pour nous sortir de là. Pas seulement du lieu où nous étions recluses, pas seulement de cette ville où la plupart de nos camarades et amis venus manifester avaient été tués, là, sur la Grand-Place. Quand nous sommes sorties par la porte arrière au milieu de la nuit, dévalant telles des ombres effrayées les ruelles qui descendent du Centre vers les quartiers Est où coule le grand fleuve, nous avions décidé de quitter le pays. Aucune d'entre nous n'avait encore d'enfants. Nous laissions nos parents, pour celles dont les familles n'étaient pas venues manifester aussi.

Juste avant de partir, sur l'idée d'Éveline, nous avons finalement ouvert la chambre froide et emmené tout ce qui pouvait être mangé. Nous avons pris des nappes, qui serviraient de draps pour dormir dehors, et quelques ustensiles. Nous avons fait tout cela quasiment sans parler et sans faire de bruit. Puis nous avons suivi Éveline par la sortie arrière, la sortie des poubelles, qui donnait sur une ruelle en arc de cercle, parallèle à la place. La nuit était noire, c'était le troisième soir après le grand massacre. L'air sentait la fumée, et quelque chose d'autre, quelque chose d'ignoble, de lourd et d'écœurant.

La rue était déserte, chose très étonnante. Nous n'avons pas pu voir la Grand-Place et cela me hante encore maintenant, presque trente ans après. De n'avoir rien vu.

Nous avons traversé les quartiers Centre et obliqué vers l'Est en évitant les rondes. Constance connaissait la ville comme sa poche pour avoir travaillé comme coursière à vélo. C'est elle qui nous guidait. Elle nous a fait jeter nos téléphones portables dans diverses poubelles, canaux et bouches d'égout dispersés dans la ville. La police nous avait sans doute prises en photo lors du blocage matinal de l'université où nous étudiions. Si nous étions fichées, il fallait éviter que l'on nous sache ensemble, et encore en vie. Nous mourions de peur.

Nous espérions pouvoir franchir le fleuve de nuit, au niveau des écluses. Il y avait des rondes et c'était dangereux, il faudrait y aller une à une en silence, glisser doucement dans l'eau, nos sacs sur la tête, entre chaque passage des hommes en uniforme. Chacune a traversé à la lueur des étoiles. J'étais la sixième. Après moi, Galatée.

Elle n'a pu traverser que jusqu'à la moitié. Nous étions déjà toutes rassemblées et trempées, derrière les massifs d'arbustes sur l'autre rive. Nous la regardions progresser lentement, le cœur battant. Comme nous six avant elle, elle perdait l'équilibre, glissait sur la pierre lisse et la mousse gluante qui tapissait le fond du bassin de l'écluse. Elle était juste une ombre au milieu de l'eau. De loin, avec le sac qu'elle tenait sur sa tête, on aurait presque dit une souche flottante.

Soudain nous avons vu son visage blafard, épuisé, éclairé par une lumière puissante. Ce n'était pas une ronde de gardiens de nuit, mais l'écluse qui soudain se remplissait afin que passe un chargement. Un grand bruit de métal se fracassant au sol sur les pavés des docks a retenti alors. Des camions arrivaient avec des containers et une odeur atroce envahissait le port. J'ai retenu un cri. Un haut-le-cœur m'a prise et secoué tout mon corps. Victoire et Annonciade ont vomi en silence sur la terre mouillée juste à côté de moi. C'étaient les chargements de corps que les camions avaient amassés pendant deux jours pour nettoyer la place de l'immense massacre, tandis que nous étions cachées dans la cuisine du restaurant.

Nous avons vu comment Galatée, impuissante, a dû lâcher le sac qu'elle tenait sur sa tête, pour pouvoir nager. Elle s'est débattue mais l'eau montait trop vite, elle n'avait plus pied. Et lentement, très lentement, son corps a reflué vers le sas de l'écluse. Elle n'a pas crié pour ne pas nous trahir, révéler sa présence et causer une alerte et des fouilles sur les berges. Zaïre s'est levée, prête à courir vers l'eau. Je l'ai plaquée au sol, secondée par Éveline. Nous ne pouvions rien faire que de voir Galatée sombrer dans l'eau si noire.

Son nom est le premier que nous avons inscrit pour toujours dans la pierre, quand nous avons œuvré à creuser la montagne.

ÈVE

Quand je suis arrivée ici avec l'enfant, je ne connaissais personne chez qui chercher de l'aide. Ceux qui m'ont mise au monde sont un danger pour moi, peut-être pour l'enfant. Au mieux ils nieront qu'elle est bien de ma chair, donc de leur descendance. Mais je sais que l'on doit toujours s'attendre au pire de la part des grands pontes de l'Administration, donc je me débrouille seule.

J'avais heureusement une carte d'identité, donnée par une des sœurs la veille de mon départ. Impossible pour moi d'utiliser mon nom pour revenir vivre ici. Car c'est le nom de ceux qui ont voulu ma mort, du moins symboliquement. Maïna me ressemblait, nous avions le même âge. Elle seule avait compris que je voulais quitter notre sororité. Sans même que je lui parle de mon départ prochain, elle m'a tendu sa carte comme un cadeau d'adieu, s'interdisant ainsi la possibilité de revenir un jour vivre parmi les Autres, repassant la frontière comme moi je l'ai fait. Qu'elle en soit remerciée, je pense à elle souvent. J'imagine qu'elle aussi repose dans la montagne.

J'ai pu trouver une place, un emploi, une maison. Une place discrète. Car il en faudrait peu pour qu'on sache d'où je viens et quel monstre je suis aux yeux de qui m'a faite. Au point qu'ils ont fixé une plaque à mon nom, dans le caveau familial du cimetière central. Plutôt me faire passer pour leur fille regrettée partie dans l'au-delà, que supporter la honte que j'incarne à leurs yeux.

Ni mon logeur ni mes employeurs au centre de tri n'ont de lien direct avec ceux que je renonce à appeler ma famille depuis que je l'ai fuie. Je dois rester furtive dans les interactions sur mon lieu de travail, dans la rue, à l'école où j'emmène l'enfant. Veiller à ne jamais attirer l'attention. Un faux pas et je risque le peu qu'il me reste. Or je dois à l'enfant un environnement stable, et de quoi la nourrir, la vêtir, la loger. Elle n'a pas choisi de venir en ce monde. Le moins que je puisse faire est de prendre soin d'elle et de la protéger. Alors je reste coite. Sage, irréprochable. Une mère parfaite, citoyenne accomplie. J'apprends à ma petite à ne pas faire de vagues.

Si je trouvais un homme et me mettais en paire, cela garantirait qu'on me laisse tranquille, mais je ne m'y résous pas.

C'est qu'il faut comprendre comment j'ai aimé Louve : trop pour ce qu'une âme humaine peut normalement contenir. La première fois que nous avons soulevé nos vêtements pour mettre en contact la peau nue de nos ventres, deux louves se sont jetées l'une sur l'autre pour se saisir à la gueule comme deux qui se cherchaient depuis longtemps et attendaient de pouvoir mélanger leurs crocs, jouer, se mordre et courir parmi les arbres dans l'air frais de la nuit. Un arc électrique nous a traversées en même temps par le centre du corps, nous avons haleté.

Nous sommes restées pantelantes l'une contre l'autre, il a fallu ensuite s'écarter un instant. L'arc était trop puissant.

Nous nous sommes rapprochées après quelques secondes. Nous étions allongées. Je me suis mise au-dessus d'elle. Elle a enlevé le reste de ses vêtements et j'ai ôté les miens. J'ai pris entre mes dents ses cheveux et son cou. Puis je lui ai demandé de venir à l'intérieur de moi. Je voulais la sentir et former avec elle une boucle, alors je suis entrée en elle aussi. Quelque chose s'est produit en cet instant précis, j'ai senti qu'elle pourrait m'accueillir vraiment. J'ai posé ma bouche sur son sexe tout en restant à l'intérieur d'elle. Sa voix est montée et je l'ai entendue non par mes tympans mais par les pores de toute ma peau. Elle a oublié que nous n'étions pas seules dans la maison et sa voix s'est gonflée comme un orage dans l'air, avant de cascader en rire quand elle s'est rappelé qu'on pouvait nous entendre.

Nous avions ignoré le rituel d'adoubement qu'on pratiquait chez nous, lorsqu'on est en amour. Je ne m'en souciais pas, mais j'ai appris plus tard de la bouche de Rosa l'importance du rituel dans le cercle des sœurs.

D'abord le rituel veut que lorsque deux sœurs s'aiment, elles le disent à une sœur qui le dit à une autre, qui le répète encore : « Maïna et Raquel sont maintenant en amour. » Le rituel veut que toutes sachent quand un amour naît, quand un amour finit, et quand l'une en aime deux, elle doit le dire aussi. Les amours à plusieurs étaient chose licite si toutes étaient d'accord pour aimer de la sorte. Il y avait parfois des douleurs, des colères, et si l'une souffrait de n'être pas la seule que son amante aimait, les sœurs pouvaient venir donner leur réconfort. Compagnie silencieuse, paroles ou caresses. Prendre soin de ses sœurs, c'était se proposer pour essuyer des larmes, offrir sa peau nue comme on tend un drap lisse qui recouvre un chagrin. L'ultime trahison dans le cercle des sœurs est la blessure d'amour. Faire souffrir une sœur en se montrant cruelle est une chose interdite et vous mettait au ban, à l'écart des soirées, des danses autour du feu, le temps que l'on oublie, que la blessure guérisse.

Mais lorsque des sœurs s'aiment, cela doit être dit.

Nos amours qui partout doivent se taire, se cacher, ces amours pour lesquelles toutes nous avons dû fuir nos contrées d'origine, à cause desquelles certaines portent un sceau d'infamie brûlé à même la chair, ont vu celles qu'elles aimaient pendues, violées, brûlées, enfermées pour toujours selon la loi du lieu où elles vivaient avant, ces amours interdites, chez nous pouvaient se dire, et se vivre au grand jour.

Pour réparer la honte, conjurer le silence, les souffrances, le rejet, la violence subie dans nos vies précédentes, nous nous devions de dire à voix haute et claire : « J'aime unetelle, et elle m'aime en retour », et puis le célébrer.

Louve et moi n'avions pas formulé une parole, nous restions silencieuses sur ce qui nous liait. Il fallait que cette chose qui dansait dans nos veines soit totalement nôtre. On verrait bien ensuite. Ce qui nous rapprochait était bien plus sauvage, bien plus doux et sensible que les mises en paire que j'avais pu connaître. Il nous fallait du temps et le secret des arbres. On se retrouvait dans la forêt la nuit. En plein jour je n'aurais pu soutenir son regard cru, toujours ouvert sur moi même lorsque nos visages étaient si rapprochés qu'on n'en distinguait plus les traits.

Il y avait dans sa façon de bouger de la vigilance, des mouvements coulés, de la force. Son corps très différent du mien, hanches étroites, poitrine de garçon, appelait sans un mot les paumes de mes mains. La vue de son dos, ses épaules, son ventre faisait accélérer ma respiration. Je l'aimais tellement que je n'en dormais pas, que je n'en mangeais plus. Mon corps a diminué de moitié les premières semaines que nous nous fréquentions. J'aimais la sensation de mes sens aiguisés. Je ne voulais de chair dans ma bouche que la sienne. Je voulais n'être plus que l'essence de mon corps, mes membres s'exerçaient toujours dans la montagne et les bois, je gagnais en acuité, en force même en ne mangeant pas.

Nos jeux prenaient l'allure des combats d'animaux avant qu'ils ne s'accouplent. Elle plaquait mon bas-ventre contre la terre humide pour labourer mes reins. J'attrapais sa gorge et tirais en arrière juste avant de la mordre. Notre peau s'imprimait des traces des morsures. Je l'aimais trop pour mon seul corps, mon seul être. Cela débordait comme le fleuve aujourd'hui. J'aurais pu percer sa chair avec mes dents, j'aurais voulu qu'elle ouvre ma peau et qu'elle me fasse saigner.

Ce trop faisait jaillir mes larmes quand je me faisais jouir sans elle. Ma voix enflait au moment de l'orgasme comme si elle me baisait. Je voulais enfouir mon visage dans son cou à l'orée des cheveux, humer, la respirer, lécher, sortir les crocs.

Elle était bien plus belle que tous les animaux et tous les êtres humains.

Son toucher procurait un extrême apaisement, ou un déferlement qui m'engloutissait toute. La puissance de la chose me menait jusqu'aux larmes. Les deux louves s'étaient peut-être cherchées trop longtemps. Quand elles se sont trouvées elles se sont enfuies loin, laissant nos corps haletants. Elles ont passé la première nuit dehors sous les étoiles, nichées l'une contre l'autre, cachées sous des branchages. Peu à peu elles sont revenues visiter leur tanière, le centre de nos corps. Nous avons appris à respirer ensemble pour les mettre en contact sans tomber dans le vide.

Je l'ai aimée tellement que je sais maintenant ce qu'est la vérité et ce qu'est la beauté. Ces choses que les Autres ne cessent de salir. Ça me rend impossible toute compromission. Je ne pourrai jamais partir de cette rive, où je sens sa présence. Si elle est quelque part elle me trouvera là.

GRÂCE

La journée, je suis seule dans mon demi-sous-sol. L'endroit est assez sombre mais je m'y sens un peu comme dans les galeries que j'ai longtemps creusées là-bas avec mes sœurs. Avec du charbon, ou des mines de crayon dérobées au travail, je dessine sur les murs de béton lisse et gris. Je trace des visages, qui me tiennent compagnie. Le premier que j'ai fait est celui de Marcia.

Les yeux noirs, aux bords aiguisés. Une certaine densité du regard. Une solidité des muscles, les épaules charnues. J'ai dessiné cela. Mais comment rendre l'aisance de tous ses mouvements. Sa manière de marcher, le menton relevé, la gloire de sa jeunesse. Son air indestructible. Le sable sur la plage, l'air et l'eau autour d'elle. L'odeur de l'océan. Comment restituer nos rires, sa peau mouillée d'écume, l'euphorie merveilleuse des longs après-midis où nous jouions des heures dans les vagues mouvantes, devant les rangées immobiles de mouettes disposées en ligne comme des rangs de spectatrices. Nous avions des raquettes et une balle dure, que nous faisions rebondir. Il fallait faire durer le plus longtemps possible. Marcia était plus entraînée que moi. Elle courait tous les jours à l'aube sur le bord de la plage, pieds et torse nus. Marcia n'avait presque pas de seins à l'adolescence, on eut dit un garçon. Les cheveux ras ombraient son crâne bien fait. Sa mâchoire saillante, son nez droit, sourcils noirs, donnaient à son visage un air déterminé.

Quand je l'ai vue la première fois, j'étais avec d'autres filles du village dans lequel j'ai grandi, en haut de la falaise.

Elle venait d'une ville plus loin dans les terres et voyageait toute seule à l'âge de seize ans, avec un passe-droit falsifié certifiant qu'elle allait rejoindre sa famille. Nous, les autres jeunes filles, n'étions pas comme elle. Nous n'aurions jamais su comment, ni jamais eu l'idée, de faire de faux papiers ni de voyager seules.

Lorsqu'elle est arrivée sur la place du village, j'avais juste quinze ans. Nos yeux se sont croisés et j'eus la certitude, la conviction très nette, qu'une force impalpable l'avait fait venir là pour que l'on se rencontre. À cause de cet instant, nos regards accrochés comme par une évidence, j'ai cru pendant longtemps qu'il y avait un destin.

Le soir où, pour la première fois, je l'ai invitée à manger chez ma tante avec d'autres filles, on n'a pas trop parlé, elle me semblait timide. Ou plutôt réservée. J'ai dansé toute la nuit sur le toit de chez nous, où ma tante grillait tous les soirs du poisson. On dînait assez tard, quand le soleil baissait et qu'on avait moins chaud. On sortait un appareil à musique que ma tante avait gardé de sa vie à la ville. Raquel dansait aussi, elle était ma cousine, de deux ans mon aînée. Toutes les filles riaient, heureuses sous les étoiles. Marcia ne le savait pas, mais je dansais pour elle. Tout mon corps ondulait du désir d'attirer ses yeux sur moi. J'étais comme ces oiseaux de bruyère qui viennent sur la falaise le soir au tomber du soleil en saison des amours et déploient toutes leurs plumes, pour plaire et s'accoupler. Une oiselle cendrée.

Marcia comme moi aimait à la folie l'odeur de la terre là-haut sur le grand roc. Les odeurs d'alors. Les sardines grillées sur le toit dans le noir, pêchées le matin même. Leur peau craquante, fumée. Leur chair juteuse, salée, l'âcre du feu de bois. Raquel et moi commentions en riant nos manières respectives de manger le poisson. J'arrachais l'arête dorsale d'un coup, une fois la tête coupée et la chair séparée de la pointe du couteau. Raquel les grignotait comme on mange du maïs. Marcia mangeait lentement. Nous aimions toutes les trois les patates douces à chair blanche et à la peau rosée qu'on enfouissait profond sous les cendres, et qui cuisaient longtemps. Raquel et moi buvions du vin glacé en cachette de ma tante, dès qu'elle tournait le dos. Nous remplacions par de l'eau ce que nous avions bu pour masquer le larcin. Ma tante s'étonnait que le vin soit si léger qu'il ait le goût de l'eau. Marcia ne buvait pas. Moi la tête me tournait mais je dansais, dansais, priant Raquel de me dire, une fois encore, quelles étoiles quelles planètes surmontaient notre toit, dans le ciel qui n'est jamais tout à fait noir, si près de l'océan.

On ne pêche plus de sardines, dans ce village-là. Ni dans aucun village de la côte depuis que les Autres sont venus en masse chercher chez nous la fraîcheur des embruns en fuyant les étés trop longs, les grandes chaleurs qui rendent difficile la vie dans les grandes villes la moitié de l'année. La pêche trop intensive au vu de l'arrivée de tous les citadins empêche les poissons de se renouveler, et la mer trop acide asphyxie le plancton et les petites espèces que mangent les poissons. Après quelques années, c'était comme à la ville, on ne trouvait au marché que les poissons d'élevage nourris dans des bassins de granulés formés à partir de déchets de ces mêmes poissons. Nous mangeons des poissons qui mangent leurs déchets, et pour cela il faut présenter des tickets. Mais quand j'étais enfant, on grillait chaque jour les sardines que les femmes du village capturaient à l'aube en bas de la falaise avec leurs filets. Marcia et moi allions chaque matin y rejoindre ma tante. Les pieds dans l'écume, les doigts gourds dans l'eau froide, le sel piquant nos yeux, nous étions heureuses.

J'étais saisie d'envie que nos corps se mélangent. Sa nuque rase, ses épaules, l'angle noir de ses yeux, le bruni de sa peau, j'étais prise de désir pour la première fois. Cette sorte de désir qui vous habite toute et tourne à l'obsession, s'il ne se consume pas dans de longues étreintes. Et encore en faut-il, des joutes, des corps-à-corps, pour en venir à bout, de ce vrai désir-là. J'avais l'âge de savoir. J'avais déjà frotté ma peau à d'autres que la mienne, par curiosité. J'étais précoce, disait ma tante. Et Raquel me couvait de son œil amusé. De deux ans mon aînée, elle me gardait près d'elle, se sentant le devoir de bien veiller sur moi depuis que j'étais là. J'ai grandi avec elle, je ne me souviens pas d'un temps avant Raquel. Le tout premier souvenir de ma petite enfance, c'est elle qui me chatouille d'abord sous les aisselles, le ventre, la plante des pieds. Je revois son visage, son sourire, ses yeux gris.

J'entends encore ses cris à dix mètres sous terre, pendant que s'éboulait la grande galerie.

PREMIÈRE LETTRE DES URANIENS

Nous parlons un autre langage.
Ils disent identité. Nous disons multitude.
Ils disent maîtriser la banlieue. Nous disons métisser la ville.
Ils disent capital humain. Nous disons alliance multi-espèces.
Ils disent pouvoir. Nous disons puissance.
Ils disent intégration. Nous disons code ouvert.
Ils disent homme-femme, Blanc-Noir, humain-animal, homosexuel-hétérosexuel…
Nous disons tu sais bien que ton appareil de production de vérité ne marche plus.

RAPHAËL

Mère, ce matin à l'aube j'ai fait fleurir des mots sur les murs de la ville. Mes jambes en tremblent encore, car la police a bien failli nous attraper. Nous avons dû courir, mon compagnon et moi, lâcher les seaux de colle, nos brosses et une liasse entière de feuillets.

Personne ne court jamais, dans nos rues. Les gens marchent lentement, les yeux sur leur écran ou bien dans le vague. On dirait qu'on habite une cité somnambule. Courir est une manière de se faire remarquer. Alors pour échapper aux hommes en uniforme nous avons eu l'idée après une course folle à travers tout le Centre, de marcher lentement dès que nous avons atteint la rue la plus passante, près du grand carrefour. Des gens sortaient des bus pour aller au travail, des grappes se formaient, des corps se déplaçant vers les hauts bâtiments qui les avalent chaque jour et les recrachent le soir, leur travail terminé. Je me suis collé à eux, et fondu dans la masse, c'est ce qui m'a sauvé. J'enrageais tout de même d'avoir abandonné toute une pile d'affiches prêtes à encoller. Nous n'avions couvert que les quartiers Centre, rien à l'Est ni à l'Ouest. Et la police a eu vite fait d'arracher notre œuvre.

Mais tout le centre-ville s'est réveillé avec ces phrases collées aux portes, aux murs aux vitrines et fenêtres de tous les rez-de-chaussée. Peut-être les as-tu lues en allant ce matin à l'Administration des Biens et des Services ? Sans doute tu n'oses pas t'arrêter en pleine rue à la vue des passants. L'affichage sauvage est prohibé et sa lecture illicite, or jamais de ma vie je ne t'ai vue trahir la moindre consigne ou prendre quelque risque. C'est que tu avais à cœur d'être irréprochable, totalement infaillible. Nous étions six enfants à dépendre de toi.

Ces mots te parlent-ils ? Ceux que nous avons collés ? J'en doute mais j'ai besoin de te les recopier, je les joins à ma lettre. L'auteur est un ami. Il se dit uranien. J'en suis un moi aussi. Nous sommes une multitude qui parle par ses mots, et à travers sa voix. Il me faudra te dire ce que c'est qu'être nous, et à quoi nous œuvrons.

Cela me semble fou que tu m'aies mis au monde, que tu aies traversé mes angoisses et mes joies durant toute mon enfance, mais que tu ne saches pas qui je suis devenu depuis que je suis un homme. L'âge adulte sépare, les îles que nous sommes s'éloignent peu à peu. Il reste l'affection, le lien de mère à fils. Ta main chaude sur ma joue, que tu poses une seconde lorsque je viens te voir le temps d'un déjeuner. Mais cela tourne court. Il y a des questions que tu ne poses pas. Des réponses que tu n'es pas prête à écouter, cela te peinerait. Tu me connaîtras mieux à travers cette longue lettre et après mon départ que tu me connais maintenant.

T'écrire me fait du bien. Même à Louise je ne peux pas raconter certaines choses. Je dois la protéger. Mère sais-tu que toutes les données du réseau sont stockées, contrôlées, et qu'il serait possible de retrouver la trace des images du passé, de tout ce qu'on trouvait sur les écrans avant la fin du monde connu ?

Tu nous parlais parfois, à moi et à mes frères, quand nous étions petits, de tel film ou série que tu aimais enfant, de tel lieu visité avec tes parents, et puis tu t'arrêtais au milieu de ta phrase, comme prise au dépourvu. Et je sais maintenant qu'un abîme s'ouvrait à l'intérieur de toi lorsque tu évoquais le monde qui n'est plus. Il y avait des vides, des lacunes de mémoire, des absences de possibles. Mais tu nous as transmis de ton imaginaire aux ailes déplumées tout ce que tu as pu. Tu transposais pour nous *Le Livre de la jungle* en milieu urbain. Tes petits citadins, qui jamais n'avaient vu autre chose que la ville et les rives du fleuve qui en sont la limite, ont grandi en sachant qu'il y avait des ailleurs.

Je me rappelle cet été, le seul où tu as eu un passe-droit pour aller avec nous en voyage, au village de vacances à l'Ouest du territoire. Nous avons pris le train. Nous étions excités, vibrants et agités, impossibles à tenir dès lors que nous t'avons vue remplir des valises. On partait en vacances ! L'occasion est si rare, tu avais l'air inquiet et même presque abattu juste avant le départ. C'est que tu pressentais ce qu'on éprouverait au retour dans la ville. Voyager même si peu, seulement trois heures de train, jusqu'à la grande falaise de la frontière Ouest, donne un autre horizon.

On a vu l'océan.

Mes frères chahutaient, criaient, faisaient la course, sur les grandes pelouses des aires de pique-nique où les gens comme nous pouvaient se promener. Nous dormions dans deux chambres d'hôtes d'un village tout en haut des falaises. Pour s'y rendre il fallait simplement prendre un bus, juste devant la gare de la ville d'arrivée. Et les gens du village étaient si habitués aux vacanciers d'été qu'ils nous traitaient comme des êtres familiers. Parmi les habitants il y avait peu d'enfants, beaucoup de femmes âgées, qui tenaient des boutiques, auberges, restaurants. Nous étions dehors du matin jusqu'au soir, les sentiers, les collines étaient devenus nôtres. Et même s'il était interdit de se rendre tout en bas des falaises et de plonger dans l'eau, les embruns nous faisaient sentir le vent du large et mouillaient notre peau. Nous étions une meute avide de grand air, c'était la première fois que nous passions l'été hors de la chape de plomb de notre capitale. Que nous pouvions courir, crier sans réprimandes, sans refréner nos gestes ni le son de nos voix, sans avoir à contenir l'énergie et la joie, l'ivresse de l'enfance.

Mais après trois semaines, il a fallu rentrer. Et j'ai compris alors pourquoi ton air inquiet, et ton maigre sourire en nous regardant jouer, crier à pleins poumons, chanter et courir libres. Tu savais qu'il serait d'autant plus difficile de revenir chez nous aux rituels immuables des quatre rues pavées entre l'école, le parc et le supermarché. Et notre promenade-pique-nique du lundi sur la pelouse rase qui longe le bord du fleuve. Nous avions cette chance d'être allés en vacances et serions les héros de la rentrée scolaire. Mais tu savais qu'il n'y aurait pas d'autre fois. Chaque famille a droit à un déplacement de vacances d'été. Une bonne gestion des ressources et loisirs de la population exige parcimonie des énergies allouées au transport des humains. Tu as connu l'époque où l'on pouvait partir dans un pays voisin, se baigner dans la mer, marcher dans les montagnes, rencontrer des personnes parlant une autre langue. Tu nous l'as raconté, cela nous semblait fou.

Tu sais comme l'enfance est riche de promesses et se bâtit des mondes à partir d'un rien. Et nous étions heureux, entre nos quatre rues, avec les rituels qui marquaient la semaine, le samedi, le dimanche. Les enfants aiment ce qui se répète et revient, ils aiment maîtriser la routine qui donne sens à leur vie toute neuve. Mais tu sais bien aussi comme cela crée un vide au milieu du corps, quand un possible s'ouvre, un vent de nouveauté, mais qu'il est condamné à rester chance unique. Souvenir isolé d'un vécu linéaire.

Depuis que dans le train du retour de vacances j'ai vu ton air inquiet, ton regard fatigué qui se posait sur nous comme si nous étions de jeunes condamnés ignorants de leur sort, je n'ai jamais cessé de chercher un ailleurs. De repousser un peu les limites du licite. Saboter en silence les cadenas des grilles qui clôturent nos vies.

ÈVE

C'est l'enfant qui m'éveille le matin, à la réalité, elle qui de sa voix claire réclame que je me lève, elle s'habille tandis que je prépare son petit déjeuner. Je m'assois face à elle et la regarde manger à gestes sûrs, rapides. Elle égrène les leçons qu'elle apprend pour l'école et je hoche la tête, puis elle attrape son sac et se dépêche dehors. Elle craint d'être en retard, n'aime pas qu'on la remarque, que ce soit par l'absence ou un air essoufflé d'avoir couru après l'heure de la sonnerie. Une fois qu'elle est sortie – elle fait le chemin seule depuis qu'elle a six ans – j'ai une heure, pas plus, avant d'aller pointer devant l'ordinateur où j'empile des chiffres dans des colonnes vides, assise en rangée avec d'autres humains qui remplissent de chiffres des colonnes eux aussi, dans le centre de tri des déchets de la ville. Cette heure-là m'est précieuse, elle m'appartient. Commence mon rituel. J'ouvre le cahier dans lequel j'écris, et avec lui le monde où se déploient tous mes souvenirs du passé. Je veux tout consigner. Je ne sais ce que deviendront ces pages que je remplis, mais si un jour je meurs notre histoire survivra, elle sera sauvée. La mémoire de mes sœurs, et celle d'un amour qui ne peut s'oublier.

Louve et moi nous étions sans doute déjà connues dans une précédente vie. Trop de signes étaient là pour nous en alerter. Cet arc électrique qui nous a traversées la première fois qu'on s'est collées nues face à face. La spirale qui nous avalait quand l'une posait sa bouche au milieu du dos de l'autre. Les larmes, il y a eu tellement de larmes dès le début. Je pleurais de l'aimer tant. Elle pleurait dans mes bras, je pleurais après qu'elle m'avait fait jouir. Nous nous étions forcément connues avant, et il y avait un torrent de larmes à charrier pour purger la douleur d'une vie passée, de la vie présente.

J'avais peur. Peur qu'elle se retire du trop d'intensité. Je savais que nous nous étions connues pour vivre ce rapprochement et je l'ai attendue, patiemment, durant presque deux ans. Elle semblait ne pas savoir. Elle ne me voyait pas, vraiment. Elle aimait ma présence mais je la voyais souffrir d'autres tourments, faire le deuil d'autres amours, récentes. Je la regardais faire ces deuils et passer par les stades de la colère, de la tristesse immense, de la solitude, du désespoir. J'étais là. Je savais que nous devions nous aimer. Que c'était ainsi.

J'attendais. Elle ne savait pas, c'était évident.

Alors quand je l'ai vue être traversée de cette onde électrique, quand je l'ai entendue jouir, quand je l'ai gardée serrée nue en larmes entre mes bras et que je l'ai sentie bouleversée, je me suis dit que peut-être maintenant, elle devinait. Je ne pouvais décemment pas lui dire : « Nous nous sommes déjà aimées, autrefois. Je n'ai aucune preuve de ce passé, ni de l'existence même des vies antérieures. Je ne crois pas vraiment aux voyantes, l'horoscope me laisse dubitative. Mais je sais avec certitude, je sais intimement et sans doute aucun, que nous nous sommes déjà aimées et que nous nous aimerons. »

Elle m'aurait crue folle. Elle aurait eu raison. Donc je ne disais rien.

Je la regardais se battre avec sa douleur. Des flots de larmes écoulaient hors d'elle des torrents de tristesse. Il fallait que cela se fasse. Il fallait que je la laisse. Elle avait tant souffert dans sa vie précédente, celle qu'elle avait fuie en venant chez les sœurs.

J'attendais. Je savais que peut-être il lui faudrait mon aide pour comprendre mieux ce qui se passait. La mémoire de l'eau. La mémoire des âmes, la mémoire de la peau.

Louve avait ces impatiences, des montées sanguines d'énervement. Sa peau frémissait, parcourue de frissons imperceptibles à l'œil. Ça ne se voyait pas mais ça se sentait comme une onde, qu'elle se hérissait. C'est qu'il n'y a pas de filtre entre le monde et elle. Elle est d'une matière que tout fait réagir, le froid, le chaud, la pluie, le vent, le hurlement des loups, les trilles des oiseaux. Elle était sentinelle en même temps que chamane. Personne ne voyait à travers la nuit comme elle, ses yeux mobiles et sombres, aux paupières en biseau, captaient chaque mouvement. Elle parlait assez peu, et souvent à voix basse, il faut tendre l'oreille pour pouvoir l'écouter. J'ai su très vite qu'elle verrait tout de moi et accepté le fait de ne rien lui cacher.

Deux louves s'étaient trouvées. J'allais les tatouer au centre de mon corps.

GRÂCE

Comme chaque soir j'attends que la nuit tombe pour quitter ma tanière. Je guette par le soupirail au ras du trottoir gris l'ombre grandissante, puis la pâle tentative des réverbères pour donner à la ville une nouvelle clarté. Dans les quartiers Sud comme celui que j'habite, chaque halo jaune découpe une parcelle de bitume où on ne marche pas, pour ne pas être vu. On se faufile plutôt dans l'ombre près des murs, évitant les fenêtres qui restent allumées.

Chaque nuit qui commence me ramène à Marcia, à la période bénie de mon adolescence. Quand j'attendais que sonne le tintement familier sur le verre de ma fenêtre.

Marcia était de celles qui parlent assez peu mais dont la seule présence emplissait tout l'espace.

La nuit, un gravillon au carreau de ma chambre annonçait sa venue. J'allais déverrouiller la porte de derrière et on se faufilait, telles deux ombres ardentes le long du couloir mince, dans l'escalier grinçant. On savait éviter la troisième marche, qui trahissait quiconque posait le pied dessus.

Je dormais avec elle, nos jambes emmêlées, mon torse contre son flanc. Si je me retournais, elle suivait mes mouvements de son corps alangui, qui venait marier chacune de mes courbes. Elle était mon refuge, son épaule rassurante accueillait bien ma joue et le poids de ma tête. Je caressais son ventre d'une main toute légère. Quand le désir montait j'enjambais ses deux hanches, étendue sur le dos elle prenait mes fesses entre ses paumes larges. Mon sexe s'écrasait, s'ouvrait sur son pubis, je réclamais ses doigts, qu'elle mouillait de salive, glissait dans mon vagin, elle me faisait gémir.

Au fil des mois passant et des nuits partagées, nous osions des mots crus, chuchotés à l'oreille pour ne pas réveiller ma tante par nos enfièvrements. « J'ai envie de toi » ; « De quoi tu as envie ? » Elle me faisait tout dire dans les moindres détails, et elle s'exécutait. J'avais le sentiment terrible et exaltant de vivre une chose unique et trop belle pour être même nommée devant d'autres personnes. Je me concentrais toute pour garder en mémoire dans chacune de mes fibres ses gestes, son odeur, nos mots, mes sensations. Je savais que la vie n'offre pas si souvent de si précieux moments. Et je me réveillais très souvent avant elle. L'angoisse du petit jour, le réveil de ma tante, la peur d'être surprises. Mais aussi la douceur, le délice de sa peau encore chaude de sommeil sous mes lèvres glissant le long de son épaule, la pulpe de mes doigts caressant sa nuque brune sous ses cheveux très courts.

Je cherchais sous les draps les odeurs de la nuit, ma bouche cueillait son sexe. J'aimais qu'elle pose ses mains à l'arrière de ma tête, geste sûr et tranquille, impulsant à mes lèvres, à ma langue, le bon rythme. Elle bougeait son bassin et je sentais venir, aussi douce que puissante, la vague de son plaisir me traverser aussi. Muqueuses contre muqueuses, ma bouche sentait son sexe, elle ramenait ma tête tout près de son visage et puis je l'embrassais.

Parfois elle empoignait mes hanches, me plaquait au matelas et grimpait sur mes fesses, se faisant jouir très vite en chevauchant mes reins. Je haletais, devais mordre mes lèvres, j'aimais ce sentiment de lui appartenir, d'être matière à jouir pour son corps adoré.

Si j'allais à la plage avec les autres filles et qu'elle s'y trouvait, la vue de ses épaules, de ses bras, de sa peau, m'envahissait entière du désir qu'elle me touche. Il fallait se tenir, ne rien laisser paraître. Mes regards devaient être pourtant faciles à lire. Les filles parlaient d'elle, mais aucune n'osait dire ce désir violent que pouvaient provoquer ses regards, sa présence tranquille. Rien que dans la façon dont l'une disait tantôt : « Marcia est sur la plage », on sentait un courant parcourir les échines. Je feignais le détachement. Tout en pensant à la nuit d'avant, à celle d'avant encore, et à toutes les nuits qui donnaient sens au jour – cette parenthèse d'attente, un mal à endurer pour retrouver ses bras une fois le soleil bas englouti dans la mer.

C'est depuis Marcia et notre adolescence que je n'aime que la nuit. Je la préfère au jour. Elle abrite les secrets, l'amour et le plaisir. La nuit est mon amie et j'attends qu'elle s'étende et descende sur la ville pour sortir de chez moi.

Mon vrai chez-moi n'est plus que ruines en dentelles et terrasses de cafés à l'ombre des grands arbres qu'enfant, je caressais. Les palmiers, les collines, les palais en ruine, la falaise et la plage, tout cela était trop beau pour demeurer caché. Et surtout, en été, on n'avait pas trop chaud, là-haut sur notre crête. On échappait à la vague des grandes canicules, grâce au vent des falaises et à l'humidité montant de l'océan. On a vu arriver les premiers cars remplis de citadins au début d'un été, lorsque j'avais neuf ans. Accueillante, ma tante ouvrit une chambre d'hôtes, elle ne fut pas la seule. Nous vivions alors dans une grande pauvreté. J'avais pris l'habitude de guetter le coucher du soleil dans la mer, tout en haut des falaises. Une route fut construite à la place du chemin qu'avaient tracé mes pieds et ceux des autres femmes habitant le village sur le plateau salin. Tout là-haut, sur le roc, la couleur même du sol et la végétation étaient très différentes. La terre avait cette odeur sèche, animale, et prenante. J'avais longtemps cherché ce qui sentait ainsi, respiré toutes les fleurs qui poussent par là-bas, cassé les tiges des plantes, humé, gratté leur sève, impossible à savoir. Quand un soir j'ai compris. C'était juste au moment où le soleil décline, quand l'air se refroidit et que la terre exhale son surplus de chaleur, la poussière, les cailloux, les brindilles, les excréments séchés des petits animaux, la sève des plantes grasses, les pétales des fleurs, le fourrage de feuilles craquelées qui jonchent le sol, tout cela mélangé à ce moment précis à cette température, certains jours de l'été, créait une alchimie olfactive que je n'ai jamais trouvée ailleurs qu'en haut de la falaise de Cabo da Roca. Alors je venais là pour respirer le sol, regarder le soleil descendre dans la mer, je me souviens encore du reflet scintillant des flots en contrebas, de la masse d'écume blanche entre les rochers, des griffures sur mes jambes. Les épines des plantes par là-bas vous lacèrent comme pour vous empêcher de violer la falaise en lui marchant dessus. Il y avait un phare qui se désagrégeait dans le grand vent salé. Maintenant restauré et repeint tout en rouge il contient une boutique et une cafétéria. Des chaises en plastique et de grands parasols aux couleurs synthétiques l'entourent comme une armée. Un bus s'y arrête chaque matin à dix heures, crachant des flots de gens venus depuis la ville jusqu'à la petite gare en bas de la montagne.

Dans l'océan en bas, j'ai appris à monter les vagues déferlantes. Petite, j'y allais par toutes les marées. Il faut passer l'écume, la violence des instants où les vagues se brisent, et marcher au-delà. Quand l'eau arrive au torse, aux épaules puis au cou, les vagues sont géantes mais plus douces en mouvement. L'art est de les laisser presque vous engloutir, et juste quand on croit qu'elles vont vous avaler, un coup de pied au sol, talon contre le sable, donne l'élan suffisant pour pouvoir s'échapper.

Et je dormais parfois sur la plage la nuit, écoutant le ressac.

Chez les Autres, la nuit, s'allument des néons pâles comme des fantômes à toutes les fenêtres. Quand je sors faire les courses juste après mon service, avant que la nuit tombe, pour ne croiser personne, je vois seulement des ombres qui comme moi préfèrent cette heure où s'effilochent les bruits de la journée, talons qui claquent le sol, voitures qui rugissent à tous les carrefours. Les âmes qui se cachent, celles que le silence du soir et sa pénombre abritent comme du velours.

ROSA

Zaïre est la deuxième que nous avons perdue, d'une fièvre durant les premières grandes chaleurs après notre arrivée sur la rive boisée. Éveline l'a suivie, quelques semaines après. La fièvre dont elles sont mortes était le paludisme, nouveau dans cette région. Nous étions vaccinées contre la fièvre jaune depuis que les moustiques des espèces du Sud s'étaient acclimatés sur les terres du Nord, qui s'étaient réchauffées année après année. Mais certaines maladies ne préviennent pas, et nous n'avions sur nous aucun médicament. C'est ce qui m'a donné l'impulsion de creuser un abri à défaut de pouvoir s'enfoncer plus loin dans les bois, où il faisait plus frais. Nous craignions les moustiques en lisière de forêt tout autant que les hommes qui vivaient dans son cœur, et dont nous pressentions qu'il fallait se cacher.

En cherchant un refuge à l'ombre des rochers lors de la canicule, Constance et moi avons pénétré sous la terre pour la première fois. Une voûte de ronces reliait la forêt au flanc de la montagne. Forçant notre passage, les bras et jambes griffés, nous avons débouché sur un tas de rochers percé d'une ouverture tout juste assez grande pour que s'y glisse Constance. Les mois dans la forêt nous avaient amaigries, mais j'étais encore forte et de stature carrée. Elle était toute petite, et ses membres fluets. Constance a disparu quelques minutes avant de revenir me dire qu'il y avait comme une grotte, et un souterrain vide. Nous avons déplacé les rochers pour que je puisse entrer à mon tour. Il y faisait très frais. C'est là que nous avons, Constance, Annonciade, Victoire et moi, survécu les cinq mois de plus grande chaleur, sortant seulement la nuit pour ramasser des mousses, racines et végétaux. Constance était formée en bio-agronomie et savait repérer quelles plantes comestibles nous pouvions cueillir, quelles racines déterrer. Il y avait encore des carottes sauvages, dans quelques clairières en bordure de forêt. Mais ce n'était pas assez pour nos corps habitués à d'autres nourritures. Toutes les quatre avions toujours vécu en ville. Nous ne savions pas traquer les animaux, ni construire un abri. Nous dépérissions, de faim et de fatigue, d'angoisse et de chagrin.

Lorsque s'est terminée la grande canicule de ce premier été sur la rive droite du fleuve, Francesca est venue, comme une apparition. Elle avait vingt-deux ans, une carrure de lutteur, ne parlait pas un mot de notre langue à nous, et parcourait les bois armée et équipée de toutes sortes d'outils. Elle venait de loin. C'est elle qui nous a trouvées dans la cachette au pied de la montagne. Elle nous observait depuis quelques jours et s'était rendu compte que nous n'étions pas un danger mais seulement quatre êtres faméliques, affaiblies, non armées.

Elle est venue à nous avec une gamelle emplie de viande fumée et de gros tubercules, qu'elle avait fait cuire dans les cendres d'un feu. Ce premier repas qu'elle nous a partagé, j'en sens encore le goût. Je me rappelle comment ses yeux se sont posés sur chacune d'entre nous, calmes, observateurs. Elle nous a dit son nom. Fra-ïn-ches-ka. L'a répété jusqu'à ce que nous parvenions à en reproduire exactement le son, la rythmique et l'accent. Nous avons dit les nôtres : Constance, Annonciade, Victoire. Lorsque j'ai dit le mien, elle a souri et ses yeux se sont plissés. Elle l'a prononcé à son tour en montrant son cœur de sa main droite. Plus tard quand nous avons appris comment parler sa langue et qu'elle a su la nôtre, elle m'a raconté que Rosa était le nom de sa sœur, qu'elle n'avait pas revue depuis qu'elle avait fui son pays de naissance. Elle m'a dit alors : « Tu es une sœur pour moi. » Ensuite nous avons appelé « sœur » chaque être qui venait de loin pour nous trouver, au pied de la montagne, à l'orée de la forêt.

Francesca, visage fier. Cheveux courts près des tempes, frisés sur le dessus, d'un noir méché de gris ces dernières années. Regard dense et profond, l'iris tellement noir que le blanc de ses yeux en paraissait même bleu au bord de ses paupières. Mains qui savaient saisir, caresser et guérir. L'être fait de courage, que j'ai aimée trente ans. Mon amie, confidente, celle qui a creusé avec moi les premières galeries, celle qui est allée le plus profondément, là où il n'y a presque plus assez d'oxygène. Celle qui savait avouer sa peur, et la dompter chaque fois que nécessaire. Celle qui m'a soignée, chaque fois que mon corps faiblissait, grelottait, de fièvre ou de nausées. Celle qui a pris soin de mon orbite blessée quand j'ai perdu mon œil, arraché par une pierre jetée par un soldat du haut des grands remparts. Celle qui m'a enseigné l'art de cultiver la terre entre des plaques de mousse qui retiennent les eaux, à tuer des animaux, à enlever leur peau, leurs plumes, leur fourrure, à les faire sécher, en ôter les entrailles et séparer les chairs avec précision.

Celle par qui j'ai appris comment délivrer celles qui demandaient à quitter ce monde quand leur souffrance était devenue trop grande. Celle qui savait comment on bâtit une maison, comment monter un toit avec quelques outils, du bois et des pierres.

Je pense que sans elle nous n'aurions pas vécu.

LOUISE

Je viens de recevoir la lettre de rappel. Mercredi 12 novembre, à huit heures quarante-cinq, se présenter avec carte d'identité et dossier médical. La visite est couplée avec mon rendez-vous annuel d'évaluation psy. Ils veulent savoir si je me porte bien, au corps comme au moral. Si je ne replonge pas dans les tendances morbides que l'on m'a détectées durant l'adolescence. On n'y coupera pas. J'ai obtenu pour moi et pour mon Raphaël de repousser la date du dernier rendez-vous à l'automne précédent, arguant que le bilan de ma gynécologue était très positif. Cette fois la relance est marquée d'un tampon en lettres capitales : VISITE OBLIGATOIRE. Nous n'avons plus le choix, j'atteindrai vingt-cinq ans au début de l'été. Il nous faut contribuer.

Je sais quel égoïsme me retient de le faire. Celui de ma survie. Ou plutôt rester libre d'être vivante ou pas. Je ne peux me résoudre à mettre au monde un être qui n'a rien demandé, de faire de Raphaël un père contre son gré. De devenir vaisseau, matrice nourricière, chargée de propagande dans ma propre maison. Déjà je n'arrive pas, pour les enfants des autres, à faire assez semblant. J'ai essayé un peu, d'être baby-sitter, après qu'on m'a laissée sortir de l'hôpital lorsque j'avais quinze ans. On me préconisait le contact des plus jeunes. Les petits m'aimaient bien, mais les voisins se sont vite passés de mes services. Un je-ne-sais-quoi chez moi malaisait les parents. Les enfants leur posaient trop de questions après mon passage chez eux. Ça faisait grain de sable dans la routine précise qui régit les familles et leur quotidien. La psyché est fragile, un rien peut la gripper. Surtout chez les petits qui absorbent tout autant la pensée rectiligne que ses contradictions. Protégeons nos enfants (article 1 du Pacte à l'alinéa 2) contre toute menace, atteinte potentielle, perturbation possible de leur santé mentale.

Mais afin de garder de bonnes évaluations lors des rendez-vous psy, il me fallait prouver que je m'appliquais bien à suivre les consignes. Œuvrer à m'épanouir au contact des jeunes, offrir les garanties que je devenais apte à la vie hors des murs de la chambre 24 de la clinique où j'ai vécu presque une année un coma éveillé. J'ai trouvé comme parade de me spécialiser dans les animations, pour pouvoir les faire rire, sans avoir à parler. Car je n'avais encore que très peu de contrôle sur ce que formulaient mon cerveau et ma bouche comme réponse aux questions que posent les enfants. Des questions dont la simplicité rasante me plonge dans des abîmes dont je n'arrive pas à ressortir légère. Je suis devenue clown, magicienne, grand guignol, animatrice burlesque. En musique, les enfants. Non, elle ne parle pas, regardez son visage, elle est si expressive. Pour leurs anniversaires, leur faire le cadeau d'un moment suspendu, petit tour de magie, hop la colombe s'envole, le dé a disparu, la fleur tousse des paillettes, les pains se multiplient. Divertir les gamins de la tâche sérieuse d'être des citoyens au devenir préconçu. Cela me convenait. Les évaluations psy se déroulaient au mieux. D'abord hebdomadaires, elles sont devenues mensuelles, enfin trimestrielles. Et maintenant je n'y vais plus qu'une seule fois par an. Je connais parfaitement les réponses à donner, les visages qu'il faut accrocher sur ma face. La tête de castor, le strip-tease et le clown m'ont apporté ceci : je sais porter le masque, sourire quand il faut, amuser la galerie, et répondre aux psychiatres.

Mais je n'ai toujours pas l'envie de procréer.

J'aime trop leurs sourires, leurs pleurs m'émeuvent trop, pour que j'en aie la charge, d'un seul, même, juste à moi. Si je peux m'accorder avec la vie qu'on mène, c'est parce que je sais que Raphaël et moi sommes liés pour toujours par un serment solide. C'est lui qui m'a promis, lorsque j'étais forcée, sous camisole chimique, à « prendre soin de moi », de faire de l'existence une chose supportable, si nous restions ensemble. Lorsqu'il a demandé très officiellement le jour de mes quinze ans que l'on se mette en paire, les médecins ont jugé tout à fait justifié de diminuer mes doses. J'ai cessé de baver involontairement à certaines heures du jour. D'avoir des boulimies, entièrement provoquées par les médicaments. De dormir bien plus d'heures que ne devrait le faire un organisme humain. J'ai pu enfin sortir, trente minutes chaque jour, pour une promenade au parc avec mon fiancé. Et quelques mois plus tard je n'étais plus astreinte qu'à un suivi de jour. Il m'a sauvé la vie, rendu la liberté. Car j'étais quasi morte, entre leurs murs si blancs qu'on aurait dit une morgue. On m'a volé ainsi une année de ma vie. Tout ça parce que j'ai, à l'âge de quatorze ans, maigri trop brusquement. Je ne parvenais plus à manger normalement. C'est qu'on nous gavait trop. D'idées, de nourriture. Tout me semblait pavé trop régulièrement jusqu'au bout de la route, j'avais développé une conscience aiguë de chaque borne à mon horizon. J'allais faire des enfants. Les élever comme ma mère a élevé les siens. Travailler la journée, faire à manger le soir, réviser les devoirs avec mes petits, réapprendre un par un tous les alinéas du Pacte national, qu'on nous fait absorber chaque jour à l'école. Et mes filles allaient faire exactement pareil. Tant qu'on aurait de l'eau, et tant qu'on survivrait aux étés suffocants, tant qu'il y aurait des arbres des deux côtés du fleuve et des terres cultivables à l'Est du territoire.

Il n'y a pas d'ailleurs. Nulle part où se rendre. Notre espèce prisonnière d'une planète moribonde, et qui espère survivre juste un peu plus longtemps, me donnait la nausée. Impossible vraiment d'avaler une bouchée des repas cuisinés par ma gentille maman. J'avais, à quatorze ans, comme une crise d'à quoi bon. À quoi bon continuer. J'étais trop fatiguée, d'avance, pour faire semblant.

Mais avec Raphaël, faire semblant pour les autres a un sens maintenant. Lui et moi nous savons que seuls nous retiennent les pleurs de nos mères, si nous quittions ce monde avant qu'elles aient fini d'y faire leur propre temps. Il sait veiller sur moi. Sans ce compagnon-là, toutes les camisoles, chimiques ou textiles, n'auraient pas réussi à me garder vivante.

Comment devenir mère, dans ces conditions ? Comment rester solide, quand chaque jour qui passe est consacré à faire d'un être malléable un Fils de la Nation ? Il faut se reproduire pour perpétuer l'espèce. Devenir mère serait un autosabotage de toute ma personne. Si je trouve l'énergie de faire chaque jour le pitre au grand supermarché, de danser nue le soir devant tous les clients du Gentlemen's Club, de faire rire les enfants dans les anniversaires, de dire bonjour aux gens, faire la conversation, c'est que je n'ai que moi et Raphaël sur terre. Personne à qui je dois de rester en ces lieux, à part ma propre mère. Mais sitôt que celle-ci aura quitté ce monde, et celle de Raphaël, nous serons tous deux libres. C'est par égard pour celles qui nous ont portés, soignés et élevés, que nous restons ici, que nous restons vivants. Si j'accouche d'un enfant, je me condamne à vie. Je ne pourrai m'en aller. Même s'il est devenu extrêmement difficile de se donner la mort, puisque tous les produits toxiques ou contondants sont bannis des foyers, que les lieux en hauteur sont interdits d'accès ou bien sécurisés. Impossible d'ouvrir en grand une fenêtre ou d'en briser la vitre au verre triple épaisseur quand on habite plus haut que le deuxième étage des immeubles en ville. Il y a des solutions, quand même, pour partir. Des endroits où franchir le fleuve en secret. Nous nous étions promis de rester, pour nos mères. Mais il y a cette lettre, qui me rappelle crûment à nos obligations.

Et maintenant je ne sais plus comment gagner du temps, sur l'échéance certaine.

Car il faut contribuer. Assurer la survie, le renouvellement. Les enfants et les jeunes manquent cruellement sur notre territoire, où la moyenne d'âge est de soixante-sept ans. Il faut y remédier. Une génération a presque disparu quand ma mère était jeune. Elle m'a tout raconté, à défaut de pouvoir me montrer des photos, des articles, témoins de son passé. C'est comme si notre espèce, celle des pays riches, avait raté une marche dans sa reproduction. Des hommes et des femmes de l'âge de ma mère, il en manque presque un tiers. Le Pacte national fait sa priorité du Grand Repeuplement. Les femmes doivent procréer, toutes celles qui le peuvent, qui sont en bonne santé, qui passent depuis l'enfance les examens annuels de la Santé mentale et qui sont jugées aptes.

J'ai eu quelques ennuis, avec ces examens. Il fallait me guérir de tendances dépressives, d'un début alarmant d'anorexie mentale. Ma mère, qui a laissé les médecins m'enfermer, pense sincèrement m'avoir rendu un grand service. « Je t'ai sauvée du pire », répète-t-elle souvent. Elle m'a raconté comment, presque au même âge, sa mère l'a protégée aussi en la cloîtrant. Enfermée dans une chambre ou dans son propre corps par des médicaments, cela revient au même. D'après ma propre mère, c'est la méthode forte, ultime et efficace pour sauver son enfant. Je ne la juge pas. Il faut comprendre quel a été son vécu avant qu'elle devienne mère.

Sa génération et celle de ses parents ont vu des millions de jeunes disparaître en une seule saison, lors d'une grande canicule. On ne les écoutait pas. Toutes leurs protestations n'avaient mené à rien, aucune décision concrète et globale, rien qui donnait espoir. Tout d'abord le suicide de Geia Walden. Les médias moquaient autant qu'ils encensaient cette gamine frêle, qui faisait la morale aux grands hommes d'État. On l'invitait partout et de sa voix fragile, elle parlait du futur, priait pour qu'on l'entende, de même que tous les jeunes qui comme elle voyaient les adultes ne rien faire pour la Terre, les forêts, pour l'eau des océans et l'air qu'on respire. On s'arrachait Geia comme une jeune pop star, on la voyait sans cesse et sur tous les écrans, on entendait sa voix chaque jour à la radio. Son nom était cité partout sur les réseaux. Mais rien ne se passait. Ni les gouvernements ni les grandes entreprises ne semblaient prendre acte. Les jeunes qui portaient des t-shirts imprimés à son effigie commençaient à penser que ça ne servait à rien de prier les adultes. Geia et le Mouvement des jeunes pour la planète, qu'elle avait cofondé avec trois autres filles, contestaient notamment les rapports du Conseil international d'action pour le climat. Parce que le Conseil comptait dans ses experts seulement des personnes mandatées par les sept grands Alliés, les sept puissances mondiales. Leur dernier sommet avait donné prétexte au blocage des frontières de tout le territoire cette même année, quand des millions de personnes des quatre coins du monde étaient venues par tous les moyens possibles pour manifester contre la parade des puissants, dénoncer l'inertie de la ligue des sept et la langue de bois dont on les abreuvait.

Lorsqu'une grande canicule, la dixième en trois ans, a été annoncée au début du printemps, Geia a convoqué une conférence de presse. L'évènement a eu lieu dans la capitale de notre territoire, au tout dernier étage de la tour des médias au centre de la ville, pour en faire un direct avec retransmission, traduction en cinq langues. Lorsqu'on l'a appelée à quinze heures à l'estrade, elle est apparue plus chancelante et maigre qu'on ne la connaissait. Elle semblait affaiblie, la petite conquérante, icône des douze-vingt ans. Un murmure frémissant a parcouru la salle. Elle a pris son micro, et puis l'a reposé. Sans rien dire, lentement, elle a versé sur elle et partout autour d'elle, ce que l'on croyait être une bouteille d'eau, en signe symbolique de l'eau qu'on gaspillait dans les grandes industries, les usines textiles, agroalimentaires. Quand elle a pris ensuite un briquet dans sa poche, il était bien trop tard. La scène a flambé, les vigiles ont couru vers les extincteurs mais avant qu'ils parviennent jusqu'à son corps en feu, elle s'était projetée contre la baie vitrée, au douzième étage de la tour des médias. Les chaînes d'information ont des heures durant, passé et repassé l'image de ce corps, cette boule de feu, qui tombait dans le vide.

Ma mère avait onze ans. Elle voit sur les kiosques les gros titres en gras. « Suicide d'une icône pour sauver la planète », « Les méfaits de la pensée apocalyptique », « Catastrophisme et dépression : Geia se défenestre ». Le mouvement initié par Geia perd officiellement sa crédibilité dans tous les grands médias. Les hommes politiques, tout en portant le deuil, parlent fort du « danger de son radicalisme », de son « pessimisme mortifère ». La Charte mondiale d'engagement des États à agir pour la Terre, que la jeune militante voulait faire adopter, est qualifiée d'entrave au développement de la science et du progrès technique, et sera rejetée par toutes les instances internationales.

Les jeunes qui font depuis trois ans des marches silencieuses inspirées par Geia, qui chaque été voient les canicules revenir plus fréquentes et meurtrières sans que rien ne change dans la législation des grandes industries, perdent déjà, avant la mort de leur meneuse, espoir en l'avenir. Cela commence d'abord très silencieusement. Ils se mettent à maigrir. Cessent de s'alimenter sans revendications, il ne s'agit pas là d'une grève de la faim, ils savent que les adultes n'écoutent jamais rien. Ils se sont rendu compte bien avant son suicide que leur inspiratrice servait de paravent, de distraction publique. Qu'il ne se passerait rien, absolument rien, de grand, de concerté, et qu'on leur a menti en leur disant que les dirigeants se soucient du futur de la Terre. Chaque jour les scientifiques décrivent en détail comment les océans deviennent trop acides, asphyxiant les coraux, le plancton, les poissons. Comment les sols partout de plus en plus toxiques font mourir des espèces un peu plus chaque jour. On sait déjà qu'au Sud, la dernière sécheresse a tué des centaines de millions de personnes. On sait aussi qu'au Nord, les barrages immenses n'endiguent plus rien et que jour après jour, l'eau salée grignote tout, les ports et les immeubles. On évacue les villes, année après année, celles qui ont des ports ou qui longent les côtes, on reconstruit plus loin mais déjà des quartiers entiers ont disparu. Et des inondations effacent des villes entières en quelques jours seulement. Les jeunes des pays riches suivent obsessionnellement chaque jour sur les réseaux ce journal mortifère du monde qui s'effondre. Ils avaient un espoir, maintenant ils ne l'ont plus.

Ils veulent oublier, disparaître et punir les adultes qui, eux, n'ont rien voulu entendre, rien fait pour leur avenir. Vingt-quatre heures seulement après l'immolation de la petite Geia, une jeune fille brûle vive à l'entrée du collège que fréquentait ma mère. Un matin à huit heures, juste quand la sonnerie bat le rappel des classes, un brasier s'élève autour d'une jeune silhouette qui s'était elle-même enchaînée à la grille. Dans la journée qui suit, deux autres adolescents s'immolent dans des lycées, causant des incendies. Les établissements sur tout le territoire sont alors placés sous haute surveillance, les sacs sont fouillés, les jeunes sont interdits de briquets, allumettes, et matières inflammables. Les adultes se disent que la situation va s'apaiser d'elle-même. Peu de jeunes ont la force de se faire brûler vifs, espèrent les parents. Mais la plupart pratiquent la résistance passive en cessant de manger. Ils s'évanouissent en classe. Refusent de s'hydrater. La photo d'un garçon qui s'est cousu les lèvres pour ne rien avaler, mensonge ou aliment, fait le tour des réseaux.

Les médecins, les médias commencent à s'alarmer de la recrudescence des cas d'anorexie chez les adolescents.

On leur pose des sondes pour les nourrir quand même. Ceux qui restent s'organisent, en silence mais sûrement. En groupe, seuls ou à deux, ils prennent des stupéfiants jusqu'à l'abrutissement, avalent toutes les pilules, drogues et somnifères qu'ils peuvent trouver. Certains s'ouvrent les veines, seuls ou mutuellement. Dans tous les hôpitaux des brancardiers affluent, les bras chargés de corps. Les collèges, les lycées sont en état d'urgence, les psys sont affolés. Mais rien n'enraye la vague, jusqu'à ce jour de mai, le grand point culminant, la date fatidique, où l'immense chaleur arrive encore plus tôt que les années d'avant : des grappes de jeunes corps tombent du haut des toits comme une pluie de fruits verts abattus par la grêle lors d'une grande tempête. Des centaines de jeunes se donnent la mort en sautant dans le fleuve, ou bien des immeubles, des cages d'escalier. Les morgues ne savent plus que faire des familles, effarées, sous le choc.

Près de trente pour cent des jeunes du territoire sont morts en douze semaines. La plupart venaient de familles aisées, dotées d'un capital socioculturel des plus avantageux. Les jeunes qui ne meurent pas brûlent les banques, les voitures, les supermarchés, les sièges sociaux de grandes entreprises. La police, les pompiers, les travailleurs sociaux, tout le corps médical est prêt à imploser. L'urgence est sanitaire, sociale, politique. Le territoire connaît une crise sans précédent. Et ne se réveillera de ce cauchemar immense que pour faire le deuil du monde d'Avant.

Car le Grand Pacte national fut voté par référendum à l'unanimité dix-huit semaines après la première journée où l'on a retrouvé en bas de chaque immeuble des dizaines de corps de jeunes hommes et jeunes filles.

Ma mère a survécu à cette période-là, contrainte et forcée par l'ultravigilance de ses propres parents. Aucune sortie le soir. Pas d'accès aux écrans. Sa mère l'accompagnait ainsi que ses deux frères à chaque activité, périscolaire ou non.

Elle n'a pu assister aux grandes manifs de jeunes contre la destruction de l'environnement que sous haute surveillance. Quand sa mère jugeait les slogans radicaux ou bien trop déprimants, elle ramenait sa fille. Et bientôt les manifs ont été interdites à cause des casseurs. Les lanceuses d'alerte proches de Geia Walden, trois jeunes filles de seize, dix-huit et dix-neuf ans, qui habitaient chacune un pays différent, ont été mises en cause pour incitation à la révolte en masse. L'une d'elles avait appelé sur les réseaux les jeunes à « tout casser » si on ne les écoutait pas, là où ils vivaient. Il y a eu des rues aux vitrines brisées, des révoltes de masse. Les médias se sont tous accordés pour dire que la jeunesse était devenue folle. Des centaines d'adolescents ont été arrêtés, contrôlés, relâchés sous semonce ou bien condamnés à des travaux d'intérêt général pour destruction de biens et trouble à l'ordre public, appel à la violence. Ce n'était qu'un début. Lorsque s'est abattue au tout début de mai la chaleur écrasante que l'on redoutait tant à chaque nouveau printemps, et que les jeunes ont commencé à se détruire eux-mêmes, ma grand-mère a retiré ses enfants du collège. A jeté les couteaux, ciseaux, éther, javel, sacs plastique, coupe-papier, installé aux fenêtres des loquets cadenassés.

Sans cette vie sous clef, ma mère serait morte comme la plupart des filles qui se rendaient en classe ou au sport avec elle. Elle se rappelle cette période-là de son adolescence comme une sorte d'étau. Ses frères et elle s'accordent malgré cela pour dire aujourd'hui que leur mère voyait juste. Rien ne les aurait retenus en ce monde, n'était sa détermination à elle, leur génitrice. À onze, douze et quinze ans, ils avaient déjà fait une croix sur le futur. Persuadés que lorsqu'eux atteindraient l'âge adulte, le monde ne serait qu'une grande désolation. Ils avaient grandi dans l'idée que la Terre collapserait sans doute de leur vivant à eux. Ils voyaient les adultes s'alarmer sans rien faire. Trier les déchets semblait si dérisoire, on savait qu'ils allaient dans de grands containers être compressés puis jetés à la mer ou dans des territoires déjà contaminés au point qu'on ne pouvait plus en cultiver les sols.

Le mépris immense où les tenaient les adultes avait mué leur colère en désespoir total. Mais la surveillance étroite de sa mère angoissée, a protégé la mienne d'intégrer le complot de millions de jeunes contre leur propre vie.

Les mois qui ont suivi les suicides en masse et le vote du Pacte, le réseau de données a été limité et le sujet du climat interdit de causerie médiatique. Les écoles de médecine dans les formations psy ont développé une nouvelle spécialité : gestion et prévention du stress climatique. Les jeunes qui restaient, qui avaient survécu à cette période morbide, se sont vu assigner des rendez-vous mensuels en suivi psychiatrique.

Le renouvellement de la population fut déclaré urgence nationale. Le vieillissement structurel et la baisse continuelle du taux de natalité étaient problématiques depuis des décennies. Les femmes ne voulaient plus mettre au monde d'enfants, persuadées qu'ils vivraient la fin du monde connu. L'avortement fut proscrit, l'accès à la contraception limité à certains groupes sociaux. L'éducation sexuelle à la procréation est devenue depuis matière à gros coefficient dans les programmes scolaires. Les maladies sexuellement transmissibles sont dépistées chaque mois avant la mise en paire. Puis s'ensuit la série d'examens annuels de la fertilité, pour les couples qui n'arrivent pas à contribuer. L'échéance pour nous est arrivée.

J'ai laissé la lettre de convocation sur le meuble d'entrée. Raphaël la verra en rentrant cette nuit.

GRÂCE

Il y avait chez nous des odeurs irréelles dont j'ai compris plus tard qu'elles n'existaient que là. Maintenant que la ville s'est refermée sur moi, je sais qu'elle ne sera jamais terre familière. Du matin jusqu'au soir les fumets y sont âcres, ceux des gens, des voitures, des rues et des machines. Les odeurs m'assaillent, m'assiègent, me poursuivent.

La nuit on sent un peu la brise venant du fleuve et le vent des forêts apaiser le bitume. La nuit est la compagne de mes vagabondages, elle me révèle ce qui se trame vraiment en ville. Et c'est la nuit que sortent celles et ceux qui comme moi n'ont pas droit de cité à la lumière du jour. Ceux que la police chasse, comme on balaie les rues des détritus à l'aube.

Les nuits dans mon village embaumaient la terre chaude des collines herbeuses, la vapeur des embruns et des plantes salines poussant près de chez nous, les algues que ma tante récoltait la journée et séchait sur un fil tendu dans son jardin. On en faisait des poudres, des baumes, des bouillons. Les nuits sentaient ma peau et celle de Marcia sous le grand drap de lin qui abritait alors nos étreintes amoureuses.

Les nuits avec mes sœurs sur l'autre rive du fleuve, sentaient le feu de bois et les boissons en cuve qu'on faisait fermenter. Elles vibraient de nos danses sous la voûte des arbres, nous levions les bras vers les cimes et le ciel. Les fougères déployées en de vastes bouquets, les légumes qu'on grillait, les fruits qu'on découpait dans de grandes bassines où chacune se servait. C'était un affolement d'odeurs de nourriture, de végétaux fraîchis dans l'air du soir tombant.

Mais ce soir dans la ville l'âcreté des ragoûts cuisinés en sous-sol envahit mes narines dès que j'ouvre ma porte. Une femme pleure en bas, dans un des entresols comme celui que j'habite, où vivent ceux qui comme moi n'ont valeur productive que dans certaines tâches dont les Autres ne veulent pas. Manutention, ménage, contre quelques avoirs glissés sous le manteau. Trafic de matériaux liquides, solides, gazeux qu'on ne peut acheter au grand supermarché.

Nous ne contribuons pas au Pacte national, ni richesses ni enfants. C'est pourquoi nous vivons juste au ras des trottoirs, dans des bâtiments qui menacent de s'écrouler, qui n'ont pas d'eau courante, au Sud de la ville. Les Autres habitent plus haut, au Centre, à l'Est, à l'Ouest, dans de grands logements parfaitement fonctionnels et dépourvus d'odeurs autres que celle du carrelage passé au savon blanc, dont le relent tenace persiste sur les mains de celles qui comme moi, comme cette femme qui pleure, s'emploient à nettoyer toute trace odorante de leur humanité. Ces gens n'exhalent jamais que des fragrances factices, des parfums synthétiques. Et en comparaison, la pisse accumulée sur les murs des ruelles dans les quartiers Sud a quelque chose de presque rassurant, familier, celle de la sueur aussi. Le peuple d'invisibles qui sort discrètement dans l'ombre de la nuit connaît l'odeur des corps tout autant que la faim. Les Autres posent sur nous des regards de dégoût mais nos yeux à nous n'ont pas cet air éteint. Et dans certains sous-sols lorsque vient la nuit, on joue de la musique, on danse, et même on rit.

La nuit, la ville est aux êtres qui comme moi ont connu ou bien cherchent, espèrent, autre chose, regrettent un avant à tout jamais perdu – un village en montagne tout en haut des falaises – ou complotent un après. Et au petit matin quand la radio annonce une explosion, un feu, ou une inondation dans un grand bâtiment de l'Administration, de l'Église, de l'Armée, je sais que c'est sans doute le peuple de la nuit qui a su y œuvrer.

Il y avait ce matin, sur les murs suintants, crevassés des quartiers Sud, des feuilles blanches couvertes de phrases à l'encre noire, que des mains anonymes ont encollées de nuit. Une sorte d'excitation a parcouru la ville. J'entendais ma voisine de cave s'exclamer, revenant juste à l'aube de son poste de nuit dans les grands entrepôts où elle fait le ménage :

« Elles sont revenues ! »

Elle parlait des affiches. Mon cœur s'est emballé, comme si un message allait m'être adressé. Je suis sortie très vite pour en décoller une, je n'étais pas la seule, ne restaient sur les murs que des lambeaux mouillés de colle encore fraîche, alors j'ai marché vite jusqu'à en trouver une qui serait restée entière.

La police est venue arracher cette floraison de mots. Ils ont moissonné vite, mais déjà on avait eu le temps de les lire, et il y avait des feuilles jusqu'aux quartiers Centre, sur la pierre, le béton, le métal des pylônes, le verre des vitrines. J'en ai vu une intacte pas loin du restaurant où je fais la vaisselle, l'ai gardée sous ma veste pour la lire plus tard, à l'abri des regards. Lire des imprimés hors commerce officiel est une infraction grave. Je l'ai gardée longtemps, posée à même ma peau, jusqu'à ce que vienne l'heure de la fin de service.

Puis je suis rentrée, dans l'ombre de ma cave. J'ai lu. Les mots, incandescents, habitent ma rétine.

DEUXIÈME LETTRE DES URANIENS

Nous n'avons pas besoin d'idéologie parce que nous ne sommes pas un peuple.
Nous ne voulons pas produire. Nous sommes le réseau vivant décentralisé.
Nous refusons une citoyenneté définie par notre force de production ou notre force de reproduction.
Nous voulons une citoyenneté totale définie par le partage des techniques, des fluides, des semences, de l'eau, des savoirs…
Nous luttons contre la militarisation des relations sociales. La transformation de l'espace public en espace surveillé. Contre l'État qui veut garder les frontières fermées, blinder les utérus, expulser les étrangers et les émigrants…
Nous défendons le droit des enfants à ne pas être éduqués exclusivement comme force de travail et de reproduction…
Nous défendons le droit des enfants à être des subjectivités politiques irréductibles à une identité de genre, de sexe ou de race.
Nous disons Révolution.

RAPHAËL

Figure-toi maman, une salle d'attente, des murs blancs, moquette bleue. Tout est immaculé. Des plantes synthétiques dépourvues de poussière trônent sur chaque fenêtre et en masquent la vue. Au centre de la ville, dans un grand bâtiment, au sixième étage. On entre par un hall où des vigiles armés répartissent les corps. On montre ses papiers, on expose la raison qui vous a convoqué. On vous fait déposer dans des bacs en plastique vos effets personnels : montre, écrans, avoirs, vêtements du dessus iront dans un vestiaire, casier numéroté.

Puis on vous fait attendre, jusqu'à ce qu'un vigile vous remette une carte pour prendre l'ascenseur qui vous amènera à l'étage attendu, pas plus haut ni plus bas, le badge est encodé pour qu'on ne circule pas ailleurs qu'il n'est prévu.

S'ensuit une autre attente, assise cette fois, sur des chaises en plastique, devant les plantes en pot au feuillage factice. Une musique poisseuse au rythme régulier sort de petites enceintes fixées dans le plafond. Il y a là des gens, par deux, qui comme vous attendent leur rendez-vous. Ce sera très ponctuel.

À l'heure qui est prévue, on n'appelle pas vos noms mais le long matricule inscrit sur votre badge. Et si l'on croise quelqu'un qu'on connaît par ailleurs, on se contente alors d'un bref signe de tête, on ne s'épanche pas. Ne pas perdre la face ou la faire perdre aux autres qui comme vous ont failli, et qu'on convoque ici pour un rappel à l'ordre.

À l'ordre numérique, car il s'agit de chiffres. Notre génération dans ce plan décennal doit produire deux virgule cinq enfants par couple. Nous sommes privilégiés, considérant le chiffre qui prévalait tantôt pour ta génération. Nos enfants, eux, auront le choix d'en faire un seul, si j'en crois les calculs du dernier recensement de la population. Il faut se renouveler dans la mesure exacte des ressources allouées dans notre territoire. Perpétuer l'espèce mais sans mettre en danger la survie par le nombre.

Louise a mis son visage de bon petit soldat. Un sourire poli, des manières de fille sage. J'ai mis mon complet beige, celui qui me donne l'air d'un jeune homme accompli et que tu m'as offert au début de ce mois, grâce aux avoirs-textile qu'on te donne en échange de ta contribution au centre de recyclage. J'ai de la gratitude d'avoir un complet neuf, l'habit s'est révélé parfait pour l'occasion. Il fait très bel effet et va avec mon rôle. Nous sommes une paire modèle, rien à nous reprocher.

Si ce n'est l'utérus de Louise qui reste vide.

Inutile de te dire le détail de ce qu'elle a subi après notre entretien. Sur sa feuille de route cela tient en deux lignes, qui prennent une matinée dont elle revient livide : tests sanguins, examen des organes, prescription d'hormones pour l'ovulation, questionnaire personnel sur le désir d'enfant, test d'adaptation à la maternité. Elle réchappe de peu à l'évaluation psy, car nous avons pris soin d'amener son bilan de la saison dernière.

Les personnes en blouse blanche qui officient là-bas sont d'une politesse parfaitement rodée, c'est que tout est filmé. Ils sont là pour « aider » les couples qui comme nous « sont en difficulté ». J'ai droit à des séances spécialement adaptées à mon inaptitude. À cause de mon dossier, depuis la nuit au poste, lorsque j'avais vingt ans. Ils appellent cela la reprogrammation neurosensorielle. Je me dois de faire preuve de bonne volonté, d'enthousiasme même.

Toi et père n'avez pas eu à expliquer vos pratiques, positions, au sexothérapeute, en face d'une caméra. On n'a pas introduit plusieurs fois par an et durant des années dans ton vagin sensible des objets métalliques, on n'a pas enfoncé des aiguilles dans tes veines pour te prendre du sang, le mettre en petits tubes encollés d'étiquettes, traqué tes réactions, des capteurs sur ton crâne, tandis que défilaient des images de bébés. On ne t'a pas expliqué que les couples sans enfants mais déclarés fertiles doivent se configurer dans d'autres mises en paire, passé les vingt-cinq ans. Soit j'engrosse Louise, soit on lui attribue un autre contributeur. Tout mon être se tord de savoir qu'elle devra s'unir à un autre homme, que je ne serai plus là pour la protéger.

Tu n'as pas eu à craindre qu'on te sépare de père. Vous vous êtes connus jeunes, les enfants sont venus vite, une belle moisson que produisaient vos corps aptes à reproduire et qui se désiraient, si j'en crois le regard que tu as pour lui sur la photo qui trône encore dans ton salon. Une femme amoureuse, qui fait de beaux enfants, contributrice dévouée et mère exemplaire. N'eut été l'abandon de l'homme que tu aimais, ta vie aurait été sans heurts jusqu'à la fin. C'est cruel et je pense que tu méritais mieux.

L'amour ne suffit pas, c'est ce que j'ai appris. Ne suffit pas toujours à rendre l'autre heureux. N'est parfois pas assez pour pouvoir le retenir.

Ce qui tient Louise à moi et m'a retenu à elle jusqu'à ce qu'on reçoive cette lettre ultime qui m'oblige à fuir, c'est que nous partageons une même condition de prisonniers rebelles, compagne et compagnon d'une même cellule. Et tandis que je creuse le trou vers la sortie, je sais qu'elle couvrira les traces de ma fuite, quoi qu'il lui coûtera de me laisser partir.

Je sais que des six femmes qu'ont épousées tes fils, c'est Louise que tu préfères. Il n'est personne qui sache mieux qu'elle qui je suis, qui m'aime et me comprenne, mon cœur est transparent à cette femme que j'aime, à quelques détails près. Je ne peux me résoudre à la mettre en danger.

Nous sommes je le crois le plus parfait des couples depuis la mise en paire. Mon corps connaît par cœur le sien dont il épouse les contours chaque nuit, son bras sur ma poitrine, ma main sur son épaule. Je sais quand elle ovule, et quand elle a ses règles. Je sais l'odeur qu'elle a, quand elle a fait l'amour. À quelle heure elle défèque, ce qu'elle digère mal, ce qu'elle boit le matin, ce qu'elle préfère manger, le timbre de son rire quand il est spontané ou quand il est forcé. Je sais quand elle est triste, je sais quand elle a peur.

Pourtant jamais nos corps n'ont fait œuvre de chair, du moins jamais ensemble, et ne le feront pas. Nous mentons aux médecins et aux gynécologues, de même qu'aux thérapeutes. Nous n'aurons pas d'enfants. Notre lien est d'autant plus fort qu'il n'est pas fait de sang et d'hormones, qu'il ne nous engage pas envers un être tiers qui nous devrait la vie et sur lequel veiller. Je veille sur Louise depuis l'adolescence, et elle prend soin de moi. Nous nous aimons ainsi.

Elle ne le sait pas encore, mais je vais la quitter. Elle le pressent peut-être. Nous n'en parlons jamais mais une gravité récente emplit sa voix lorsqu'elle s'adresse à moi, ses gestes sont empreints d'une intention nouvelle. Elle se tient à mon bras pour marcher dans la rue, met sa main dans la mienne dans la salle d'attente, elle dit « mon Raphaël », comme pour souligner un lien d'appartenance. Mère, après mon départ, reste proche de Louise, je t'en fais la demande. Elle est fragile, tu sais.

GRÂCE

Ce matin l'air avait un goût fort de fumée.

C'est la grande cathédrale de cette ville capitale qui a brûlé hier la soirée tout entière.

Le peuple de la nuit l'a regardée flamber, noircir et s'écrouler, un morceau après l'autre, jusqu'à ce qu'elle ne soit plus qu'une immense carcasse entièrement calcinée quand l'aube s'est levée. Au frémissement long qui s'emparait des corps d'ordinaire si discrets, je me suis sentie gagnée par une vibration très communicative, une forme d'excitation, de joie très primitive. C'est là que j'ai compris. Nous que personne ne voit, qui gardions le silence dans la lueur des flammes qui léchaient le parvis, nous étions une armée. C'est l'une ou l'un d'entre nous, sans doute, qui a lancé le feu, une personne qui veut envoyer un signal. Peut-être y en a-t-il plusieurs. Toute l'agitation causée par cette urgence d'éteindre l'incendie avant qu'il se propage a fait que la police pour une fois oubliait de nous mener la chasse. Nous, ombres immobiles face au brasier géant, grandissions en nombre jusqu'à former une foule.

Les Autres vivent en haut, et ne sortent jamais une fois la nuit tombée. Ou seulement en voiture, certains hommes je le sais se déplacent la nuit, je les vois à travers les fenêtres teintées, tout près des quartiers Sud où des femmes se dénudent pour ceux qui paient pour voir de la chair prohibée.

J'ai vu des femmes dehors, hier sur le parvis. Toutes dissimulées sous des vêtements informes, comme je le fais aussi. Peu d'enfants. Les gens comme nous ne doivent se reproduire, et leurs mères les cachent. Car les enfants du peuple de la nuit, pour leur bien nous dit-on, sont envoyés très jeunes dans les familles des Autres, celles qui vivent en hauteur au centre de la ville. J'ai pu apercevoir quelques silhouettes menues, cachées sous les manteaux de silhouettes plus grandes, aux cheveux recouverts d'un foulard noué serré. Ici parmi les Autres les femmes doivent aller à visage découvert et il n'est pas permis de cacher ses cheveux. Celle qui vit à côté de mon demi-sous-sol m'a expliqué comment cela a commencé. D'abord furent interdits les foulards à l'école, puis dans les édifices de l'Administration : crèches, mairies, hôpitaux. Elle était infirmière, a dû quitter son poste et vit en déclassée depuis, en entresol. Son mari est de ceux qui ont franchi le fleuve et qu'on n'a pas revus. Maintenant elle fait partie du peuple de la nuit, comme toutes ses semblables qui doivent éviter les espaces publics. On leur crache dessus, on contrôle leurs papiers, et quand elles font la queue dans les grands magasins on ne les sert jamais, elles attendent des heures. C'est moi qui fais les courses à présent pour nous deux, quand le marché de nuit qu'on tient en contrebande dans notre banlieue manque de certaines denrées. Elle, ne sort presque plus. Mais quand l'odeur du feu s'est propagée partout et que je suis sortie, elle aussi est venue. Tout le monde voulait voir la cathédrale brûler. Des êtres frémissants, bravant l'interdiction de rester trop visibles sur une voie publique. Nos regards se croisaient, c'était chose inédite. D'ordinaire on se glisse, comme des passe-murailles, saluant brièvement, soldant en quelques mots un échange de vêtement, d'objet ou nourriture avant de nous hâter vers nos entresols. Mais hier nous levions le visage pour nous voir, nous saluer mutuellement. Des visages hâves de gens qui ne mangent pas assez, des visages las, creusés, dans la lueur des flammes, et dans tous ces visages des yeux bien allumés de revanche et d'espoir.

Une voix a crié, pleine de jubilation :

« La cathédrale brûle, ils ne peuvent rien y faire ! »

On a même entendu quelques rires nerveux parcourir le parvis. Quelques ombres ont pris peur, se sont sauvées très vite, craignant que l'on nous chasse. Je suis restée longtemps, sur la place tout emplie de la foule frémissante. Puis avant que vienne l'aube je me suis écartée vers le fond du parvis, et je me suis hissée en haut d'un réverbère à l'ampoule cassée. J'ai tant grimpé aux arbres là-bas dans la forêt par-delà le grand fleuve que mes membres savent encore presque automatiquement mener une ascension, même sur du métal lisse. J'avais une vue d'ensemble sur la grande cathédrale, les voitures de pompiers. J'ai contemplé les lieux : nous étions innombrables.

Au moment de descendre j'ai aperçu une ombre elle aussi accrochée en haut d'un réverbère, quelques mètres plus loin. C'était un homme, jeune. Il n'avait pas l'allure, la posture fuyante du peuple de la nuit. Ses épaules étaient fières, sa face large et belle. Ses cheveux ondulés, d'une couleur dorée et coiffés vers l'arrière, dégageaient un grand front. Ses yeux clairs luisaient d'une joie incandescente. Nous nous sommes regardés sans mot dire un instant.

Des sifflets de police ont alors vrillé l'air tout empli de fumée, des chiens ont aboyé. L'homme s'est laissé glisser au sol et a couru car les policiers arrivaient de plus en plus nombreux, et encerclaient la place. Le peuple de la nuit s'est dispersé sans bruit. Je me suis éloignée en observant toujours l'homme du réverbère, mais il a disparu à l'angle d'une rue et le jour s'est levé. Le soleil éclairait d'une lumière indécente la ville noire de suie.

RAPHAËL

Disséminer le feu. Tout brûler. Un par un, les grands édifices du pouvoir. Réduire en cendres grises et carcasses calcinées les symboles immuables qui structurent les vies, ordonnent l'obéissance, inspirent à tous la crainte ou la dévotion, tracent en voies rectilignes les vies et les pensées de chacun parmi nous.

Tout brûler. Commencer sans rien dire, sans rien revendiquer. Laisser planer le doute. Criminel, l'incendie ?

L'idée m'est venue tôt, j'étais encore enfant. Je regardais brûler dans le fond du jardin les grands tas de feuilles mortes qu'on ramassait l'automne. Père attendait qu'elles sèchent, guettait les jours sans pluie. Il y avait dans ses yeux cette lueur satisfaite quand s'élevait le feu. Moi, je le regardais. Recueilli, en silence, c'était sa messe à lui.

Mère as-tu remarqué qu'il chantait toujours faux et plus fort que les autres au service du dimanche ? Sa manière à lui de contester le Culte, faire dérailler le rythme. Risible, la prière, quand elle est chantée faux. Il savait chanter juste, tu le sais toi aussi. Quand il nous emmenait manger au bord du fleuve le pique-nique du lundi et qu'il chantait pour nous, sa voix était de miel, la mélodie précise.

S'il voyait aujourd'hui s'élever dans la nuit les flammes et la fumée de la grande cathédrale, on le verrait sourire. De ce sourire discret que marquait la fossette au bas de son menton, et ses yeux noirs riraient. Car tout ça est une blague. Il n'y a rien après, mère, tu t'en doutes bien. On meurt et puis c'est tout. Il n'y a pas d'enfer, et pas de paradis. On souffre sur cette terre, on aime sur cette terre, on finit dans la terre, et on ne renaît pas. Et si on n'a qu'une vie, pourquoi vivre emmuré ? Père l'avait compris. Il a franchi le fleuve, on ne l'a pas revu. C'est la peur qui nous garde tous enfermés ici. C'est pire ailleurs, dit-on. Ici on a de l'eau, et elle n'est pas souillée. La forêt n'est pas loin, on replante des arbres. Notre système fonctionne, d'après ce qu'on nous dit. On sait qu'ailleurs, au Sud, les gens meurent de soif, qu'au Nord la mer avale les terres et les villages chaque jour un peu plus. On n'est pas mal, ici. Il faut se protéger. Prier pour le salut de celles et ceux qui meurent dans d'autres territoires, qui n'ont pas notre chance. Respecter bien les règles de la communauté. Comme tu m'as inculqué cela avec ferveur, avec amour maman !

Je n'y ai jamais cru. À cause des yeux de père. De son regard fuyant. Lui-même n'y croyait pas. Pendant longtemps tu as été celle qui savait en faire assez pour deux. La propagande maison. Celle qui rend les enfants aptes au Grand Vivre Ensemble. Celle qui nous prépare à tolérer au mieux tout ce qui nous attend, passé le seuil du corps qui nous a mis au monde. Si tu n'y croyais pas tu n'aurais pu transmettre cette disposition à la résignation. D'autres disent résilience. Tu nous as élevés du mieux que tu as pu.

Il y a eu un raté, en ce qui me concerne. À cause de ce regard, fuyant, un peu coupable, que j'ai pu observer dans les yeux de père chaque fois qu'on lui posait, enfants, une question simple. Pourquoi on ne peut pas, jamais, sortir le soir ? Qui marche dans les rues quand les maisons se ferment ? Qu'y a-t-il au-delà du grand fleuve qui borde le territoire ? Est-ce qu'il y a vraiment une vie après la mort ? Alors pourquoi les gens ont-ils peur de mourir ? Il est parti où ça, le père de Jezabel ? Et celui de Mina ? Qu'est-ce que c'est que d'être « déserteur » ? Pourquoi doit-on aller le dimanche à l'église, si Dieu est partout ?

Louise m'a donné un livre, un de ceux qu'on croyait disparus, et jetés. Un livre interdit. Il y a tellement de livres si tu savais, dans de grands containers du quartier des docks, en partance pour l'exil des décharges lointaines. On pourrait les sauver, et certains s'y emploient, y œuvrent en secret. Je ne peux t'en dire plus par écrit pour l'instant. Mais voilà, dans ce livre que Louise m'a donné et que je lis le soir, les volets bien fermés, il y a cette histoire, innocente, toute bête, qui sert d'introduction :

C'est l'histoire de deux jeunes poissons qui nagent et croisent le chemin d'un poisson plus âgé qui leur fait signe de la tête et leur dit, « Salut, l'eau est bonne ? » Les deux jeunes poissons nagent encore un moment, puis l'un regarde l'autre et fait, « Tu sais ce que c'est, toi, l'eau ? »

C'est amusant, d'abord, j'en ai presque souri. Ça me rappelle ces fables que tu nous racontais quand on était petits. Il y avait toujours une morale à transmettre, qu'on absorbait bercés par ta voix rassurante. Le bon respect d'autrui, l'entraide entre pairs. La déférence envers les instances de pouvoir qui guident notre peuple et assurent sa survie.

Et puis l'auteur poursuit :

La morale immédiate de cette histoire est tout simplement que les réalités les plus évidentes, les plus omniprésentes et les plus importantes, sont souvent les plus difficiles à voir et à exprimer. Dit comme ça, ce n'est qu'une banale platitude – mais il n'empêche que, dans les tranchées d'une vie d'adulte, les banales platitudes peuvent revêtir des enjeux de vie ou de mort.

Ce que je veux maman, c'est rendre irrespirable l'eau dans laquelle on nage ou plutôt l'air qu'on respire. Que l'on sente son odeur, que tous les autres enfin réalisent comme il pue.

Sais-tu maman que l'homme, quand il crame, a l'odeur du cochon ? Notre chair a sans doute quasiment le même goût. Les poils de nos bras, quand ils grillent, sentent comme un barbecue du dimanche en famille. Je le sais des brûlures que l'on m'a infligées au sous-sol du poste de police lorsque j'avais vingt ans. Tu ne l'as jamais su, j'étais déjà majeur, mon compagnon aussi. Un compagnon d'une nuit. Je ne l'ai pas revu, je n'ai aucune idée de ce qu'il est devenu après cette nuit au poste. A-t-il franchi le fleuve comme mon père l'a fait ? Je ne saurai jamais. On ne sait pas le nom, la vraie identité, des hommes qui fréquentent les ruelles de banlieue au Sud de la ville après le couvre-feu, quand ils n'y tiennent plus de se sentir si seuls dans un corps désirant. Louise est au courant, c'est parce qu'on est en paire qu'ils m'ont laissé partir après la garde à vue. Je n'ai pas vingt-cinq ans et il n'est pas trop tard pour que je me rachète, suffit de contribuer, de mettre Louise enceinte. Mais à cause de ce qui s'affiche dans mon dossier depuis cette nuit-là, on nous inflige des cours de sexothérapie, un suivi rapproché. Tendances déviantes, c'est ce qui est écrit.

Maintenant toi aussi, tu sauras qui je suis, quand tu liras cette lettre. Mon torse et mes épaules sont marqués pour toujours des marques d'infamie qu'on inflige à tous ceux dont les désirs vont contre notre devoir ultime : produire et reproduire.

C'est Louise qui m'a soigné, a pansé mes brûlures. On n'en parle jamais. Moins elle en saura long sur ce que mes semblables subissent dans les prisons, mieux cela vaut pour elle. Elle m'enduisait le soir de pommade, et d'une main légère bandait mes bras, mon torse, mes épaules, mon dos. La chair reste sensible, quand on l'a brûlée vive. Longtemps les plaies suppurent et la peau qui se forme, des semaines plus tard, est fragile, friable, un souffle d'air l'enflamme comme ferait un brasier.

Un brasier immense.

À haute température la pierre se fragmente, le verre fond, les métaux fusionnent dans une fumée si âcre qu'on ne respire plus.

Quand tu verras un feu, pense à moi. Chaque fois. Même si je ne suis plus là.

ÈVE

L'air sent la cendre grise qui recouvre la ville depuis maintenant trois jours. L'enfant a vu tomber du ciel ces flocons fins, un duvet salissant. Elle a cru à la neige. J'ai dû la détromper. L'odeur de cendre reste, happée dans nos cheveux, les mailles de nos vêtements. La ville sent le deuil et la peur qui a saisi les Autres depuis que leur grand temple n'est qu'une ruine calcinée. Rien n'est éternel, pas même l'édifice de leur religion, ils ne s'en remettent pas, on dirait une couvée sans sa poule rassurante. Les policiers s'activent, augmentent les contrôles sans savoir où ni quoi chercher ou accuser. Personne ne sait pourquoi, comment, ni qui a fait brûler la cathédrale, mais l'odeur de l'angoisse s'infiltre et se répand. À l'école on ne peut plus passer le grand portail après huit heures et quart. Mesure de protection. On entraîne les enfants aux alertes incendies et aux évacuations d'urgence, au cas où. En cas de, on ne sait pas. Mais cela sent la peur. Pour ne pas me laisser gagner par ce relent, âcre, nauséabond, j'enfouis mon visage au creux de mon bras plié, mon odeur me rassure. Elle me rappelle celle, lointaine, des joutes dans la forêt avant que l'on se trempe dans l'eau pour laver la sueur, salive et sécrétions dont on était enduites après nos longs ébats.

Au bout de quelques jours que deux corps se mélangent, on finit par avoir un peu la même odeur. Et on saigne en même temps. Celles qui vivent ensemble savent qu'elles sont synchrones. Peu à peu avec Louve je remarquais cela.

Son sexe sentait le mien, sa fragrance m'était devenue familière. Elle disait que la mienne la réconfortait.

Il y a l'odeur du sexe, qui est particulière, souvent la première fois elle peut nous dérouter. On ne s'y fera pas, ou bien on la fait sienne. L'odeur est constituée de molécules dans l'air. Humer l'autre, c'est l'absorber un peu. Ne pas aimer son odeur c'est sans doute résister à cette absorption.

J'aimais respirer Louve. Elle attirait beaucoup. Les narines de mes sœurs palpitaient lorsque Louve s'approchait. Je connaissais cela.

Quand elle a disparu, je ne pouvais souffrir l'odeur d'aucune personne, sauf celle de mon enfant.

Tous les relents des Autres me donnaient la nausée. Je ne pouvais pencher mon visage vers une nuque, ma bouche vers un sexe, sans ressentir le manque de celle que j'aimais. Le son même de leurs voix me rendait violente. Je respirais à fond pour mieux me maîtriser. Le contact physique, pendant toute une année, je ne supportais plus. Que le bras d'une personne me frôle au cinéma sur le fauteuil voisin, mes mâchoires se crispaient. Je me faisais petite pour ne pas qu'on me touche, mon corps se rétractait. Je détestais d'instinct ceux qui prennent de la place. J'étais comme réagissent les animaux blessés. Chaque contact agresse et réveille la douleur. Je me concentrais fort pour ne pas déchirer toutes mes cordes vocales en rugissant, pour ne pas lacérer les yeux des autres gens à coups de griffes rageurs.

Elle manquait tellement, je n'étais que souffrance. J'avais la haine des corps qui n'étaient pas le sien. Respirer les aisselles d'une femme dans le bus un peu trop près de moi, le dégoût me venait. Il m'a fallu du temps pour formuler l'idée que peut-être, sans doute, certainement plus jamais ses mains ne me toucheront. Mais tout en moi résiste, refuse cette pensée. Je voudrais tellement ses mains posées à plat, à cet endroit du dos où elle me caressait. Les mains des Autres sur moi réveillent toujours le manque.

Ce sont les petites choses qui me maintiennent vivante : préparer à manger, aider l'enfant à faire ses devoirs pour l'école. Sortir faire les courses. La matérialité des sacs de toile enduite qui pèsent à bout de bras, la petite qui sillonne en grande habituée les rayons d'aliments et réclame parfois un jouet, une friandise, le choix de tel légume ou de telle céréale, c'est ce qui me ramène à l'ici, au maintenant, et m'empêche de vivre tout à fait au passé.

GRÂCE

Les cendres dispersées de la cathédrale flottent partout dans la ville. Même la cloche a fondu, elle ne sonnera pas demain pour la grand-messe où les Autres se rendent sans faillir chaque dimanche, qu'il fasse beau ou qu'il pleuve. Les gens ont dans la rue des regards inquiets, la démarche flottante, des gestes moins assurés. Les kiosques à journaux affichent tous en gros titres l'incendie criminel. On attend de savoir s'il est revendiqué. Des gymnases seront utilisés le temps de reconstruire le temple, des messes plus fréquentes auront lieu chaque jour dans les petites églises. Déjà des architectes débattent à la radio des plans qu'ils imaginent pour reconstruire la nef, la grande flèche, le chœur. On parle de couper un peu plus de forêt pour refaire la charpente, des experts mesurent les rejets de carbone pour évaluer si c'est une possibilité. Je pense à la forêt où ont vécu mes sœurs, à tous les troncs coupés pour construire le port où se termine la ville. La prière semble aussi précieuse que l'oxygène aux Autres qui n'ont jamais vécu parmi les arbres. Leur église principale vaut bien le sacrifice de centaines de troncs et tant pis si demain on respire moins bien. Jamais ils n'ont appris à prier à l'air libre, à chanter sous la pluie, à se tenir les mains en élevant un hymne sans toit au-dessus d'eux.

Il y avait une église là où j'ai grandi, elle était faite de pierres. On l'appelait aussi la maison communale, elle comptait deux dortoirs à l'arrière de la nef et une grande cuisine. Marcia habitait là. Ma tante m'interdisait formellement d'y aller. Y vivaient d'autres filles en âge d'habiter seules. On pouvait être amies. Mais aussi la bâtisse hébergeait des garçons et des hommes de passage, livreurs et saisonniers qui travaillaient aux champs. Et quelques voyageurs qui contre des services, ramassage dans les champs, travaux de maçonnerie, trouvaient là-bas un lit et à manger le soir. Les femmes du village frayaient peu avec eux. Une entente tacite limitait leur présence à la place arborée juste devant l'église, au marché du dimanche et à quelques commerces où on les embauchait. Des villages comme le nôtre il n'en existait pas ailleurs dans le pays et on y accédait par une route de montagne que desservait un bus, poussif, hebdomadaire, qui charriait le courrier, des colis, les denrées qu'on ne cultivait pas sur le plateau salin. J'ai pris ce bus enfant, je ne m'en souviens pas. Ma tante était venue, seule, me chercher en ville, dans des circonstances qu'elle ne m'expliquait pas. J'avais peut-être un an lorsque ça s'est produit. Puis j'avais grandi là, avec pour seules limites à mon quotidien l'interdiction d'aller dans la maison des hommes et de m'aventurer au-delà de la route, frontière toute symbolique qui nous reliait pourtant au reste de ce monde.

Je brûlais de comprendre, de connaître la vie de qui venait d'ailleurs.

Marcia venait de loin, mais de tout son passé on ne savait pas plus que le peu d'éléments qu'elle avait déclarés en arrivant ici. Sa mère l'avait chassée, ses frères étaient violents. Comment elle entendit parler du « village des femmes », comme on disait ici, comment elle prit le bus qui reliait la dernière ville portuaire à notre haute falaise, on ne le sut jamais. Marcia avait l'art d'éluder les questions. On supposait qu'elle fuyait l'opprobre familial pour s'être comportée comme le font les garçons. Et comme font les garçons, c'est elle la première qui a posé sur moi une main désirante, qui a cherché ma bouche pour le premier baiser.

Un jour que l'on marchait ensemble sur la falaise, j'ai glissé sur une pente de terre, d'herbe sèche et de caillasse traître. J'ai roulé sur moi-même sans pouvoir m'arrêter, jusqu'à ce qu'un rocher plus saillant que les autres empêche la chute mortelle vers les récifs en bas. La hanche tout éraflée contre la pierre aiguë, j'ai gémi de douleur, cherché Marcia des yeux. Et je l'ai vue blêmir en arrivant vers moi, se tenant aux racines qui émaillaient la pente. Elle m'a solidement agrippée par le bras et en serrant les dents, pas à pas, sans un mot, m'a hissée jusqu'en haut de la crête dangereuse. Mon pied était blessé, je ne pouvais marcher et elle m'a soutenue jusqu'à ce qu'on atteigne la maison de ma tante. Seule sa lividité trahissait la frayeur qu'elle avait eue plus tôt, de me voir écrasée au pied de la falaise.

Ma tante était absente. J'ai fait entrer Marcia. Je lui ai indiqué l'armoire à pharmacie et elle a tamponné toutes les écorchures sur mes bras et mes jambes, puis bandé ma cheville. L'hématome sur ma hanche était grand comme sa paume et d'un rouge violacé.

Nous étions sous le choc. Je me sentais honteuse de lui avoir causé une si grande peur. Je l'ai remerciée de m'avoir ramenée, et de m'avoir soignée. J'étais surprise qu'elle sache si bien faire les pansements. Alors elle m'a dit, tout en baissant les yeux et presque en murmurant : « Je suis venue ici car ma mère a failli me tuer plusieurs fois depuis que je suis enfant. Elle me battait beaucoup. J'ai appris à me soigner. »

C'est ce qui arrive aux femmes que l'on oblige à faire de leur corps lieu de procréation. Certaines ne tiennent pas, sombrent dans la folie, vont jusqu'à l'impensable, le plus tabou des crimes. Cela donne les procès les plus retentissants et les condamnations les plus spectaculaires.

Marcia ne savait pas que ma mère s'était donné la mort après avoir aussi tenté de me tuer, lorsque j'avais un an. Moi-même je l'ai su tard, de la bouche de Raquel. Raquel qui a toujours su prendre soin de moi. Sa mère, ma tante, nous a élevées ensemble dans ce village perché tout en haut des falaises. Raquel a quitté le village avec moi lorsque ma tante est morte, une fois que les Autres nous avaient pour de bon envahies. Une fois que nos rues comptaient plus de maisons louées hors de prix à de riches citadins lors des grandes chaleurs s'abattant sur leurs villes, que de vrais habitants. Une fois que l'injonction à se mettre en paire et à contribuer s'est faite plus pressante, chaque jour qui passait. Nous avions seize et dix-huit ans, nous devenions des femmes, nous n'avions plus de mère et pas de responsable légal. Nous ne pouvions reprendre le commerce de ma tante, ni garder sa maison. Deux femmes ne peuvent pas vivre ensemble sans homme quand elles atteignent l'âge de contribuer. Seules les veuves le peuvent. Les Autres ont imposé leurs lois dans le village. On a vu se marier toutes nos amies d'enfance. Il nous fallait partir.

Marcia a disparu la veille du départ. Nous avions souvent entendu ma tante dire qu'il y avait un ailleurs. Que si elle était jeune, si elle avait la force, elle se rendrait là-bas. Elle tenait cela d'anciennes du village, qui connaissaient une femme, qui connaissait une autre, qui en connaissait une dont on disait qu'elle était partie vivre là-bas. C'étaient des ouï-dire, des peut-être, une légende, nourrissant un espoir. Celui qu'il y avait, plus loin au cœur des terres en bordure du fleuve, au pied d'une montagne, un village autonome où l'on creusait la pierre, qui s'était développé en marge du territoire, sans obéir aux lois édictées par les Autres. On disait que c'était une sororité composée d'exilées de toutes provenances. Il semblait à Raquel que c'était le lieu où l'on devait se rendre, une terre promise, un endroit où trouver celles qui comme nous n'ont leur place nulle part. Raquel et moi avons planifié patiemment notre route, pris des renseignements, bien étudié les cartes, et fait des provisions. Je lui faisais confiance, Raquel a toujours su se débrouiller pour deux, elle a été mon guide, m'a menée à bon port.

Marcia n'est pas venue. J'ai voulu qu'on l'attende, au lieu du rendez-vous, à l'entrée du village près de la petite butte où on venait souvent jouer et manger dans l'herbe sous les grands noisetiers. Raquel était patiente, pleine de compassion, et on a attendu. On a dormi une nuit, dans l'herbe, sous les arbres. Chaque brindille qui craquait, chaque chant d'oiseau de nuit me faisait sursauter. Mais j'ai guetté en vain. Le lendemain matin nous étions toujours deux. Quand nous sommes parties, mes pieds étaient de plomb, et chaque pas pesait le poids de mon chagrin. Je refusais de croire que nous partions sans elle. J'ai gravé sur un arbre dans l'écorce friable, quelques mots d'adieu en forme de prière : « S'il te plaît, rejoins-nous. »

Le grand trajet à pied a duré sept jours. Nous ne pouvions pas voyager par les routes sans passe-droit, et nous étions deux filles. Nous avons cheminé sur les flancs des falaises, et franchi la frontière à plus de six cents mètres juste au-dessus des flots, sans mot dire, concentrées, encordées l'une à l'autre. Raquel ouvrait la marche, s'arrêtant chaque fois qu'elle me voyait faiblir, affermissant sa prise quand glissaient des graviers. Il n'y avait là personne, la zone est dangereuse, les avalanches fréquentes. Nous risquions la mort mais Raquel savait que nous ne croiserions ni gardes, ni barbelés.

Après la longue descente des falaises escarpées il nous restait encore quatre journées de marche à travers la forêt en suivant les cours d'eau, mais toujours à couvert. Il fallait boire très peu, et très discrètement emplir nos gourdes la nuit. Les rivières sont toutes étroitement surveillées, l'eau potable est précieuse, son accès limité. Tous les dix kilomètres un poste de contrôle veille aux allées-venues des camions-citernes. Personne ne vient à pied, sauf les réfugiés des autres territoires, qui comme nous essaient d'accéder à ces sources. Nous en avons croisé, à la lueur des étoiles, des êtres émaciés, fiévreux, qui comme nous cherchaient les zones à couvert où remplir un bidon, à l'ombre des buissons. Qui comme nous évitaient les nuits de pleine lune, quand le ciel est trop clair. Qui comme nous savaient comment filtrer la pluie, comment la recueillir et la faire décanter en infusant des herbes, sans allumer de feu. Toujours grâce à Raquel, j'ai pu boire et manger tout le long du périple. Elle mesurait les risques, prenait les décisions, tellement déterminée qu'il me semblait que rien ne pouvait arriver qu'elle n'aurait prévu, choisi et décidé. Elle récoltait des feuilles que l'on peut manger crues sans mourir de diarrhée, m'a appris quelles plantes peuvent se consommer. Éviter celles qui poussent directement au sol, préférer celles qui puisent à la sève des arbres, qui eux filtrent la terre. Nous ne savions pas vraiment si, près de la frontière, le sol était encore sain. J'ai appris chez les sœurs qu'on peut y cultiver plus d'une centaine d'espèces, mais on nous a élevées dans l'idée qu'au-delà du territoire permis, rien n'est consommable qui pousse à même la terre. Alors nous délaissions les baies, les fraises des bois, les mûres et les reines-claudes. Nous mangions des mousses, qui laissaient dans nos bouches un arrière-goût amer comme le goût de la peur qui nous accompagnait. La peur de ne trouver aucune terre promise. Après ce long trajet, et pendant des années, chaque fruit dans ma bouche fut comme une salvation.

Le soir du septième jour, épuisées et inquiètes à perdre la raison, la plante des pieds à vif dans nos chaussures usées, nous sommes arrivées en orée de forêt rive droite du fleuve, en face de la capitale, que je n'avais jamais vue. Nous avions traversé les flots de la frontière que forme le grand fleuve dès nos premiers jours, en longeant les falaises qui le surplombent en pont, juste à son embouchure. Une arche de pierre immense, haute au-dessus des flots. Rares sont celles et ceux qui tentent ce périple. Nous avions survécu, et c'était un miracle.

Nous nous sommes assises à terrain découvert tout près de la forêt pour être bien en vue, tout en craignant que les sentinelles nous repèrent, lors des rondes qui surveillent l'approche des migrants. Dans le soir déclinant, nous avons attendu.

Peut-être après une heure, qui m'a semblé très longue tellement j'avais peur, deux personnes sont venues, lentement, nous trouver. Elles avaient pris le temps de bien nous observer, ai-je compris plus tard. Leur tranquille assurance tandis qu'elles avançaient depuis l'orée des arbres m'a peu à peu gagnée, comme un soulagement. Nous étions arrivées.

Elles étaient hautes de taille et leur peau était brune. Les cheveux longs de l'une étaient noués sur sa nuque et ses tempes rasées, l'autre avait le crâne nu. De loin elles ressemblaient à des adolescents. De près elles étaient belles comme des guerrières, et les griffures au coin de leurs paupières révélaient qu'elles avaient quinze ans de plus que nous. On aurait dit deux sœurs. Même si leurs visages ne se ressemblaient pas, elles avaient une manière de bouger similaire. Cet art de se mouvoir qui est mien maintenant, fait de gestes coulés en souplesse et maîtrise, je l'ai acquis parmi la centaine de sœurs avec qui elles vivaient.

Elles nous ont accueillies, nous ont lavées, nourries, nous ont donné une couche où reposer enfin. Elles nous ont présenté toutes celles qui vivaient là, et nous sommes restées. J'ai reçu des outils, une maison partagée, de l'espoir. J'y ai vécu onze ans, et nous étions heureuses, Raquel, moi et les sœurs, ce malgré la vie rude et le harcèlement des hommes en uniforme qui ne nous voulaient pas si près de leur frontière.

J'ai longtemps espéré que Marcia apparaisse dans le cercle des sœurs. À chaque fois qu'approchait une nouvelle arrivée, mon cœur devenait fou dans sa cage thoracique. Je guettais les silhouettes qui s'en venaient vers nous depuis la clairière, ce n'était jamais elle.

Marcia sera toujours la première disparue de celles que j'ai aimées. J'ai pu faire le deuil de ce premier amour en œuvrant chaque jour à creuser la pierre, en faisant des onguents, préparant des repas pour de grandes tablées, en prenant soin des sœurs, en aimant d'autres corps, embrassant d'autres bouches. Mais le souvenir d'elle ne m'a jamais quittée, et aujourd'hui que j'ai perdu toutes les autres, que j'ai perdu Raquel, mémoire de ma jeunesse, témoin de notre amour, compagne de toujours, l'absence de Marcia est plus vive que jamais.

RAPHAËL

Mère, je veux te parler des hommes que je fréquente, et du lieu où je vais après que la nuit tombe.

C'est un lieu de mémoire, une enclave espace-temps intense et lumineuse, comme une incandescence. On y vit l'interdit, la jouissance et l'espoir.

Un lieu mal fréquenté, où les femmes comme toi, celles qui contribuent, qui élèvent des enfants, ne mettent pas les pieds. Je n'oserais jamais t'en parler face à face, je suis peut-être lâche de me livrer ainsi à l'abri de ces pages, t'écrivant cette lettre juste avant de partir. Je n'aurai pas affaire à tes yeux effarés, à ton regard inquiet, ne redouterai pas tes pleurs ou ton rejet. Quelque chose me dit que tu ne pourrais pas arrêter de m'aimer, pas en tant que ton fils. Mais que l'homme que je suis, que tu ne connais pas, te ferait honte sans doute. Je t'imagine heurtée, perplexe et partagée, ne sachant que penser de cet homme, de ton fils. Sache que je t'aimerai toujours et te respecte, que je n'ai jamais cessé de chercher la justesse. Tout ça est très bancal, j'en ai gravement conscience. Il n'y a pas de place pour moi parmi les autres, mais je ne suis pas le seul, ça je l'ai découvert dans ce lieu où je vais certains soirs de semaine, pour retrouver les miens.

Ce lieu était jadis une grande librairie, un cercle de lecture où des hommes comme moi pouvaient se retrouver. Le terme de librairie, je ne l'ai pas appris de toi ni de l'école, c'est un mot de langue morte, tu le sais comme moi. Un mot comme tant d'autres, qui n'est plus recensé dans aucun dictionnaire, ne désignant plus rien dans la réalité qui est celle d'aujourd'hui. Ce mot, ce qu'il contient, m'a donné de la joie, de l'espoir, de la rage. Par ce mot j'ai compris tout ce dont on nous prive. Ce qui n'a pas de nom est réduit au silence, et nommer rend visible, avère une existence.

La librairie : lieu dédié aux livres, où on peut les feuilleter, en faire l'acquisition pour les emmener chez soi, les adopter comme siens, écrire dans les marges, en souligner des phrases, les relire quand on veut, en faire la lecture à la personne aimée, les prêter, les donner. N'importe quel livre.

Ce mot, j'en ai appris le sens au contact des miens. De Louis, qui tenait autrefois cette grande librairie avec son compagnon, que je n'ai pas connu. Il s'appelait Abel.

Tous deux, comme toi maman qui étais bien plus jeune, ont connu cette époque où l'on pouvait écrire, publier, acheter, lire toutes sortes de livres. Cette époque où les hommes pouvaient s'aimer entre eux.

Louis m'a raconté. Le cercle de lecture. Chaque nouvel arrivé se trouvait accueilli, ils parlaient, partageaient, des pages, des sensations. Des couples se formaient le temps d'une soirée, certains duraient longtemps. Abel et Louis ont habité ensemble durant vingt-cinq années, jusqu'à l'édiction du Pacte national. Abel n'est pas revenu de la nuit au poste après la saisie de leurs livres et leur dénonciation. Une paire « contre-nature ». Louis a pu rester, parce qu'il était père légalement reconnu d'un enfant non majeur. Leur compagnonnage a duré plus longtemps que ma vie à ce jour, et durerait encore si Abel n'avait pas été pris à Louis.

Pense à brûler ces lignes sitôt qu'elles seront lues. Mes semblables seraient gravement compromis si ces pages circulaient. Mais je veux que tu saches. Nous avons nos secrets, plus ou moins avouables, je ne t'ai jamais dit de quel feu je suis fait.

Le brasier en moi se propage la nuit, défiant le couvre-feu. Suffit de marcher vite, en donnant l'impression que l'on sait où on va, de prendre l'air hâtif et un peu fatigué du bon contributeur revenant d'un dîner et pressé de rentrer. S'il y a dans la rue une patrouille qui passe, ne pas s'arrêter là où l'on voudrait se rendre mais passer son chemin, continuer sans attendre. Faire un tour puis revenir une fois que les semelles cloutées ne se font plus entendre. C'est à la lisière Est des quartiers Sud que nous nous retrouvons, dans ces rues défoncées, suintant l'humidité, qu'on appelle la banlieue. Une fois devant la porte, frapper discrètement, on vous ouvrira vite. Un regard leur suffit pour décider ou non de vous laisser entrer. J'y vais depuis longtemps, tout le monde me connaît.

Depuis l'époque où Louis a été interdit d'exercer comme libraire, le décor a changé, la clientèle aussi. Les livres ont disparu de toutes les étagères, qui portent maintenant des bouteilles d'alcool. C'est devenu un peep-show, restaurant-cabaret. Sur scène, derrière le bar, des femmes déshabillées. Les hommes comme moi se mélangent aux clients venus là pour les filles qui dansent nues pour eux. Il n'est pas rare de voir plusieurs hommes à une table, partageant une bouteille de vin bien maturé, des liqueurs, un dîner. Le spectacle est compris dans le prix que l'on paie lorsqu'on vous dresse la table. C'est dans ce genre de lieu, au son des ritournelles de musiques lascives et parmi les danseuses qui s'effeuillent devant nous, que l'on nous repère moins. Personne ne soupçonne nos échanges secrets. Car nous avons nos codes. Un regard que l'on coule sous des paupières baissées, la tête renversée comme pour mieux exhaler la fumée d'une clope. Une main sur l'épaule, qui s'attarde un peu plus que pour une accolade simplement fraternelle. Il y a à l'étage des loges pour shows privés, qu'on peut louer à l'heure. Les filles sont ravies lorsque nous réservons une cabine à plusieurs. Car nous ne payons pas pour qu'elles se déshabillent mais pour garder la loge une heure rien qu'à nous.

De ces instants furtifs certains se satisfont, leur peau s'est rechargée à d'autres que la leur, personne ne parlera, on redescend comme font tous les autres clients, discrets, dans l'escalier, on revient au bar en remerciant la fille qui reçoit des avoirs en échange de la clef qu'elle a gardée pour nous.

Les loges privées du Club où je me rends le soir étaient auparavant des salons de lecture. Les rayonnages sont vides, mais les larges fauteuils, les canapés subsistent. On s'y échange encore en cachette des livres. Maintenant tu sais, maman, ce que je fais avec ces compagnons de nuit est une double infraction aux lois de notre époque : on s'aime et on lit. On écrit et on parle des livres interdits. Souvent des corps se touchent. Des bouches et des mains cherchent l'assouvissement d'une soif qui grandit à force de contenir les désirs qui nous prennent à contempler un dos, une nuque, un avant-bras luisant dans la pénombre, l'angle d'une mâchoire, une façon de marcher, de rire, de se mouvoir. Les hommes comme moi n'ont d'autres lieux où vivre, jouir et exulter, ne serait-ce qu'un instant, du contact d'un autre.

Mais les habitués qui viennent le plus souvent sont bien là pour les livres plus que pour la jouissance. Mes mains ont effeuillé plus d'ouvrages reliés et tourné plus de pages dans les loges du premier, sous les lourds abat-jour de velours effrangé, qu'elles n'ont touché de peaux. Les livres sont plus précieux que l'odeur d'une nuque, car on peut y trouver la mémoire d'un instant préservé à jamais. Il s'y dévoile parfois l'intimité d'une âme, que l'on pourra relire autant que l'on voudra. Ces pages sur la prison, par exemple, qui résonnent étrangement avec le quotidien que chacun de nous vit, dans l'enceinte fermée de notre territoire :

Une immense machinerie très lente, destinée à broyer votre temps. Une machine que vous alimentiez de votre vie, et qui la réduisait en poudre.

GRÂCE

Il faut apprendre à observer, pour vivre parmi les Autres, ou plutôt y survivre sans se faire repérer. Leurs manières de faire, les petites choses, surtout. Comment ils parlent, les rires et les hochements de tête, les silences, phrases polies. Observer les fausses notes. Lorsque quelqu'un commet un impair, s'en rend compte au mépris dans le regard des Autres, puis évalue l'espace qu'on lui laissera ou pas pour se rattraper, pour glisser sur la bourde, sourire, ou annoncer : « Je vous laisse, on m'attend. » Ces éléments de syntaxe qui sont comme les rouages d'une machine à broyer.

J'ai commencé par un cocktail, un buffet organisé par le comité de pilotage d'une entreprise dans le restaurant où je fais la vaisselle. Par le passe-plat de la cuisine, on voit et on entend tout ce qui s'y passe. J'étais fascinée par leurs vêtements. Je n'avais pas fait grand cas de mes habits jusque-là. Ceux que je portais pour la plonge, pratiques et ternes, me convenaient. On me les avait donnés à l'hôpital. Depuis, j'ai observé dans la rue le soir des ombres humaines fouiller de grands containers blancs marqués d'une croix rouge et en sortir des habits de toute sorte. J'y suis allée un soir et ai ramené un sac sans l'ouvrir sur le trottoir. Ma pêche n'était pas bonne, ce n'étaient que des vêtements d'enfants, je n'en aurai jamais l'usage mais sans bien savoir pourquoi, je les ai gardés. De jour, je voyais des gens bien mis jeter des sacs de vêtements dans ces containers et me demandais ce qu'ils devenaient ensuite. Si c'était un don pour les plus pauvres, pourquoi les ombres viennent-elles de nuit avec l'allure furtive d'un voleur craignant d'être surpris à la lueur des réverbères ? Je comprenais peu à peu qu'on ne s'avoue dans le besoin ici que si on n'a plus le choix. Recevoir la charité c'est comme essuyer un crachat au visage. On attend de vous le sourire heureux d'un enfant ébahi. Les Autres prennent les pauvres pour des enfants sur qui on a autorité. Je le vois à la façon dont on me traite au restaurant. Dont on me parle, ou plutôt pas. Je suis une ombre. Les rares clients qui notent ma présence derrière le passe-plat des cuisines et se fendent d'un sourire s'attendent de ma part à une grande gratitude, et se sentent offensés quand je ne montre aucun signe de reconnaissance. J'ai appris peu à peu à relever les coins de ma bouche de la manière qu'il faut. Mieux vaut leur compassion mélangée de mépris que ces yeux courroucés de parents déçus par une progéniture ingrate.

Le problème de ces gens est qu'ils font des enfants. Et ceux qui n'en ont pas sont considérés comme des êtres immatures, des adultes pas finis, des échecs pitoyables qui n'ont pas su faire de leur vie quelque chose d'utile pour la société. Sauf les pauvres. Les pauvres dont les Autres disent qu'ils se reproduisent trop. À l'hôpital où j'ai séjourné longtemps lors de mon arrivée, j'ai vu des infirmières poser des stérilets sur les femmes comme moi. « Ça ne fera pas mal », disent-elles, en attachant vos pieds sur les étriers froids. J'ai répondu à toutes leurs questions et même lorsque j'ai dit que je vivais bien seule, elles m'ont dit d'un ton très bienveillant : « Un accident est bien vite arrivé, mieux vaut éviter les tracas dans votre situation. » Les Autres appellent ainsi les enfants des pauvres : tracas, ou accident. Elles ne pouvaient savoir qu'en me liant à mes sœurs j'ai fait vœu de ne jamais porter le fils d'un homme. Pour qu'on me laisse tranquille et qu'on ne m'oblige pas à venir chaque mois en « visite de contrôle », je les ai laissées m'écarter les jambes et glisser en moi un quelque chose minuscule qui me prémunirait de reproduire l'espèce dont je fais partie et que les Autres tolèrent à condition qu'elle ne prolifère pas. Je laisse. Mon corps entre leurs mains. Mon image dans leurs yeux. Surtout qu'on ne me voie pas pour qui je suis vraiment. C'est moi qui les observe depuis le passe-plat. Ce soir, cette femme en robe dorée aux boucles d'oreilles assorties, et chaussures à talons. Elle a passé l'âge des jupes et falbalas, car après la trentaine toutes les contributrices portent des tenues discrètes, les cheveux attachés, et peu de couleurs vives. Mais celle-ci est clinquante et les hommes la traitent avec déférence, elle doit être la mère ou la femme d'un homme qui commande pour eux. Elle a au doigt cet anneau qui veut dire qu'on est à quelqu'un. Cela rassure les Autres. Il faudrait que je m'en procure un.

Les hommes ont des chemises trop serrées boutonnées sur leur ventre. Il convient de manger avec de l'appétit. Ceux qui passé cinquante ans n'ont pas d'embonpoint sont regardés de haut, c'est sans doute qu'ils ne passent pas assez d'heures assis derrière un bureau à ordonner des choses et dans les dîners copieux où se décident les affaires importantes de ce monde.

Il me faut une tenue. Quelque chose qui me donne accès à leur monde. Non pas que je souffre d'en être exclue, mais si je reste une ombre parmi les Autres, quelque chose me dit que je ne retrouverai pas mes sœurs, s'il y en a comme moi, planquées parmi eux. Il faut que je sois bien en vue. Au centre des regards, là où il y a la lumière. Celles qui me verront sauront me reconnaître. Je dois monter sur scène, parler, agir comme eux, faire partie de leurs cercles. Être vue au grand jour, mais sous un camouflage. Mes sœurs, si elles existent, sauront me reconnaître. Chez nous, on n'oublie pas le visage d'une des nôtres.

Lorsqu'il faisait soleil, on se rassemblait toutes dans la plus grande clairière au pied de la montagne, et chacune dessinait sa voisine la plus proche, pour garder en mémoire toutes celles qui vivaient parmi nous. Certaines modelaient la glaise ou bien sculptaient le bois, d'autres taillaient la pierre. Tous ces portraits de nous étaient gardés sous terre dans une large galerie qui prenait le soleil par des puits de lumière. On la faisait visiter aux nouvelles venues et l'histoire de chacune était bien conservée sur des blocs de papier que nous fabriquions. Chacune était chérie dans ces portraits précieux, ces histoires qu'on se lisait. On inscrivait sur les parois de pierre les prénoms des anciennes, qui nous avaient quittées.

Galatée. Zaïre. Éveline. Constance. Annonciade. Victoire.

On savait honorer nos vivantes tout autant que nos mortes.

Je me demande ce qu'il est advenu de tous ces visages, des histoires que chacune a écrites, et de notre mémoire. Je m'y rendrai peut-être, dans la grande galerie, quand j'aurai le courage. Il me faudra creuser parmi les éboulements. L'endroit est bien gardé, site de promenade le jour pour les familles des Autres depuis quelques semaines, très surveillé la nuit. Des gardes y sont postés. Ils ne laissent personne vivre sur l'autre rive depuis qu'ils nous ont tuées.

RAPHAËL

Mère, laisse-moi maintenant te présenter les miens. Ils s'appellent Louis, Thamar, Lilian, Paul et Samuel.

Louis est le plus ancien et la mémoire des lieux, on l'appelle le Libraire. Il a quatre-vingts ans et il vit au-dessus du Gentlemen's Club, juste au premier étage, le même appartement qu'il partageait avant, avec son compagnon, avant qu'on le lui prenne et l'emmène en prison, l'année où la police a fait réquisition de toutes les librairies et où fut promulgué l'article 62 du Pacte national, prohibant toute union dite contre-nature, n'ayant pas pour objet la reproduction. Tout cela s'est produit voici trente-trois ans, c'était il y a peu. Mais pour ceux qui comme moi sont nés après cette date, il paraît incroyable que deux hommes aient pu vivre ensemble et tenir un lieu qui soit dédié aux livres. Toi qui avais vingt ans quand cela s'est produit, mère, te souviens-tu ? Toi qui as vu mourir toute une génération, les jeunes de ton époque, te rappelles-tu encore comment était la vie, quand on pouvait la lire dans ses mille versions, écrite par mille voix ? Tu en parles si peu.

Je sais que tu as aimé père, que pour toi contribuer n'était pas une semonce, que tu chéris tes fils et tes petits-enfants, sans une once de regret pour tous tes sacrifices. L'amour reste ta force, ce qui te tient debout. Mère, moi aussi j'aime. Mais les amours que j'ai n'ont pas droit de cité.

Thamar, par exemple, je l'ai connu au poste, l'année de mes vingt ans. Nous étions enfermés dans des cellules voisines. Avant que l'on m'emmène pour me questionner, j'ai passé plusieurs heures à parler avec lui. Nous étions là tous deux pour la même raison. La police nous avait trouvés dans l'ombre d'une ruelle du Sud de la ville, dans les bras d'un autre homme.

Thamar, aux cheveux noirs et au visage altier, est d'une grande beauté. Il impose le respect. De dix ans mon aîné, je l'ai aimé un temps d'une fougue amoureuse, et il est mon ami. C'est lui qui m'a donné l'adresse de ce lieu. Thamar en a perdu, des amours, des amants, après chaque nuit au poste. Lui-même a survécu parce qu'il est en paire et bon contributeur. Il a fait trois enfants, il est programmeur dans l'Administration des Archives numériques et Mémoires du passé, où il n'est pas le seul à vivre une double vie. Il connaît des secrets sur ses responsables qui les rendent solidaires de son vice caché. Quand la police le prend il donne certains noms. Alors on le relâche après chaque nuit au poste, pour qu'il puisse continuer à produire, reproduire, contrôler et veiller à ce que nos écrans n'accèdent qu'aux contenus ayant droit de cité, à ce que le passé n'affecte le présent, ne déborde pas hors des serveurs qui le stockent, ne nous contamine pas.

Mais la nuit il se perd souvent dans les ruelles, aimanté du désir des rencontres fortuites. Et il a aiguillé d'autres hommes, comme moi, qui cherchaient une famille, un lieu où se trouver à l'abri des regards, mélangés à la foule des clients du strip-tease. Des amants de Thamar au fil des années est resté Lilian, dit Liane, qui est tout en langueur et en gestes félins. Ils sont inséparables. Ce sont les habitués, toujours à la même table. Lilian gagne sa vie dans le divertissement, c'est son job officiel, comme Louise, vois-tu. Ça lui fait les avoirs mensuels nécessaires, pour pouvoir se loger, manger, et se vêtir. Le divertissement englobe des métiers que tu n'imagines pas. Liane se produit au Club, chaque mardi, avec les autres filles, il chante et il danse, sur ses jambes affûtées, gainées de soie brillante, les yeux maquillés, la bouche peinte en rouge, la poitrine gonflée de prothèses bombées, sous une robe chatoyante. La plupart des clients se laissent prendre au mirage, sa voix est cristalline, son déhanché parfait.

Samuel est mon double, du même âge que moi, nous sommes les deux plus jeunes. Nous nous sommes trouvés ensemble devant la porte le même soir, pleins d'espoir, cœur battant. Aucun des deux n'osant avouer à l'autre ce qu'il venait chercher. Nous étions assis à des tables voisines, pas très loin du bar. Devant les filles nues, nos yeux ne cillaient pas. Je n'osais regarder le profil de Samuel mais je sentais comme un fil tendu entre nous deux, invisible et brûlant. Je souriais aux filles, mais comme en camarade, pour les remercier d'avoir où regarder sans sembler trop nerveux, de me servir à boire, me donner une contenance. L'une d'entre elles est venue s'asseoir sur mes genoux. Me voyant tressaillir, rougir tout en cherchant comment lui signifier que je ne souhaitais pas de femme pour la nuit ni même pour une heure, elle a ri et m'a dit doucement à l'oreille : « Peut-être que tu devrais louer un petit salon à l'étage avec le jeune homme qui est assis à ta gauche. Il ne veut pas de fille, lui non plus. » Puis elle est allée voir Samuel et nous a apporté une clef avec un numéro. Depuis, Samuel et moi sommes inséparables. Les filles nous aiment bien, elles disent « les jumeaux » lorsqu'elles parlent de nous. Nous faisons la même taille et Samuel comme moi a les cheveux bouclés, les siens sont blond foncé, et tirent sur le roux. Samuel travaille dans un garage du Centre, il répare les voitures des hommes responsables dans l'Administration. C'est ainsi que Thamar et lui se sont connus, qu'il a eu cette adresse. Comme moi il est en paire. Comme moi il ne veut pas mettre d'enfant au monde. Mais sa contributrice est enceinte d'un enfant. Il a bien dû céder, il approche vingt-cinq ans.

Et puis Paul, le lettré, celui dont les livres se trouvent maintenant dans des caisses de bois qui prennent la poussière sous les arches de pierre au sous-sol du Club, le seul qui parle encore les mots de langue morte, et des langues d'ailleurs : l'anglais, le grec, le castillan. Paul n'a pas d'enfants. Il n'est pas comme moi, Samuel, ou Thamar.

Paul n'est pas le prénom qui lui fut assigné à sa venue au monde. Paul s'est fait tout seul. Paul est un clandestin.

Paul est l'enfant de Louis, un enfant spirituel que Louis n'a pas conçu mais qu'il a adopté très jeune, l'élevant avec Abel qui lui n'avait pas de lien officiel avec leur enfant. Paul avait dix-sept ans lorsqu'a été voté le Pacte national et que les frontières se sont closes à jamais. Un an à peine avant l'âge de majorité. Louis doit à sa paternité officiellement reconnue d'être resté en vie, on n'éliminait pas les soutiens de famille – protéger les plus jeunes, article 1 du Pacte, tu le connais par cœur. Mais il a craint qu'on lui prenne l'enfant qu'il chérissait. On lui avait bien pris l'homme avec qui il vivait, compagnon de toujours. Alors Paul s'est caché, Louis lui a fait refaire une carte d'identité, lui ajoutant un an, changeant son patronyme. Paul aura cinquante ans à la fin de l'année, sa carte nationale dit qu'il est plus âgé.

Paul est un philosophe, une utopie vivante, il est l'âme de ce lieu et la voix du futur, si nous en avons un. Et les mots qui fleurissent sur les murs de la ville certains jours où le feu dévore les bâtiments de l'Administration, de l'Église, des Affaires, sont de la main de Paul. Tu ne verras sans doute jamais son visage mais tu connais son âme, si tu lis les affiches que la police s'empresse d'arracher au matin.

Louis, Thamar, Lilian, Samuel, Paul. Ce sont là des prénoms que nous nous sommes choisis pour nous réinventer et renaître à nous-mêmes. Nous laissons derrière nous les prénoms officiels que l'on nous a donnés.

Mère je veux que tu saches, l'œuvre qui est la nôtre. Nous avons, à nous six, refait du club de nuit un cercle de lecture, pour conjurer l'abîme où sont jetés les mots. Il y a tant d'ouvrages qui nous restent à sauver, on en trouve des caisses pleines dans les entrepôts à l'Est de la ville, juste sous les remparts.

Ces choses inavouables, lire des livres interdits et faire l'amour entre hommes, il faut que tu comprennes, relèvent d'un seul geste : refuser de mourir, de vivre emmurés, dans nos corps, nos esprits. Une main qui se pose sur la peau nue d'un bras, une page que l'on lit, pour soi ou à voix haute, sont les seuls remèdes à notre aliénation. Les seuls que j'aie trouvés, du moins, dans cette vie.

GRÂCE

Les ruines de notre utopie sont presque dispersées. On en discerne ici ou là des traces, comme des rocs si anciens dont l'érosion du vent, des flots, du temps qui passe, a poli les contours depuis tellement d'années, qu'ils n'ont plus de tranchant. Nos bâtisses étaient belles, pourtant, droites et solides. Ils ont tout essayé : la dynamite, d'abord, les mortiers, les burins. Maintenant c'est une autre attraction touristique : une clairière de menhirs. Les familles s'y promènent le dimanche s'il fait beau, juste après la grand-messe. De nos peintures ils ont tiré des catalogues de reproductions qu'ils appellent « art naïf », et qu'ils vendent aux badauds. De nos chants les paroles ont été distordues, les airs n'ont plus leurs rythmes, ils sonnent comme des comptines, dont personne ne sait qui les a chantées d'abord, ni pourquoi ni pour qui.

C'est comme une cité engloutie par les eaux, dont on ne sait si tel vestige était un vase sacré ou bien un pot de chambre. C'est un récipient et le contenu n'est plus. Tout le monde est unanime : c'est une vraie aubaine que le territoire soit ainsi agrandi, les frontières repoussées et l'accès aux forêts maintenant autorisé aux promenades publiques. Même si le chemin est bien délimité, et encadré de gardes.

Personne ne se demande ce que nous sommes devenues. C'est si habituel que des populations disparaissent ailleurs, que des villages migrent. Le Pacte national est fait pour préserver les Autres de telles avanies. Protégeons les frontières,

Préservons nos enfants. C'est le message qu'on lit lorsqu'on franchit le fleuve pour visiter la zone que nous habitions, en lisière de forêt, au pied de la montagne. La zone ferme le soir et les rondes reprennent. Franchir le fleuve après le coucher du soleil est toujours prohibé, le couvre-feu oblige. Même si je suis passée maîtresse dans l'art de me promener de nuit en toute discrétion, je n'ose m'aventurer au-delà du grand fleuve, pour voir si une galerie est encore accessible. Celle qui donne plus loin au cœur de la forêt et par laquelle j'ai fui juste à temps pour survivre, est hors du périmètre des visites touristiques. Il faut que j'y retourne. J'ai besoin de savoir ce qu'ils ont fait des corps. S'ils pourrissent sous terre, s'ils ont détruit nos grottes, nos archives, notre histoire, après l'avoir récrite, galvaudée en un conte folklorique pour touristes.

Les Autres ont limité l'accès à leur propre passé. Ils jettent leurs propres livres. Avec deux sœurs j'avais, par une nuit de pleine lune lors d'une de nos razzias sur la rive gauche du fleuve, trouvé un container plein de livres à brûler. Un grand cube de métal ouvert, échoué dans l'entrée de l'incinérateur du quartier des docks lors d'une panne de courant. Son contenu étalé au sol sous la lueur pâle de la lune nous avait attirées, on n'avait jamais vu autant de livres ensemble, dans un seul même endroit. Nous étions fascinées, malgré la peur des gardes, nous avions pris le temps de tous les regarder, de choisir chacune ceux que l'on voudrait lire, accroupies là, de nuit, nos pieds sur les pavés et nos têtes courbées vers ce trésor immense de lettres et de papier. Quelques secondes après que l'électricité eut été rétablie des alarmes sonnaient, on entendait les gardes arriver au pas de charge. Mais nous avions pu prendre une dizaine de livres et partir en courant, hors d'haleine, cœurs battants. Et une fois de retour, les sœurs voyant nos sacs pourtant exempts de vivres avaient crié de joie en tendant toutes les mains vers les feuilles imprimées. Nous manquions de livres, nous en avions très peu. Pour certaines, le plus dur, ce n'étaient pas les jours à creuser la pierre dans le froid de l'hiver ou les chaleurs d'été, de moins en moins tenables, ni la menace constante d'une attaque des Autres, malgré le négoce de la pierre qui nous liait. Nous savions qu'un jour ils voudraient nous reprendre la rive et la montagne, nos maisons, la forêt, l'exploitation des mines de marbre blanc comme lune. Nos heures étaient comptées. Tout ceci rendait âpre la vie dans notre camp, l'inquiétude pesait. Mais certaines sœurs trouvaient que le plus difficile n'était pas le labeur, l'angoisse, le froid, la faim, ni les grandes canicules, mais le fait de vivre sans nouveaux livres à lire, ni films à regarder. Les histoires qu'on raconte sont nécessaires à l'âme comme l'eau l'est à la terre pour que les plantes fleurissent. Nos âmes s'étiolaient si nous ne prenions soin d'écrire, de chanter, de dire des histoires. C'est pourquoi nous avions chacune écrit la nôtre, et que nous les gardions dans la grande galerie. Les livres rapportés ont été lus, relus, en cercle et à voix haute, recopiés tant et plus. On se les échangeait. On apprenait par cœur tel passage qu'on aimait.

Avec du papier volé des containers j'ai fabriqué un livre, en cousant des feuilles blanches. J'y ai recopié les phrases les plus belles de chaque livre sauvé. Cherché des mélodies allant avec leur rythme. J'en ai fait des chansons que je chantais le soir, que j'ai apprises aux sœurs. Après quelques semaines on les chantait en chœur.

Il s'agissait d'ouvrages pour la plupart écrits par des personnes entrées en résistance bien des années plus tôt. Des livres dont le contenu, les auteurs ou autrices, les lecteurs ou lectrices, auraient mis en péril le Grand Référendum de Sûreté intérieure : le consensus des Autres à fermer les frontières à toute personne civile, avant que soit voté le Pacte national. Des livres qui dénonçaient la manière de vivre des Autres même avant la série d'interdits qui peu à peu ont réduit à néant toute liberté de mouvement, tentative de penser, même un peu, autrement, toute velléité de respiration hors de l'air factice qu'ils recyclent au moyen des machines postées à chaque fenêtre depuis qu'elles sont scellées, et des doctrines inculquées dès l'enfance à la population. J'ai pensé à ces livres, qui avaient disparu en même temps que mes sœurs, dans le feu de nos maisons, l'éboulement des galeries. En silence j'ai pleuré, pour elles, pour nos mémoires qu'aucune âme ne lit plus.

La ville que j'arpente chaque nuit en secret porte la trace des livres bannis et enlevés. Je me suis arrêtée l'autre jour devant une vitrine, à la lisière des quartiers Sud de la ville. Une ancienne librairie sans doute, reconvertie. Il reste encore des livres, chez les Autres, les livres autorisés. On en imprime même, de nouveaux. On les lit à l'école, on peut en acheter dans les supermarchés, par lots, au prix de gros. Un livre est un livre dans leur monde comme le pain est du pain, le maïs du maïs. Il n'est ni plus, ni moins. Et les lieux dédiés uniquement aux livres ont fermé à jamais.

La plupart sont devenus des boucheries, épiceries, des salons de beauté, de coiffure, et parfois des night-clubs, comme l'est celui-ci. La vitre est teintée, assombrie d'un rideau de métal coulissant. Une petite pancarte sur la porte indique : Le Gentlemen's Club – shows réservés aux hommes. L'affiche d'un spectacle en grandes lettres cursives annonce une « revue avec repas compris ». Ce qui m'a arrêtée ainsi en pleine rue n'était qu'un signe parmi ceux d'une époque où on nous a tout pris. Le titre du spectacle m'a frappée : « La Garçonne. » Sur l'image, une femme en costume queue-de-pie. La poitrine dessinée sous le plastron moulant, les chevilles découvertes, et aux pieds des chaussures à talons provocantes. Le visage fardé, la bouche rouge carmin, les cheveux noirs lissés, les yeux noircis de khôl. Les ongles rouges aussi, et le regard troublant. L'affiche invite ceux qui passent par ici et s'arrêtent devant à la déshabiller. Un peep-show, une aubaine : enlevez à cette femme sa veste noire croisée, son pantalon à pli, nul doute qu'elle sera des plus affriolantes. Elle n'est qu'un symptôme. C'est une mode, dans les clubs, d'emprunter pour rire les vêtements du sexe opposé. Juste un soir, juste une nuit, éprouver le frisson d'une troublante transgression. C'est comme un horizon qui appelle aux rêves de ceux qui se sentent serrés dans des rôles qu'on a forcés sur eux et qu'ils connaissent par cœur. Mais ils savent le sort de celles qui ont quitté leur rive pour la nôtre, les crachats, les insultes, les coups et le mépris, le silence ou la haine criée sans honte aucune. Alors les Autres rêvent, certains oui parmi eux voudraient vivre sans script ou récrire les dialogues, décrocher de leur corps toutes les signifiances inscrites par autrui. Alors ils viennent ici, voir des filles danser sous des sapes de dandy qu'elles enlèvent pour eux.

Mon propre corps défait la plupart des critères de classification. Hanches étroites, pas de courbes. Oui j'ai une poitrine. Est-ce un torse ? des seins ? C'est difficile à dire. Des jambes, des bras, des fesses, une nuque et des épaules, deux genoux, deux chevilles, j'ai tout cela aussi. Quant à dire si leur forme, leur volume ou leur taille entrent dans la catégorie homme, femme, mâle, femelle, ou un âge, mature, adolescent, la plupart échouent à y trouver du sens. Alors je brode l'histoire avec des vêtements. Ceux que je vole de nuit dans les grands containers. J'y puise tout ce qu'il faut pour être qui je veux selon qui va me voir. Une des premières fois où je suis sortie seule en veste et pantalon et qu'on m'a dit « Monsieur », j'ai vu une solution, un moyen d'échapper à la traque qui guette les femmes seules le soir. Cela fait quelques mois que je me travestis, me déguisant en homme après que la nuit tombe. J'y ai gagné beaucoup en liberté d'action. J'évite de parler, ma voix n'est pas très basse. Pour les lieux où je vais, parler n'est pas utile. Je cherche les ruelles où se trouvent les bars aux vitrines fumées. J'ai vu comment ils font. On frappe doucement, un visage se présente, voit si vous êtes seul. Avec le mot de passe et une liasse d'avoirs, on vous laissera entrer.

Les femmes de l'extérieur ne sont pas admises, on en trouve dedans. Des qui sont sans mari, ou sans rente d'avoirs. Des qui se déshabillent et qu'on peut posséder sans connaître leur nom. Des femmes anonymes. Venues là parce qu'il n'y avait pas vraiment d'autre option, parce qu'elles n'ont pas d'enfants et qu'on les rémunère, parce que le mariage ou ce genre de métier, ça leur semblait pareil. Et puis il y a celles que l'on fait venir d'ailleurs, dont on ne sait pas l'histoire. J'ai l'espoir insensé de trouver là peut-être une de mes anciennes sœurs, celles qui ont déserté avant le grand massacre. Celles qui s'adaptaient mal aux lois de la survie en terres assiégées, que les attaques fréquentes angoissaient tant qu'elles ont préféré s'exiler chez les Autres plutôt que de continuer cette vie âpre et risquée, mais libre, entre sœurs. Je pense aussi à celles d'entre nous qui traversaient souvent pour venir chez les Autres : anciennes strip-teaseuses ou travailleuses du sexe, elles trouvaient des clients en ligne sur le réseau, faisaient la traversée dès que la nuit tombait et revenaient à l'aube avec des denrées qui manquaient par chez nous. Où d'autre les trouver que dans ces clubs de nuit, si elles ont survécu ? Il me faudrait me fondre parmi tous les clients, avec mon costume d'homme.

Mais il me faut d'abord de quoi m'empoisonner en une seule fois, rapide, si jamais ils soupçonnent qui je suis réellement. Je ne souffrirai pas une seconde en prison. Je préfère mourir vite. Les armes sont illicites, et même au restaurant les couteaux sont sous clef. On ne donne aux mangeurs que des choses à bout rond qui ne découpent pas, même la viande la plus tendre, il faut la faire bouillir pendant des heures pour que la chair se détache toute seule quasiment. Les toits d'immeuble ont tous leurs accès condamnés. Les fenêtres, blindées, ne peuvent s'ouvrir en grand. Les rues sont surveillées. Impossible de se précipiter sciemment sous les roues d'une voiture, elles sont programmées pour dévier en cas d'obstacle, de piéton à vue. Cela m'inquiète vraiment. L'impossibilité de se donner la mort. On peut encore se pendre, en nouant des vêtements. Je n'aime pas l'idée de suffoquer longtemps. J'ai cherché dans les lieux où l'on s'échange de nuit des denrées, et des drogues, quelque chose qui pourrait faire office de poison. Mais les drogues qui se vendent, même à forte dose, vous mettent en léthargie, elles ne sont pas mortelles. Je veux pouvoir quitter ce monde à tout moment. J'ai pensé qu'au rayon des arts ménagers du grand supermarché je trouverais peut-être de quoi faire l'affaire.

ÈVE

Je vis derrière mes yeux. J'entends par là que toute ma vie se passe derrière mes paupières. Je crois que je perds pied.

Hier j'ai eu une vision au rayon détergents du supermarché. Elle cherchait de la soude. C'est le son de sa voix qui m'a interpellée. Le timbre un peu fêlé.

Mais quand je suis venue me planter face à elle pour voir son visage, elle n'a émis aucun signe de reconnaissance. J'ai battu en retraite, me suis mise à douter. Mon cerveau s'est donc mis à fabriquer des choses, à voir mes sœurs perdues dans des inconnues ?

Pourtant il y avait quelque chose dans l'allure, cette maigreur étrange. Et son regard avait cette noirceur douloureuse que je connais au mien quand je le vois reflété dans le miroir le matin.

Donc soit je deviens folle, soit j'ai revu Grâce.

ROSA

Il y avait peut-être parmi nous des traîtres. Comment auraient-ils su où nous trouver sous terre ? Quelqu'un leur a donné notre cartographie.

Nous sentions que c'était une question de mois, de semaines peut-être avant qu'on nous déloge. Des signes avant-coureurs nous avaient alertées. Les patrouilles, plus fréquentes, depuis que nous avions accueilli parmi nous des personnes exilées vivant dans la forêt, qui avaient traversé les territoires à l'Est, depuis le Sud en guerre. Les réfugiés campaient en lisière de forêt. Nos guetteuses observaient, il était clair que notre enclave n'était pas leur destination. Les femmes parmi eux n'étaient pas comme celles qui cherchaient notre lieu comme une terre d'asile. Eux étaient arrivés sur cette rive dans l'espoir de passer chez les Autres. L'incroyable ironie de la situation c'est qu'ils avaient fui leur pays dévasté bien des années plus tôt par les bombes que les Autres y avaient envoyées, au motif officiel d'enfin les libérer du joug d'un dictateur. Lequel était resté, nouant d'autres alliances, régnant sur son armée, sacrifiant son peuple. Leur pays se vidait depuis plus de trente ans. Dans la mer du Sud qui borde leur contrée sur sa façade Ouest, sur les îles qui jalonnent le parcours de la fuite entre leur terre et celle que les Autres maintiennent densément clôturée : des corps par milliers. Des corps d'enfants, de femmes, d'hommes dont les médias parlaient régulièrement avant le vote du Pacte. Puis le sujet s'est clos avec les frontières. J'avais juste vingt ans.

Un silence total.

D'autres sacrifiés d'autres peuples du monde ont connu ce silence, celui de l'oubli. « Et l'oubli, c'est la mort, dénuée d'espoir », a écrit autrefois un poète survivant d'un des plus grands massacres qui a eu lieu dans les territoires de l'Est. Nous n'avions pas le droit d'accepter ce silence. Pas le droit d'accepter que tombent dans l'oubli des milliers de victimes. De fermer à jamais notre pays aux survivants qui parcouraient le monde en cherchant un refuge. C'est une des raisons qui ont poussé celles et ceux qui avaient survécu à la grande tragédie des suicides en masse, à faire de grandes marches de protestation. À se rassembler tous les jours sur la Place du centre de leur ville. Jusqu'au jour où l'armée est venue nous encercler, le jour où j'ai fui ce pays qui fut mien.

Une des banderoles tenues par les manifestants à la fin du cortège déployait cette phrase :

« Chacun·e d'entre nous est l'Autre de quelqu'un. »

J'avais peint ces mots-là en grandes lettres noires sur un long tissu blanc avec mes camarades, les six filles avec qui j'étais venue crier, rugir sous les fenêtres de l'Administration dans les quartiers Centre. Avec qui j'ai couru lorsque j'ai vu les murs de boucliers bloquer l'une après l'autre les rues autour de nous.

Les lieux où j'ai grandi, depuis que j'ai fui la Grand-Place dévorée de fumée et de cris, déchirée par les bruits des armes automatiques, sont maintenant pour moi une terre étrangère.

Pour survivre à cela, pour distancier mon âme de ce qui autrefois fut ma ville, mon pays, où vivaient mes semblables avant d'être réduits par la force et la peur, je me suis mise à appeler « les Autres » ceux qui gardent les frontières fermées, ceux qui ont voté pour le Pacte national, et ceux qui ont plié leur esprit à ses lois. Les sœurs ont fait de même, celles qui comme moi avaient fui ce pays, ou qui venaient d'ailleurs.

Parler d'eux comme des « Autres », inversait le rapport entre périphérie et centre. En lisière du pays qu'ils avaient clôturé, nous étions en exil dans une contrée précaire. Avec peu de moyens, nous avions réussi à recréer un monde fait à notre mesure, renvoyant ceux qui nous avaient tiré dessus et le peuple soumis par la peur, dans les marges de notre nouvelle réalité. Nous étions l'ailleurs. Nous nous nommions les sœurs. Nous n'étions plus des femmes au sens commun du terme. De cette classe et fonction, nous étions évadées. Et de l'autre côté de notre tranchée vive, ils étaient « les Autres ».

Les Autres ne discutent pas les cadres de perception qu'on leur a inculqués. Ne cherchent pas d'ailleurs. Ils n'ont jamais dû fuir. Ils ne s'inquiètent pas de trouver la justesse, quérir la vérité. Ce sont tous ceux qui laissent l'histoire s'effacer, qui veulent oublier, ou refusent de voir, ou bien ne sont jamais venus jusqu'à l'idée que le présent n'est pas un donné, état de fait, mais bien la conséquence d'une longue chaîne d'actions, de discours, d'évènements. Que rien ne va de soi, rien n'est évident, et rien ne devrait rester inquestionné. Ils pratiquent le mépris de manière si usuelle qu'ils ne le voient même plus, ou bien ils pensent vraiment que certaines vies humaines valent mieux que d'autres. Ils se sont mutilés de leurs organes psychiques, et leur champ d'empathie se restreint à leurs seuls semblables identiques. Ils se pensent au centre et organisent le monde de manière concentrique, ravalant au néant toute manière d'exister qui n'est pas sous leur dogme, pourchassant tous les êtres ayant commis le crime de venir d'ailleurs, ou bien de s'excentrer en pensant autrement. Ils s'approprient la terre pour piller les ressources d'autres peuples du monde en les laissant exsangues, repoussant par la suite hors de leurs frontières les exilés venus des régions dévastées.

Nous avions fait l'erreur de croire que nous pouvions vivre sur l'autre rive, juste en face des Autres. Nous sommes restées trente ans, mais il leur a suffi d'une seule nuit pour venir effacer toute trace de vie sur notre terre. Nous n'étions pas nombreuses et bien trop proches d'eux. Ils nous ont tolérées jusqu'à ce que nous accueillions des réfugiés du Sud, dans une proportion qu'ils ont jugée trop grande. D'abord ils sont venus pour des arrestations, et ils ont pris les hommes. Qui ne sont pas revenus. Les femmes, elles, sont restées. Elles étaient moins nombreuses. Et puis pour les Autres, « femme » n'est pas un sujet. J'ai compris qu'à leurs yeux nous ne représentions pas de réel danger, qu'il leur serait facile de nous éliminer lorsqu'ils le décideraient. Nous avions peu d'armes, contrairement à eux. Il y avait cet accord du négoce de la pierre, mais nos carrières étaient si près de leur frontière qu'il leur était facile d'y œuvrer par eux-mêmes. Comment ils eurent accès aux plans de nos galeries, je n'ai pas la réponse, je ne le saurai jamais.

Il ne suffisait pas de traverser les eaux pour changer d'univers, et reconstruire un monde. Notre utopie était de pierre, de bois et d'eau, de chair, de sang, de peau, d'exil, de peine, d'amour, de chants, d'espoir, de paix. Que les longs flots du fleuve ne pouvaient protéger.

GRÂCE

J'ai peur d'avoir eu une hallucination. Il faut rester prudente. On ne sait jamais trop quels pièges on peut vous tendre pour vous faire démasquer, illégale, étrangère. On m'interpelle souvent à cause de ma maigreur, et de mes cheveux sombres. On contrôle mes papiers.

J'étais sortie de jour au grand supermarché, pour moi et ma voisine qui ne peut y aller. Je cherchais un produit parmi les détergents, nécessaire à mon plan en cas d'arrestation. Mais il ne s'en vend plus depuis des années, comme l'a précisé le chef de rayon, d'un ton presque outragé. J'ai pris du savon blanc en lieu et place de soude, pour avoir l'air normale, j'allais passer en caisse, quand devant moi soudain a surgi une revenante. Mon cœur s'est suspendu, a manqué un battement. J'ai battu en retraite, ma première réaction a été la frayeur que les Autres puissent voir, au rayon ménager du grand supermarché de la capitale, deux sœurs se retrouver. On nous a abattues, écrasées, ensevelies sous des éboulements à coups de dynamite, et brûlé nos maisons. Qui nous laissera une chance de rester en vie, si là, au vu de tous, sur leur territoire, deux d'entre nous se retrouvent ?

C'était Ève, j'en suis sûre. L'enfant a bien grandi. Elle ressemble à sa mère. Mais comment m'assurer qu'Ève n'est pas devenue une parmi les Autres ? Qu'elle n'a pas trahi, comme elle nous a quittées ? Elle est partie de nuit, sans nous faire ses adieux, voici maintenant six ans. C'est une déserteuse. Quand trois années après sa disparition ils nous ont décimées, elle n'était pas là pour voir ses sœurs périr. Sa désertion a été sa survie, et celle de son enfant. Même si aucune de nous ne pouvait se douter de l'ampleur de l'attaque. À moins que justement… Ève fait partie de celles qui en savaient le plus sur nos façons de vivre, qui ont creusé la pierre et connaissent les détails de chaque galerie. Qui sait si c'était elle qui a donné nos plans ? Comment auraient-ils su où charger d'explosifs, et nous localiser aussi précisément aux sorties des galeries qui mènent dans la forêt ?

L'Ève que j'ai connue ne nous aurait trahies pour aucune raison. Mais l'Ève que j'ai connue était-elle bien cette femme ? Elle n'aurait jamais pris cette allure effacée, ni cet air de vaincue dans sa robe comme il faut. Ève était fière, elle était courageuse, croyait en notre monde, c'était une résistante, une utopiste aussi. La seule parmi nous qui a fait un enfant sur notre rive du fleuve.

Il me faut être sûre que je ne me méprends pas. Pour cela l'observer sans qu'elle s'en aperçoive. Alors je pourrai dire, peut-être, avec le temps, si c'est encore ma sœur. Ou si elle est une Autre.

L'ENFANT

Dans ma chambre il y a une grande araignée. Tout en haut du plafond, à droite de la porte. Sa toile est abîmée, ça fait des longs fils blancs tout salis de poussière. Comme elle ne bouge jamais, je la croyais morte. Mais si les filaments s'agitent un peu dans l'air quand je ferme la porte, alors l'araignée bouge. Elle est encore vivante.

Je lui ai donné un nom. Elle s'appelle Madame Bille, parce que son corps est rond, au milieu des huit pattes qu'elle a longues et fines. Elle ne me fait pas peur mais je n'en parle pas. Les enfants à l'école détestent les araignées, de même que les insectes. Sauf les abeilles, qui sont tellement précieuses qu'on en élève même sur le toit de l'école. Quand on a dix bons points, on a le droit de mettre le costume en toile blanche et le grand masque en tulle, pour s'occuper des ruches avec les maîtresses, voir s'il y a du miel. Si les abeilles s'en allaient alors on n'aurait pas de fleurs, ni de miel, et pas non plus de fruits, ou même de légumes. La maîtresse raconte tout ce qu'on a dû faire pour qu'elles puissent survivre sur notre territoire. Dans beaucoup de pays il n'y en a presque plus, c'est la grande extinction. Moi je suis déléguée aux abeilles le mardi, j'ai beaucoup de bons points. Je fais tout comme nous dit la maîtresse le matin, c'est très très important. Maman dit que si je respecte parfaitement les consignes à l'école, tout ira bien pour nous. Maman dit qu'on ne doit pas se faire trop remarquer, parce que sinon des gens qui sont très dangereux viendront pour nous chercher. Que sans doute ils voudront qu'elle aille chez ses parents, qui seront très fâchés, comme elle n'est pas en paire. Maman m'a faite toute seule, en mélangeant des graines. Elle dit que normalement ça n'était pas prévu qu'on soit comme ça nous deux dans une seule maison, juste elle et moi. Elle avait plein de sœurs, quand j'étais un bébé. Mais c'est notre secret, elle m'expliquera tout quand je serai plus grande.

Maman m'a dit aussi que tout le monde en a, des secrets bien cachés. Des petits ou des gros. Le mien c'est Madame Bille. C'est un petit secret, même pas dangereux. Il n'est pas interdit d'avoir une araignée, enfin je ne crois pas. Il y a des enfants qui ont un chien chez eux, ou un chat. On a le droit à un animal par famille. Le mien c'est Madame Bille.

J'ai un autre secret, que maman ne sait pas. J'ai fait une chose vraiment complètement interdite, avant-hier à l'école. J'ai volé un cahier. Un cahier vide, sans nom, dans la pile de réserve pour quand on a tout rempli le cahier d'écriture ou le cahier de maths, ou celui des leçons d'éducation civique où on doit recopier chaque paragraphe du Pacte qu'on récite le matin. Les cahiers sont pareils, seulement la couleur change. J'en ai volé un vert, le premier de la pile. Si la maîtresse m'avait vue prendre le cahier sans demander d'abord, elle se serait fâchée, elle m'aurait demandé, « Mais qu'est-ce qui t'a pris ? » C'est ce que les grands disent, quand ils voient un enfant qui fait une chose dangereuse ou une chose interdite. Mais elle ne m'a pas vue. Je l'ai juste attrapé comme ça quand on sortait et que ça se bouscule un peu devant la porte, je l'ai mis sous ma veste et j'ai quitté l'école. Quand je suis revenue le lendemain matin, j'étais morte de peur qu'elle l'ait remarqué et qu'elle nous interroge sur qui l'aurait volé, mais elle n'a rien dit.

Comme j'ai bientôt sept ans je sais déjà bien lire, et j'écris comme les grands, j'ai des bonnes notes pour ça. Peut-être même plus tard que je pourrai aller dans l'école des auteurs, celle où on nous apprend à écrire des livres, comme ceux de l'école ou bien ceux qu'on achète au grand supermarché. Maman m'en achète pas, même quand je lui demande. Elle me dit ces histoires, ça n'est que des copies des programmes télé. Mais les copines m'en prêtent, moi j'aime bien les histoires. Je voudrais en écrire, c'est pour ça que j'ai pris ce cahier sans demander. Je ne sais pas si la maîtresse les compte et qu'elle saura qu'il en manque. C'est trop tard pour le rendre maintenant que j'écris dedans.

ÈVE

Je comprends maintenant pourquoi j'ai tant souffert. Pourquoi j'ai survécu, pourquoi je suis restée. Il fallait que l'une reste. Que l'autre la retrouve. J'irai demain encore au grand supermarché, avec autour des reins cette ceinture de travail qu'on portait chaque jour. Elle la reconnaîtra. Si j'ai imaginé que cette personne est Grâce, si ce n'était pas elle, j'aurai compris une chose : il faut les retrouver. Je me suis connectée au réseau, comme lorsque je cherchais des clients avec Louve. J'ai arrangé les mots et les images de manière à parler dans un double langage : celui de leurs fantasmes, et celui de mes sœurs. Ça tient à pas grand-chose. Une façon de lever un peu plus le menton. Une lueur qu'on allume tout au fond du regard. Celle qui verra saura. J'ai recherché des heures la photo de Louve. Le profil ne dit pas de quand date la dernière connexion. Dans un geste insensé j'ai créé un faux profil, comme celui des Autres. J'ai volé une photo d'homme, juste un copié-collé. Un visage de client. J'ai écrit un message, le plus banal possible. « J'aimerais vous rencontrer. » Mais j'ai signé du nom qu'elle me donnait la nuit quand je la retrouvais. Si jamais elle existe quelque part, elle saura.

J'ai sorti le couteau que Louve m'avait donné et que je cache ici, sous le lit de ma chambre. Je ne peux pas m'en servir, je ne peux tuer personne à cause de l'enfant. Je suis tout ce qu'elle a. C'est moi qui ai voulu qu'elle existe dans ce monde aujourd'hui disparu, et qui l'élève ici parmi nos ennemis. Elle n'a pas beaucoup de copines à l'école. On la dit un peu brusque et parfois malpolie. C'est qu'elle doit bien sentir que moi je n'y crois pas, à leurs façons de faire, que je ne souscris pas à ces manières huilées de mentir à soi-même. Dites-moi qui ici chez les Autres est heureux.

Au sortir de l'école je croise le regard de celles qui sont mères. J'y lis une solitude toute proche de la mienne. Mais si je m'avisais de leur tendre la main, de leur dire « Je te vois, viens et soyons sœurs », elles s'offusqueraient. Dans leur monde on s'invite à boire le café et manger du gâteau. On parle du temps qu'il fait, des tracas au boulot, des frasques du mari, des inquiétudes du jour. Et ça s'arrête là. J'ai essayé, un peu, de frayer avec elles, de coucher avec eux. Ça ne m'a pas duré. J'ai préféré la grande, la très grande solitude, et la folie de vivre dans les souvenirs passés. J'ai préféré chérir des moments révolus que de les remplacer par la fausse conscience de leur réalité.

Maintenant je sais pourquoi. Si j'étais devenue une parmi les Autres, si j'avais balayé tout ce qui a été moi, tout ce que nous étions, je n'aurais reconnu hier parmi les Autres celle qui a été Grâce. Le problème est peut-être qu'elle ne se souvient pas, de moi, de qui nous sommes. Ou ne veut se souvenir. C'est bien trop douloureux, je suis passée par là. J'ai même pris des pilules pour ne plus me rappeler la personne que je suis, et ce que j'ai perdu. Les pilules ne marchent pas. Elles vous rendent cotonneuse, comme un peu hors du monde, on regarde sa vie comme à travers la vitre d'un miroir sans tain. La petite me disait que j'avais l'air bizarre. Car je ne pleurais plus. Elle s'était habituée à mes larmes, un repère. J'ai préféré manger ma douleur chaque jour, j'ai jeté les pilules.

Si quand je la revois Grâce ne me reconnaît pas, je ferai comme les Autres quand elles sociabilisent. Je lui demanderai ce qu'elle pense du poisson dans ce supermarché. On ira au café pour papoter un peu. On commentera les vêtements des Autres et puis le temps qu'il fait. Je l'inviterai chez moi, elle m'invitera chez elle. Et je la forcerai à se remémorer.

L'ENFANT

Maman écrit aussi, le soir, ou le matin. Mais je n'ai pas le droit de toucher ses cahiers. Elle dit que pour comprendre les pages qu'elle écrit, il faut que j'aie grandi. Qu'alors je pourrai lire, et que je saurai tout. Et d'abord qui elle est. Mais ça je sais déjà, maman est ma mère, ça n'est pas compliqué. Je n'ai pas de papa, mais je ne suis pas la seule. Il y a trois enfants sans père dans ma classe. Deux qui ont passé le fleuve, on ne les revoit pas une fois qu'ils ont fait ça. Et il y a un garçon dont le père est tombé. C'est comme ça qu'on dit quand ils ne reviennent pas du service national. Le service c'est quand un papa s'en va loin avec un uniforme, et qu'on ne sait pas s'il reviendra ou pas l'année d'après. Moi il n'est pas parti et il n'est pas tombé, il a donné la graine qu'il fallait pour me faire, parce que maman voulait que j'existe.

J'ai posé la question pour les graines, à l'école, lesquelles font les bébés, en classe de Sauvegarde de la Faune et la Flore. La maîtresse m'a dit que je saurai plus tard, qu'il faut être patiente. Que c'est dans le programme des plus grandes sections, en Classe préparatoire à la mise en paire, mais que je suis trop jeune. Il faut toujours attendre, pour toutes les réponses et les explications. Des fois je trouve toute seule, comme pour l'araignée. En fait elle peut jeûner pendant plusieurs semaines. J'ai lu ça dans le grand dictionnaire des insectes, araignées et scorpions, à la bibliothèque. Faut que je me renseigne, si je m'occupe d'elle. Je veux dire que c'est moi qui suis son responsable. Normalement on ne peut pas être responsable si on est une fille, sauf s'il n'y a pas d'autre responsable, et Madame Bille n'a que moi.

Chaque personne doit avoir un responsable, c'est ce qu'on a appris en classe de Mœurs Civiques. Mon responsable à moi c'est le délégué de classe, nommé par la maîtresse. Le délégué il a comme responsable la maîtresse qui a le directeur scolaire qui est son responsable. Lui aussi en a un, même si on ne le voit pas dans les murs de l'école. En dehors de l'école mon responsable c'est maman vu que j'ai pas de papa. Et celui de maman normalement c'est son père. Mais maman ne veut pas avoir de responsable, c'est pour ça qu'elle ne veut plus jamais voir son père. Il ne faut pas parler à maman de son père, elle m'a dit une fois qu'il valait mieux pour nous qu'il ne sache rien de là où on habite, ni comment je m'appelle, ni même que j'existe. Parce que comme je n'ai pas de père ce serait lui alors qui serait responsable pour moi comme pour elle, et il ne vaut mieux pas, m'a expliqué maman. Alors quand on me demande où sont mes grands-parents, je dis qu'ils habitent loin au bout du territoire, près de la frontière Sud, qu'on les voit rarement. Et quand on me demande il est où ton papa je dis qu'il est parti. Maman n'a pas de bague, comme la plupart des femmes dont le mari s'en va. On me laisse tranquille, une fois que j'ai dit ça.

J'ai demandé à maman qui est le responsable à la fin, comme chaque personne en a un, il doit bien y avoir un chef des responsables. Maman dit c'est l'État, mais on ne le voit jamais. L'État c'est une machine, m'a expliqué maman. Et alors ça veut dire que tous les responsables des responsables doivent s'occuper de la machine qui leur dit comment on fait leurs choses qu'ils doivent faire. Mais si les responsables ne font pas comme il faut ce qu'ils font, qui s'occupe de la machine ? C'est la police alors, m'a expliqué maman, qui est responsable de l'État. Donc au bout de la fin de tous les responsables, il y a la police. La police nous surveille pour le bien de l'État.

La police vérifie que les gens ne volent pas, restent chez eux le soir, qu'ils font bien toutes les choses qu'on apprend dans le Pacte. Si on désobéit il y a la prison pour les choses très graves, mais pour les choses moins graves on vous prend les avoirs pour les divertissements. Pour les choses un peu graves on vous prend les avoirs pour manger, et tout le reste. Alors on ne peut plus acheter des vêtements, ni monter dans le bus ou se promener au parc, ni avoir des écrans, il y en a même qui n'ont plus d'avoirs-logement. Sans avoirs on n'a rien. C'est presque pire que la prison, en fait. Car en prison au moins on vous donne à manger, un endroit où dormir. Mais les gens sans avoirs ils dorment dans des immeubles qui sont presque détruits, ils volent des vêtements dans les grands containers où on jette tous ceux qu'on ne voudra plus mettre, ils ne peuvent pas entrer dans le supermarché, ils ne peuvent plus rien faire ni rien acheter.

Pour le vol du cahier, on m'enlèverait au moins deux avoirs pour les fournitures scolaires à la prochaine rentrée.

C'est écrit dans le Pacte, à l'article 18, qu'on nous fait recopier cette semaine et apprendre par cœur : « Pour sa contribution à la vie citoyenne par la production et la reproduction, chaque personne majeure recevra des avoirs variant selon son rendement annuel en biens et en services, le nombre d'enfants vivant à son foyer, et le nombre de personnes adultes sous sa responsabilité. Les personnes attestées malades chroniques ou invalides, les contributrices de plus de deux enfants, les personnes âgées de plus de soixante-huit ans, reçoivent les avoirs sous la forme d'une rente proportionnelle à la contribution passée. Le rachat des avoirs, leur trafic ou recel est puni d'un retrait temporaire des avoirs pour un montant deux fois proportionnel à la somme des biens et services ainsi appropriés. »

Je l'ai recopié presque cinq fois déjà. Je récite le soir, devant Madame Bille. Et le matin maman me le fait répéter au petit déjeuner. Ça l'embête, je le vois. Elle a les yeux qui plissent quand vient l'heure des devoirs. Mais elle s'applique quand même à me faire réciter. C'est très très important. Maman me met au lit tous les soirs à huit heures. Elle laisse la lumière allumée dans le couloir car je dis que j'ai peur sinon, quand il fait noir. En fait je n'ai pas peur mais avec la lumière je vois Madame Bille, dans son coin de plafond, qui me tient compagnie. Je préfère comme ça. Et si, tout doucement, je m'avance vers ma porte et que je reste là, je peux voir ma maman, assise dans la cuisine, qui écrit à la table, sur son cahier ouvert. J'aime bien la regarder.

GRÂCE

Je m'attache aux pas d'Ève, sans qu'elle ne me voie. J'ai attendu longtemps, au grand supermarché, vêtue des vêtements d'homme que j'enfile d'ordinaire après que la nuit tombe. Chemise de toile bleue, pantalon de chantier et chaussures montantes comme les travailleurs des docks ou du centre de tri. J'ai coupé mes cheveux pour parfaire l'apparence de mon travestissement et être plus crédible à la lumière du jour. Personne ne me remarque, on me laisse tranquille. Les policiers n'ont plus ce regard méthodique quand je croise leur chemin. C'est qu'en femme j'attisais quelque peu les soupçons, trop maigre, sans alliance, sans enfant à montrer en guise de bonne foi. En homme, je deviens juste un parmi les Autres.

En fin d'après-midi, j'ai vu Ève passer les portes coulissantes, l'enfant à son côté. C'est bien elle, aucun doute. Elle a un peu changé durant ces six années, son corps s'est arrondi. J'ai remarqué l'absence d'anneau à l'annulaire de sa main gauche tenant le cabas à denrées. Elle pourrait être une de ces contributrices dont l'homme s'en est allé et qui doit enlever l'anneau de mise en paire en signe de la honte qui pèse sur sa famille. Mais à bien l'observer elle n'a rien de ces femmes dont les regards trahissent la honte, l'amertume. Ses yeux ne reflètent qu'une sorte d'absence, quelque chose de flottant, mêlé d'inquiétude. Elle a payé ses courses avec des avoirs sans même les compter, ce qui indique qu'elle a une grande habitude et pas d'implication dans cet acte d'achat, contrairement aux Autres qui se rengorgent ou bien qui pinaillent sur la qualité et le nombre de denrées qu'elles obtiennent en échange des coupons. Elle sort du magasin en tenant la petite à sa droite, son sac de courses à gauche. Elle longe l'avenue, puis descend les ruelles qui mènent aux quartiers Ouest construits au bord du fleuve, non loin de l'ancienne rive où nous vivions toutes. C'est là que j'ai compris que c'était bien ma sœur, qu'elle n'avait pas trahi. Elle a cette démarche d'animal anxieux, toujours sur le qui-vive, qui veut donner le change. Ses pas sont trop légers, ses yeux sont trop mobiles, et vides en même temps. Cela trahit la peur, l'angoisse qu'on la remarque. La petite est menue mais haute pour son âge. Elle va sur ses sept ans si mes calculs sont bons.

Je crois savoir pourquoi Ève n'est pas retournée chez les gens qui l'ont faite, ceux qu'on appelle famille, quand on vit chez les Autres, là où elle-même est née, au centre de la ville. Cette famille, elle l'a fuie à l'âge de vingt ans pour venir chez les sœurs. Ensuite elle est restée dix années parmi nous. J'étais là depuis peu lorsqu'elle s'est échouée sur notre rive du fleuve, de l'eau dans la trachée, des bleus sur tout le corps et la mâchoire brisée. Son père l'avait rouée de coups une fois de trop. Elle avait traversé de nuit près des écluses, sachant à peine nager. Mais c'est une survivante, elle a appris depuis à se mouvoir dans l'eau, à faire corps avec elle et traversé maintes fois dans un sens et dans l'autre pour ramener des denrées, faisant fi des patrouilles. Elle était forte et fière, audacieuse, tête brûlée. Ensemble nous avons construit des maisons, arraché des racines pour remuer les sols et filtré l'eau de pluie, préparé des repas, chanté, dansé la nuit, creusé des galeries. J'étais parmi les sœurs qui l'ont vue accoucher l'année de ses trente ans, qui ont senti sa joie, sa peur et son espoir d'élever parmi nous une enfant, une native. Je sais qu'Ève a conçu l'enfant sur notre rive, je ne sais avec qui, sans doute un de ces hommes qui ont fui leur pays et vivent dans la forêt. Nous avions avec eux des échanges parfois, mais les fréquentions peu, de peur que l'équilibre précaire de notre lieu ne soit bouleversé.

Nous devions protéger nos baraques de nuit, fermer nos galeries, et apprendre à nous battre. Ève n'avait pas peur des hommes, contrairement à celles qui comme elle avaient fui leur violence pour venir parmi nous. Ève ne craint qu'un homme, un seul : son père. C'est sans doute pourquoi elle vit si discrètement, dans cette petite maison, avec son enfant. Je suis surprise de voir comme la petite est grande, elle fait plus que son âge. Elle a cet air sérieux, franc et observateur, que je lui ai vu bébé. Déjà à sa naissance elle avait ces yeux sombres, au regard concentré. À voir comment elle marche aux côtés de sa mère en lui ouvrant le pas, prenant les sacs de courses lorsqu'Ève ouvre la porte, se glissant devant elle avec les bras chargés, on jurerait que des deux c'est la petite qui prend soin de sa mère.

Je reviendrai les voir, je parlerai à Ève quand je serai certaine qu'elle n'est pas observée par d'Autres que par moi.

Le camouflage fonctionne, Ève ne me reconnaît pas, les caissières non plus. Je passe bien pour un homme avec mes cheveux ras et mon peu de poitrine serré sous des tissus qui compriment mon torse. Je peux sauter le pas et franchir dès ce soir la porte du club de nuit. J'y trouverai peut-être d'autres sœurs qui auraient comme moi survécu, ou bien celles qui avaient fui avant le massacre et la grande destruction du lieu où nous vivions. Les déserteuses n'avaient pas toutes comme Ève les aptitudes et le savoir-être pour vivre parmi les Autres une vie quasi normale. Si elles ne se sont pas fondues comme moi parmi les indigents, dans les entresols de banlieue que j'écume depuis maintenant trois ans, elles sont peut-être là, dans ces lieux où les femmes qui n'ont pas contribué produisent non pas des biens, mais se mettent au service du plaisir des clients.

LOUISE

J'ai du mal aujourd'hui à supporter le poids du costume que je porte. Le masque devient lourd.

Et il y a cet homme, qui me met mal à l'aise. Voilà une heure maintenant qu'il rôde dans les rayons, comme quelqu'un qui cherche, mais pas des aliments ou des produits d'hygiène, ni aucune denrée. Il y a quelque chose dans sa façon de faire, qui ne colle pas avec les manières des clients. Je ne l'ai jamais vu, or je note toujours les visages nouveaux. Le sien est étroit, joues creuses, regard alerte. Il porte la tenue d'un manutentionnaire mais n'a pas la stature qui va avec l'emploi. Ses membres sont graciles, sa démarche coulée. Et les hommes viennent rarement à cette heure en journée, la plupart sont en poste. Ce sont les femmes qui font les courses l'après-midi. C'était déjà assez pour que je m'attarde un peu à l'observer depuis ma cachette de fourrure à l'entrée du magasin. Personne à part moi ne semble le remarquer, c'est que je suis la seule dont la fonction consiste à rester plantée là et qui ai tout loisir de détailler les gens.

L'autre évènement notable de cette journée trop longue, c'est la cliente brune aux longs cheveux lâchés que je vois d'habitude le jeudi avec sa petite, mais qui depuis quelques jours vient chaque après-midi et parcourt les rayons avec des yeux hagards, et repart les mains vides, comme si elle aussi cherchait une personne. Aujourd'hui est jeudi, c'est son jour habituel et la petite tient comme d'ordinaire sa main. Elles font vraiment les courses.

Je vois l'homme qui la suit, l'homme maigre qui arpente sans cesse les rayons. C'est elle qu'il cherchait, cela semble évident. Il me faut alerter la femme qu'elle est suivie. À sa sortie des caisses j'agite un peu le bras pour offrir des bonbons à la petite qui sourit et vient vers moi. Je donne des sucreries aux enfants des clientes qui sont les plus fidèles. Ça ne dénotera pas. Mais quand je pose ma patte sur le bras de la femme et que sous ma grosse tête de castor en peluche je me mets à parler en lui disant « Madame, attention on vous suit », elle sursaute et s'enfuit, tirant derrière elle la petite qui a eu à peine le temps de prendre le sachet de bonbons. L'homme leur emboîte le pas. Je voudrais la prévenir mais si je quitte mon poste je créerai des problèmes plus que je ne l'aiderai. Si l'homme est un agent de Sûreté intérieure qui mène son enquête et que je l'interromps on me donnera un blâme, je serai examinée et Raphaël aussi, et la cliente sera sans doute convoquée à l'Administration pour un entretien, ou emmenée au poste pour une garde à vue pendant que sa maison, ses affaires, seront fouillées. Alors que si l'enquête ne conclut à rien de blâmable pour elle, on ne l'inquiétera pas. Les femmes sans alliance dont l'homme a déserté sont souvent surveillées, surtout si elles sont seules avec des enfants. J'ai déjà vu des flics en civil qui suivaient certaines des clientes, celles qui n'ont pas d'alliance. Je m'inquiète pour elle.

Il fait bien trop chaud, je me sens oppressée, j'ai hâte que la journée prenne fin pour respirer. Ce soir je travaille au Gentlemen's Club.

GRÂCE

J'ai finalement osé. Je me suis présentée devant le club de nuit. Je craignais qu'on me demande un mot de passe, un code. Mais je me suis glissée juste après un client qui semblait habitué, il est entré très vite après m'avoir jaugée des pieds à la tête. Je transpirais d'angoisse mais suis restée stoïque. On m'a pris dix avoirs-divertissement, sans poser de questions. Mon travestissement doit être convaincant, je copie la démarche et l'allure assurée des hommes qui viennent dîner là où je fais la plonge. Je sais maintenant porter le costume comme eux. Je l'ai vérifié durant mon incursion au grand supermarché, lorsque j'ai guetté Ève : je passe même de jour. Je passe donc mieux de nuit. C'est ce que je me répète pour contenir l'angoisse qui me serre la gorge.

Je calque ma gestuelle sur les clients au bar, qui commandent de l'alcool. Je me sais observée depuis que je suis entrée. Mon cœur bat bien trop fort et je l'entends pulser jusque dans mes oreilles. Des femmes dénudées ondulent lentement, sur la scène éclairée. Tout le reste est pénombre, les lumières tamisées rendent d'autant plus crue toute cette peau dévoilée.

L'homme qui me regarde depuis mon arrivée est accoudé au bar. Ses yeux sont noirs et denses. Il est plus grand que moi, sa silhouette est longue et il a le maintien de ceux qui savent rester de longues heures immobiles, en observant le monde. Nous ne nous sommes rien dit mais cela fait longtemps qu'il me fixe en silence. J'ai vu que son regard s'attardait sur mes mains, que j'ai fines et petites, sur ma pomme d'Adam, qui est inexistante. Je me sens démasquée rien que par ce regard. Il reste silencieux.

J'ai d'abord ressenti la panique m'envahir et cherché une issue, une excuse pour sortir, laisser mon verre au bar, mon manteau, fuir le lieu. Mais il y a un sas encadré par deux portes, des rideaux de velours, et un homme devant qui surveille les entrées autant que les sorties. Fuir vite n'est pas possible. J'ai commandé un autre verre de liqueur ambrée pour me donner contenance. Fait mine de regarder le spectacle des femmes qui dansent sur la scène et au fond des alcôves, où les clients s'assoient pour plus de privauté. Il y a un étage, aussi, où certains montent, accompagnés d'une femme. Parfois, ils sont plusieurs. Cela fait bien une heure que je suis assise là.

L'inconnu qui m'observe n'a pas d'hostilité, dans le geste, l'attitude. J'ai alors pris sur moi de rendre le regard et je l'ai observé, discrètement, à mon tour. Les cheveux noirs très lisses, ramenés en arrière, la bouche mince, le nez droit et les traits plutôt fins. Il y a de la noblesse dans l'angle de sa mâchoire et le dessin de ses sourcils sombres, arqués. Il porte une chemise blanche et un pantalon noir sur des hanches étroites. Des chaussures noires vernies. À sa main gauche une chevalière d'argent, étrangement pas l'anneau de la mise en paire. C'est bien rare à son âge, car il doit approcher quarante ou cinquante ans, c'est dur à deviner. Une certaine douceur émane de son visage, voilà qu'il me sourit. Je ne sais que répondre, ce qu'on attend de moi, quelle serait l'attitude la plus adéquate. Je lui rends son regard et esquisse moi aussi un plissement des lèvres.

Un jeune homme le rejoint, qui me regarde aussi. Celui-là a peut-être vingt-cinq ans tout au plus, il y a de la fougue dans toute son attitude, quelque chose de contenu, qu'il peine à maîtriser. Sa beauté est frappante. Quand il passe sa main, rapide comme une flèche, sur le haut de sa tête, ramenant en arrière ses cheveux ondulés, je me souviens de lui, quelques semaines plus tôt. Nous nous sommes déjà vus, c'était pendant la nuit. Mon cœur bat bien trop fort, je l'entends plus nettement que la musique ambiante. C'est l'homme du réverbère, celui qui regardait la cathédrale brûler, dont le regard avait accroché le mien tandis que nous étions perchés à quelques mètres de distance. L'homme qui a fui avant que la police ne vienne disperser la foule des quartiers Sud, venue pour voir flamber l'édifice sacré.

Au regard qu'il me lance et à son air perplexe, je sens que sa mémoire lui envoie un signal. Le voilà qui murmure quelque chose à l'oreille de celui qui m'observe depuis mon arrivée. Et celui-ci s'avance, demande qu'on le resserve puis se penche vers moi comme si de rien n'était, comme un client qui veut faire la conversation, en habitué des lieux :

« Je me prénomme Paul, et voici Raphaël. »

LOUISE

La salle est pleine de monde, nous sommes sept filles ce soir, deux au bar, trois sur scène, et deux qui se relaient dans les loges privées. Je suis debout depuis six heures ce matin, j'ai passé la journée au grand supermarché et je suis fatiguée. J'ai la nuque douloureuse, les talons hauts me blessent la plante des pieds, et les arceaux rigides de mon soutien-gorge frottent ma cage thoracique. J'ai pris un temps de pause pour boire un Martini. J'attends mon tour de scène en regardant la salle.

Il y en a un au bar dont l'allure est étrange. C'est la première fois que je le vois ici. Il a laissé sa veste au vestiaire d'un air gauche, reste collé au bar et commande des liqueurs qu'il avale lentement, à gestes empruntés. Il porte une cravate sombre et une chemise claire, à fines rayures grises, comme la plupart de ceux qui atterrissent ici juste après le bureau. Mais il y a autre chose. J'ai cru à un novice, un de ceux qui reviennent du service national avec cet air paumé, boivent verre après verre, et mettent plusieurs heures avant de se risquer à regarder les femmes, se laissant amadouer seulement lorsqu'ils sont ivres.

Mais ce visage n'est pas celui d'un inconnu. J'ai cette impression de déjà-vu tenace, depuis qu'il est entré.

Raphaël est au bar, comme souvent le jeudi. Quand nos regards se croisent, je lui indique d'un geste le nouveau venu. L'homme pourrait bien être un indic en civil, le lieu est surveillé à cause des hommes puissants de l'Administration, qui viennent parfois ici et tiennent à leur sûreté et leur anonymat. Celui-ci néanmoins n'a pas l'allure d'un flic, il semble angoissé, l'air de quelqu'un qui cherche une sortie de secours, plutôt qu'à consigner les allées et venues des clients et des femmes.

Raphaël s'approche de lui avec un habitué, un qui passe avec lui de nombreuses soirées dans les salons du haut. Les gens l'appellent Paul. Je sais de lui très peu, si ce n'est qu'on dirait qu'il habite en ce lieu car il est toujours là, et que jamais une fille n'a dansé pour lui seul, mais qu'il nous traite toutes avec délicatesse quand il commande au bar ou nous croise dans la salle. Je n'ai jamais osé poser une seule question sur ce qu'il fait là-haut avec les autres hommes, ni qui il est vraiment. La règle d'or ici est de ne pas évoquer nos vies à l'extérieur, il pourrait en coûter. Aussi tous ces visages ont-ils des noms fictifs. Personne n'est réel en dehors des instants qu'il passe entre ces murs. Si on me demandait les noms et les adresses, les professions de ceux que je vois chaque soir que je passe ici, je ne pourrais rien dire. Et c'est bien mieux ainsi, m'a appris Raphaël.

Le voilà qui, avec Paul et cet inconnu, se dirige vers l'étage, ils prennent l'escalier. Raphaël m'adresse un signe de la tête, signifiant que je dois monter comme si j'allais danser pour eux un spectacle privé. Mais ma mission réelle est de garder la porte et de leur assurer une heure d'intimité. J'emboîte le pas à l'homme inconnu devant moi, et quand j'ouvre la porte du petit salon rouge, je me trouve face à lui. Ce visage, je le connais, sans savoir d'où me vient cet air de déjà-vu. Mais lui n'a aucune réaction devant moi. Son regard semble inquiet, mais cette inquiétude ne semble pas liée au fait qu'on se connaît.

Je comprends subitement qu'il ne me connaît pas, car il ne m'a jamais vue à visage découvert. Il m'a vue en castor. Et il m'est familier parce qu'il est venu plus tôt dans la journée au grand supermarché, dans d'autres vêtements, plus rustiques que ceux-ci. C'est cet homme qui suivait ma cliente préférée, celle avec la petite. Je tente de prévenir Raphaël que cet homme est peut-être un danger. Mais lui me fait signe de les laisser, me souriant calmement. Je reste dans mon rôle de gardienne des secrets, celle qui a la clef mais sans savoir ce qui se trame derrière la porte.

GRÂCE

Nous sommes à l'étage, juste au-dessus du bar. Je n'avais pas de choix que de les suivre. Ils me l'ont proposé d'une manière polie, j'ai craint de sembler louche si je déclinais l'offre, puisque j'ai vu d'autres clients monter en groupe par cet escalier.

La pièce est enfumée, c'est un petit salon au plafond décoré de moulures anciennes. L'odeur de cigarettes plane et épaissit l'air. Le sol est fait de bois, un beau parquet ciré, disposé en étoile. Les murs sont recouverts de rayonnages vides, des étagères de bois parsemées d'étiquettes contenant chacune une lettre, allant de A à Z. Les rideaux sont tirés, de lourds rideaux foncés. Des lampes sont disposées près des sièges dans la pièce, de hautes lampes courbes, dont les halos dorés éclairent chaque visage.

Quand nous sommes entrés, plusieurs hommes étaient là, sur les sièges de velours dont je devine qu'ils sont destinés aux clients qui veulent une danse privée. Sauf qu'il n'y a aucune femme dans cette pièce. Celle qui est montée à l'étage avec nous et a ouvert la porte l'a refermée sur nous et est restée dehors. Elle m'a regardée avant de nous laisser, et a ouvert la bouche comme pour dire quelque chose. Mais elle s'est ravisée, et elle s'est détournée en refermant la porte.

Si je suis démasquée, il n'y a pas d'issue, je ne porte aucune arme. Mes oreilles bourdonnent et je sens le sang battre bien trop fort dans mes tempes. Tout le monde me regarde, ils sont six dans la pièce. Je suis pétrifiée.

Raphaël m'invite à choisir un fauteuil, et voyant que j'hésite, pose sa main sur mon bras :

« Si tu es parmi nous, que je t'ai proposé de nous rejoindre en haut, c'est parce que nous nous sommes déjà rencontrés, voici quelques semaines, lors de l'incendie. Et j'ai vu ton sourire, du haut du lampadaire où tu avais grimpé pour mieux voir brûler la grande cathédrale. »

Les hommes rassemblés se taisent et nous observent.

Certains sont assez jeunes, comme l'est Raphaël. L'un d'entre eux, plus âgé, est assis à l'écart sous une lampe allumée. Il tient sur ses genoux, sous ses paumes ouvertes, un livre relié. La plupart des livres que l'on trouve chez les Autres au grand supermarché, sont couverts de papier coloré et criard. Celui-là a l'aspect d'un cuir patiné, c'est un livre ancien. Je note aussi qu'un des hommes les plus jeunes, de silhouette longiligne, a le visage blessé. Son arcade sourcilière est fendue, recousue, et son œil violacé. Sa bouche est tuméfiée. Un homme d'âge mûr se tient près de lui, le bras sur ses épaules. Il a les yeux noirs, des traits d'une grande beauté, et un costume trois-pièces d'une rare élégance.

Chacun prend la mesure de ma présence ici, et attend la suite.

Avant que le silence ne devienne oppressant, Raphaël désigne chaque homme dans la pièce, les nommant tour à tour :

« Voici Samuel, Louis, Lilian et Thamar. »

Paul prend la parole d'une voix calme et claire, gardant les yeux baissés pour voir comme en lui-même. Il s'adresse à nous comme un livre qu'on ouvre pour y lire les mots que notre cœur appelle.

Chacun boit ses paroles. Je garde le silence.

Il nous parle du peuple. Il évoque le passé, le futur, toutes ces choses qui n'ont plus d'existence ici, depuis que les frontières ont été condamnées.

« L'État est devenu un bras punitif dont l'unique fonction est de recréer la fiction de l'identité nationale par l'effroi sécuritaire. Affirmons-nous en tant que citoyens entiers et non plus comme utérus reproductifs. »

Raphaël me regarde, dit à mon attention : « Ici on utilise des mots de langue morte. »

Chez les Autres, on ne dit plus citoyens et peuple, mais contributeurs, ou bien contributrices. On ne dit plus patrons, mais responsables. On ne dit plus mariage, on dit mise en paire. On ne dit plus religion, mais spiritualité.

Ce que Raphaël ignore, c'est que parmi les sœurs nous parlions le langage d'avant l'édiction du Pacte national, et même plusieurs langues, certaines de nous venant de terres éloignées. Nous apprenions leur langue, consignant par écrit tout leur vocabulaire et ses traductions, chérissant la mémoire des mots venus d'ailleurs comme ceux du passé. Les mots de Paul ne sont pour moi pas étrangers. Je parle comme lui cette langue que les Autres ont tronquée de ce qui servait à désigner l'ancienne réalité.

Et ce qu'il dit résonne au plus profond de moi.

« Nous voulons ranimer les mots de langue morte et rouvrir les frontières, nous voulons le réveil de celles et ceux qui vivent sans savoir qu'on les a amputés de l'histoire, et qu'on prive de futur. Nous avons fait le vœu de briser le silence, libérer les mémoires et les livres sous clef. De brûler les symboles et les institutions qui disciplinent l'âme et arasent la pensée de ses angles critiques. »

Il se tait un instant, et c'est moi qu'il regarde lorsqu'il rouvre la bouche, pour dire d'une voix claire : « Nous sommes les uraniens. Nous ne voulons pas être des travailleurs, des pères, ni des consommateurs. »

Le regard de Paul glisse ensuite en silence sur ma chemise et sur mon torse plat, comprimé par des bandes qui pressent le peu de seins pouvant trahir mon sexe. Glisse sur mon cou où ne pointe pas de pomme d'Adam, sur mes joues que ne vient ombrer aucune barbe. Tandis qu'il me regarde, sa main défait chaque bouton de sa chemise. Il en écarte les pans puis la dépose sur le dossier d'une chaise. Il se tourne face à moi, juste sous la lumière d'une lampe qu'il dirige vers son torse dénudé. Il me laisse contempler les deux longues cicatrices qui longent ses pectoraux horizontalement. Il reprend la parole :

« Nous ne sommes pas nés hommes, pour certains d'entre nous. Nous le sommes devenus, comme le deviennent les autres, puisque personne ne naît dans cette fiction-là, mais qu'on la lui apprend jusqu'à ce qu'elle devienne comme une seconde peau, semble aussi naturelle que l'air que l'on respire, dont on ne sent plus l'odeur, même s'il est toxique. Nous avons fait refaire nos cartes d'identité par des mains amies, dans le plus grand secret. Nous ne sommes plus liés au destin d'être femme, mais nous sommes leurs alliés. Es-tu l'un d'entre nous ? »

L'ENFANT

Maman devient bizarre. La semaine dernière, elle est allée chaque jour au grand supermarché. Avant on n'y allait qu'une fois par semaine, et d'habitude elle est là quand je rentre de l'école. Mais plusieurs fois elle est rentrée après moi, avec ses sacs de courses. Sauf qu'elle n'avait rien acheté, et que ses sacs étaient vides. Et puis elle écrit tard, la lumière dans sa chambre reste toute la nuit. Je la trouve le matin la tête sur son cahier aux pages toutes froissées et les draps tachés d'encre.

Madame Bille est partie, ça m'a fait de la peine. Je l'ai vue dans le coin de la porte du couloir. C'est là qu'elle est restée pendant deux jours de suite, sur une nouvelle toile. Puis elle a disparu. C'était qu'une araignée, mais je m'étais habituée. J'aimerais bien un chat, ou même un petit chien. Peut-être maman voudra, si je lui redemande. Je suis assez grande pour m'en occuper seule. Elle me dit oui à tout, en ce moment, c'est étrange quand j'y pense. Avant on discutait quand je voulais quelque chose. Maintenant elle ne parle plus. Elle ne fait plus qu'écrire. Moi je ne sais pas quoi faire. Je ne peux pas aller le dire à la maîtresse parce que déjà elle trouve ma maman « pas vraiment impliquée dans la vie de l'école », je l'ai entendue le dire pendant le conseil de classe, quand j'étais à l'étude dans la salle d'à côté. Pourtant maman vient aux fêtes de l'école et n'a jamais raté les réunions de parents.

Et je ne peux pas aller en parler aux voisines. Elles feraient une histoire, on aurait des problèmes. Leurs enfants sont grands, alors elles s'ennuient, elles sont trop après moi, c'est maman qui le dit. Je ne sais pas quoi faire. J'écris dans mon cahier, qui est presque rempli parce que j'écris gros et que je fais des ratures quand je rate une phrase. Peut-être que d'écrire ça trouve des solutions quand on ne sait pas quoi faire et qu'on se sent perdu. Peut-être que c'est pour ça que maman écrit tant.

GRÂCE

Le silence se fait. Paul d'un geste amical m'invite à prendre place, assise près de lui. Et nous formons un cercle.

« Veux-tu dire ton histoire ? » me demande-t-il alors, d'un ton plein de douceur.

Je ne respirais plus depuis quelques minutes. Je m'en rends compte lorsque soudain j'ouvre la bouche et emplis mes poumons, alors la tête me tourne. Paul me tend une carafe, un verre :

« Bois. C'est de l'eau. Tu ne risques rien parmi nous sauf si tu es un indicateur des services de sûreté. Auquel cas il pourrait y avoir un accident, et tu disparaîtrais quelque part loin du Club. Mais tu n'as pas l'allure de ceux qui nous surveillent. »

J'acquiesce, et d'une voix rauque que je ne reconnais pas, je leur livre un morceau de ma réalité. Cela fait si longtemps que je n'ai pas vraiment parlé à d'autres êtres, prononcé autre chose que des phrases anodines, qu'il me semble que ces mots ne sortent pas de moi :

« Je ne suis pas d'ici. J'ai grandi tout à l'Ouest, en haut des grandes falaises, dans un village qui est devenu l'annexe des citadins, lorsque les grandes chaleurs rendent la ville infernale. Lorsque j'étais plus jeune, je suis partie pour vivre dans la communauté de sœurs qui se trouvait non loin de cette ville, au pied de la montagne, à l'orée de forêt. Voici trois ans maintenant, on nous a massacrées, et détruit nos maisons. J'ai survécu ici en me cachant parmi le peuple de banlieue. Et cela fait trois ans que je cherche partout les autres survivantes. J'ai écumé la ville, de jour comme de nuit. Je ne suis pas comme vous mais je suis votre alliée, puisque comme mes sœurs vous avez échappé au Pacte national, non pas en franchissant la frontière du grand fleuve mais en restant ici, cachés parmi les Autres. »

Puis j'ouvre ma chemise, juste comme l'a fait Paul, et les larmes me viennent. Celles que je n'ai pas versées depuis trois ans que je me cache parmi les Autres. Elles coulent silencieusement, des larmes comme des paroles trop longtemps contenues. Car j'ai trouvé des frères, quand je cherchais mes sœurs.

Ils m'écoutent sans mot dire. Paul a posé doucement sa main sur mon épaule, et je sens la chaleur de ce contact humain se répandre en mon corps comme un rayonnement. Je réalise alors que personne ne m'a touchée ainsi depuis que j'ai fui notre rive, le soir du grand massacre. J'avais comme oublié ce que cela peut faire, une main amicale, qui se pose sur moi. Ils me laissent pleurer et je vois à travers le rideau de mes larmes leurs visages rassemblés, je sens leur compassion, qui est pleine et pure. Leur silence m'accueille mieux que des paroles, il me laisse de la place, il me dit bienvenue.

Je leur dis mon prénom. Celui que m'a donné Marcia la première nuit qu'on a passée ensemble dans les bras l'une de l'autre, l'année de mes seize ans. Lorsqu'elle a dessiné mon visage au crayon sur la page d'un cahier dans le petit matin, endormie sur le drap, et qu'elle a inscrit « Grâce » comme titre du portrait.

« Mes sœurs m'appellent Grâce. C'est mon prénom de choix. Celui qu'on m'a donné à ma venue au monde, je préfère l'oublier. Ma mère voulait me tuer. Ne pouvant s'y résoudre, ne voulant être mère, vivre en contributrice, elle s'est ôté la vie. Je n'aurais pas dû naître, je l'aurais épargnée. Le nom qui est inscrit sur les papiers qui font de moi une résidente légale de cette ville est celui d'une morte. Je les ai dérobés en arrivant ici, dans le grand hôpital. Le nom que j'ai choisi, il m'a été donné par ma première amante, je ne sais où elle est mais sa mémoire vit dans ce nom que je porte. »

Raphaël me sourit, d'un sourire très doux :

« En nous parlant de toi, tu t'es liée à nous. Nous sommes dépositaires du secret de chaque être présent dans cette pièce. Ce qui faisait de toi une personne vulnérable, ici te rend plus forte. Je garde ton secret et tu gardes le mien. Chacun de nous ici a au moins deux prénoms. »

Paul prend la parole :

« Chaque personne trans a au moins deux noms propres au cours de sa vie. Celui qui lui fut assigné à la naissance et avec lequel la culture dominante cherche à le normaliser, et le nom qui indique le commencement d'un processus de subjectivation dissidente. Cela m'a pris un an de clandestinité pour renaître autrement, me refaire des papiers. M'inventer un passé qui assure ma survie. »

À sa gauche, Lilian, au visage abîmé, me parle doucement :

« On m'appelle Liane. Et je te remercie d'avoir su partager ton histoire avec nous. »

Samuel dit à son tour :

« Mais en dehors d'ici on ne se connaît pas, tu ne salueras aucun d'entre nous si jamais tu le vois dans la rue ou ailleurs. On se protège ainsi. »

Le vieux Louis qui était resté plus à l'écart, se lève et vient à moi en marchant lentement, le haut du corps courbé, dépose entre mes mains une liasse de papiers. Sa voix est profonde, mais son timbre est voilé. C'est la voix de quelqu'un qui a beaucoup souffert, et vécu trop de choses qu'il voudrait oublier :

« Nous faisons revenir l'écriture sur les murs de la ville, avec ces lettres que Paul a écrites. »

Je saisis une feuille, j'en reconnais la teinte, la granulosité, pour en avoir porté une toute similaire serrée contre ma peau juste sous mes vêtements, une journée entière, la veille de l'incendie de la grande cathédrale. Et je comprends alors que les lettres de Paul sur les murs de la ville annoncent toujours le feu. Les phrases sont imprimées dans les mêmes caractères que la première lettre que j'ai vue placardée voici quelques semaines. Je les lis à voix basse :

> *...notre espèce, l'Homo sapiens, est devenue la principale force de modification de l'écosystème terrestre... les pratiques capitalistes et coloniales, la culture du charbon et du pétrole, la transformation des écosystèmes en ressources exploitables qui a provoqué une vague d'extinctions animales et végétales, et le réchauffement planétaire. Comment sommes-nous arrivés là ?*

Thamar, l'élégant, qui était jusque-là resté très silencieux, part d'un grand rire clair :

« Nous sommes ici pour que le processus s'inverse. Pour récrire l'histoire du point de vue des vaincus. »

Paul tend la main vers moi :

« Grâce, veux-tu œuvrer parmi les uraniens ? On ne peut pas réparer le passé, ni venger celles et ceux qui ont perdu la vie. Mais nous pouvons ensemble diffracter le système, le déstabiliser, y ouvrir une brèche. Et peut-être créer les conditions d'un possible futur. »

LOUISE

Je ne rate jamais ma cible, et les fléchettes étaient à portée de ma main. J'en garde toujours deux, une dans chaque poche de ma veste cintrée. Il n'a rien vu venir, j'ai fait de lui un borgne et on a pu s'enfuir.

J'ai su à son allure que quelque chose clochait. Il n'avait certes pas les semelles crantées des hommes de la police ni l'uniforme noir, mais j'ai tout de suite senti qu'il fallait se méfier. Raphaël n'a pas eu sa conscience habituelle. Il était enfiévré, imprudent. Il est resté en haut plus tard que d'habitude, et j'ai failli manquer mon deuxième tour de scène. Cet anonyme que j'ai reconnu quand il est monté au petit salon l'avait galvanisé, je n'ai pas su comment. J'avais beau écraser mon oreille sur la porte, je n'ai pas entendu un seul mot de sa voix. Mais ce qu'ils se sont dit a plongé Raphaël dans un état second. Il a eu cette phrase, en revenant au bar : « Le moment est venu. » J'ai cru qu'il me disait qu'il nous fallait rentrer, et je suis allée prendre nos manteaux au vestiaire. Mais maintenant je sais qu'il parlait d'autre chose.

Quand nous sommes sortis du Club après minuit, il marmonnait tout seul, semblait très agité, une lueur brillait dans ses yeux et je sais, quand je le vois ainsi, que je dois le laisser, ne pas le questionner. Nous marchions plus vite qu'à notre habitude, et nos pas résonnaient plus fort sur le pavé. J'ai vu l'homme surgir d'une porte cochère, se diriger vers nous de manière assurée. Avant même qu'il nous hèle, j'ai eu cette vision de l'homme nous arrêtant, pointant vers nous son arme, appelant en renfort une patrouille de quartier, nous embarquant au poste pour nous questionner. J'ai su que nous n'aurions pas l'aplomb de jouer le jeune couple égaré après une sortie ou un dîner tardif. Et surtout je savais que Raphaël avait dans sa veste un livre. Je l'ai vu au vestiaire où j'ai pris nos vêtements, ou plutôt j'ai senti le poids et le volume du livre ainsi caché, à travers la doublure.

Quand l'homme nous a hélés, une main dans sa poche, prêt à sortir son arme, j'avais déjà saisi la pointe de métal, écarté les ailettes de mes doigts habitués à ce geste précis, et courbé mon poignet. Je n'avais pas le choix. On nous aurait gardés au poste toute la nuit, et j'ai le souvenir des brûlures profondes que j'ai longuement soignées, dont Raphaël garde encore les cicatrices, plus de quatre ans après.

Je vise toujours juste. L'homme s'est plié en deux, les mains sur son visage, en hurlant de douleur. Et nous avons couru, la main de Raphaël enserrée dans la mienne, c'est moi qui le guidais dans les ruelles sombres, me repérant d'instinct, ralentissant lorsque nous sommes arrivés près de notre quartier. Nous avions évité les patrouilles de nuit dans notre cavalcade, j'avais le souffle court, nous étions sauvés. Raphaël était pâle, les yeux écarquillés, il restait silencieux.

Nous nous sommes arrêtés dans l'entrée de l'immeuble, j'ai inséré la clef doucement dans la serrure, pour ne pas faire de bruit. Raphaël chancelait. Alors j'ai glissé mon bras sous le sien pour monter l'escalier, l'ai serré contre moi une fois arrivés. Je sentais son cœur battre bien trop fort. Il a dit simplement : « On l'a échappé belle. »

Plus tard cette nuit-là, au moment de glisser tous deux dans le sommeil dans notre grand lit chaste, Raphaël s'est tourné pour rallumer la lampe, m'a regardée en face pour me dire :

« Je te demande pardon d'avoir toujours pensé que c'était mon devoir de te protéger. Je nous ai mis tous deux en grand danger ce soir par manque d'attention, j'avais l'esprit ailleurs, et tu nous as sauvés. Et te dire “merci” ne me suffira pas. Je ne dois plus garder de secrets envers toi. »

Puis il s’est levé, il est allé chercher la veste qu’il portait à sa sortie du Club, en a sorti le livre, a feuilleté les pages, et il m’a lu ceci :

> *Les sexes sont peut-être plus parents qu’on ne le croit ; et le grand renouvellement du monde tiendra sans doute en ceci : l’homme et la femme, libérés de toutes leurs erreurs, de toutes leurs difficultés, ne se rechercheront plus comme des contraires, mais comme des frères et sœurs, comme des proches. Ils uniront leurs humanités pour supporter ensemble, gravement, patiemment, le poids de la chair difficile qui leur a été donnée.*

Ensuite, Raphaël m’a parlé jusqu’à l’aube. Il n’y a désormais plus rien que j’ignore de ses nuits sans moi, de ce à quoi il œuvre. Et je sais maintenant comment je vais le perdre. Cela se compte en jours.

L'ENFANT

Hier soir maman était assise à table, je la voyais écrire, penchée sur son cahier, dans sa robe de nuit. J'allais m'endormir, il était vraiment tard. Mais là il s'est passé quelque chose d'étrange. Une personne a frappé à la porte d'entrée. Il faisait noir dehors, c'était bien après l'heure du couvre-feu. Normalement personne ne doit rester dehors une fois que les cloches sonnent dans l'église du quartier. Je me suis mise debout, dans l'entrée de ma chambre, pour voir ce qui se passe. Maman a regardé par l'œilleton au milieu de la porte. Elle a crié alors, comme quelqu'un qui se brûle. Elle a mis une main sur sa bouche et a ouvert très vite, puis quelqu'un est entré.

C'était une personne que je ne connaissais pas, avec un manteau long, des cheveux bruns, les yeux noirs. Elle ne ressemblait pas aux femmes qui viennent faire les courses au supermarché, et qui attendent leurs enfants à la sortie de l'école. Maman lui a touché doucement les bras, les mains et le visage, en murmurant des choses que je n'entendais pas. Elle a refermé vite la porte d'entrée, et puis elle a posé une main sur son front comme quand la tête lui tourne et elle est devenue pâle. Elle a marché jusqu'à la porte de la cuisine, la visiteuse l'a suivie.

Elles sont restées longtemps assises dans la cuisine, elles ont fermé la porte. Je n'ai pas pu entendre tout ce qu'elles se sont dit. Elles sont restées comme ça ensemble toute la nuit. Je n'ai pas réussi à m'endormir du tout.

ÈVE

J'ai aimé une absente durant six longues années. Elle était quelque part, je ne savais pas où, et je la croyais morte. La nuit me l'a rendue et nous a réunies.

J'en suis comme pétrifiée alors que toute mon âme est en expansion. Même respirer l'air me semble chose risquée, tant le miracle est grand. La moindre des choses risquerait de briser le déploiement vibrant de cette ardeur fragile à exister ensemble après s'être cherchées et manquées trop longtemps. Ouvrir les yeux sur elle ce matin est un songe éveillé, une hallucination, prolongement d'un rêve bien trop inaccessible, étanchement d'un manque qui était si palpable qu'il était devenu une partie de moi. J'étais si habituée à souffrir de l'absence de celle que j'aimais, que même en sa présence et même entre ses bras, cela me lance encore.

Respirer son odeur est un bouleversement. Sa peau a cette fragrance qui n'appartient qu'à elle. Ses tempes sentent l'orange verte. Et ses mains ont toujours cette chaleur magnétique qui fait soupirer d'aise quand elles se posent sur moi. De profil, le creux au coin de sa bouche et l'angle de ses paupières la font toujours ressembler à un jeune loup. Elle a dans ses cheveux maintenant de longs fils argentés qui se mêlent à sa grande crinière noire. Sur son front trois griffures qui lui restent longtemps quand elle fronce les sourcils. Son corps a perdu son aspect juvénile et sa gracilité, elle semble plus solide, alors qu'elle est brisée. Ses épaules musclées et ses bras pleins et fermes, son dos de lutteur grec et ses jambes bien campées dans des hanches étroites, l'absence de poitrine, à peine deux renflements, on l'imagine poser, un disque à la main, un arc ou javelot, pour quelque bas-relief. Elle est taillée pour ça, lutter à demi nue, armée d'un seul outil et de ses mains puissantes. Ma guerrière est revenue.

Mais elle pleure chaque nuit des torrents qui charrient des montagnes de peine, et je suis impuissante face à toute cette douleur.

RAPHAËL

Mère, sais-tu qu'aux frontières Sud, des enfants se suicident ? Entassés dans des camps de tentes trempées de boue, traversées par les vents, avec des milliers d'êtres qu'on parque là et qui n'ont d'autre choix qu'y rester ou bien retourner dans les lieux qu'ils ont fuis, où ils risquent la mort.

Je sais maintenant pourquoi père nous a quittés. Comment revenir vivre en paix dans sa famille après avoir vu ces enfants, ces femmes, ces hommes épuisés, affamés et malades entassés dans la boue ? Il vaut mieux déserter que d'être parmi ceux qui les tiennent en joue du haut des tours de garde.

Je m'en vais déserter moi aussi, voici les dernières pages de cette longue lettre.

Toi qui lis les journaux, regardes les écrans, tu n'as aucune idée de l'état de ce monde. Il est simple pourtant d'en savoir un peu plus. Les clients nous racontent, ceux qui passé trente ans sont partis en service et ont vu de leurs yeux et visé de leurs armes celles et ceux qui n'ont plus aucun lieu où se rendre.

Tu fais partie de ceux qui nous pensent chanceux, ici, dans ce pays. Nous avons le confort. Nous pouvons satisfaire tous nos besoins vitaux, et même nous divertir. Mais ce « nous » parle de qui ?

L'autre soir, Lilian est arrivé au Club avec des points de suture à l'arcade sourcilière, l'œil tuméfié au point qu'on ne le reconnaît plus, la bouche éclatée et quatre doigts cassés. Parce qu'une brigade, qui s'ennuyait dehors dans sa patrouille du soir, lui a trouvé un air bien trop efféminé.

Lors de la même soirée j'ai rencontré quelqu'un qui se déguise en homme. Elle venait du passé, d'un passé proche de nous, mais enfoui, oublié. Elle est une survivante d'un village autonome, bâti par des personnes qui creusaient la montagne sur l'autre rive du fleuve. Là où tu te réjouis de pouvoir te promener depuis que c'est devenu un lieu d'agrément. Tout le monde se félicite de cet agrandissement de notre territoire. Pourtant la frontière a juste reculé, elle est toujours là. Et c'est un cimetière, sous les pierres de la montagne qui se dresse en orée de forêt. Un cimetière où personne n'ira sans doute prier. Une centaine d'êtres a péri. Une communauté qui a duré trente ans et bâti des maisons, réinventé un monde, l'a écrit dans des textes maintenant ensevelis. Des pages ont survécu, précieusement conservées par des gens qui, comme moi, sauvent des containers les livres à détruire, protègent le langage, la mémoire du passé.

Je connais leur histoire, partiellement du moins. Elles s'appelaient les sœurs. Toutes n'étaient pas nées femmes, certaines avaient fui la caste masculine où on les assignait et se sont faites elles-mêmes, s'échappant pour ne pas le payer de leur vie. D'autres avaient décidé de ne plus être femmes comme nous l'entendons, refusant la sentence (« c'est une fille ») qui a suivi de près leur venue dans ce monde. Ensemble, ces personnes avaient choisi d'user du féminin pluriel pour s'autodésigner. Comme acte politique, pour détruire dans la langue l'exercice du pouvoir qui les violentait.

Leur histoire est la preuve qu'un ailleurs est possible, qu'il a pu exister même s'il fut détruit. On peut recommencer. Je n'ai pas d'autre choix que de forcer les choses.

Puisque les frontières tiennent depuis trente-trois ans, c'est par l'intérieur qu'il nous faut attaquer. Nous avons commencé. Par les mots, par le feu. Déserter, oui, mais en détruisant le système, fuir en laissant derrière un brasier assez grand pour que les bases de l'édifice soient touchées, et qu'il tombe enfin.

Notre espèce ne durera peut-être plus longtemps. Et nous ne serons pas la première à connaître une extinction massive. Mais nous sommes la seule à avoir sciemment condamné la majeure partie de sa population pour sauver quelques-uns. La survie d'une poignée sur un îlot de terre qui sert à enfermer les autres à l'extérieur n'est pas une solution. Voyons si nous saurons survivre au grand chaos et rebâtir un monde après l'implosion.

ÈVE

Louve se réveille la nuit, chaque nuit depuis trois soirs qu'elle m'est revenue. En larmes ou en colère, son corps tremble, elle gémit, poings serrés. Sa peau n'entend pas les caresses, son être est quelque part ailleurs que dans ce lit, un ailleurs que je ne connais pas, je n'y ai pas accès. Ses yeux sont clos ou grands ouverts, elle ne me voit pas. Si j'allume la lumière, ce n'est pas moi qu'elle voit. Je ne sais combien de fantômes dansent devant ses yeux, je l'entends dire leurs noms, ils semblent innombrables. Certains portent celui d'une de nos sœurs perdues, certains restent anonymes. Elle s'endort dans mes bras une fois la nuit tombée, glisse dans le sommeil sans grande difficulté, mais à l'aube les fantômes la guettent, l'attrapent et la réveillent. Mes bras ne peuvent rien, ma voix est inutile, elle est plus loin alors que dans l'absence totale, je ne sais où elle est.

La nuit dernière, terrible, des heures durant je la tiens contre moi, je lui parle, elle est une douleur sourde. Je hurle « Mais qu'est-ce qu'ils t'ont fait ? » Sa peau ne porte aucune trace de sévices, pas une cicatrice. Il y a pourtant des endroits de son corps qui, si on les touche, lui amènent des larmes, un flot qui ne s'arrête qu'avec l'épuisement. Et elle ne me touche pas comme elle faisait avant.

Ses membres sous mes paumes, sa peau nue sous ma langue sont une réalité, pourtant elle n'est pas là. Et j'ai peur de comprendre. J'ai peur d'avoir compris. Les fantômes sont les âmes de nos sœurs disparues, qui viennent hanter ses nuits. Ce matin au réveil, je l'ai appelée « amour ». J'ai vu ses mains trembler, sa nuque se raidir, on aurait dit une louve prise au piège dans une mâchoire d'acier. J'ai su qu'il ne faudrait plus employer ce mot. De leur vivant, l'amour était chose facile, dense, enivrante, volatile, il en coulait partout, entre nos mains ouvertes, nos membres enlacés la nuit et les bouches qui se cherchent.

De leur vivant, l'amour ne lui faisait pas mal. Aujourd'hui rescapée de la grande mise à mort, tout mon amour la blesse, mes gestes ravivent en elle la blessure de la perte. J'aimerais lui hurler regarde, je suis là, toutes ne sont pas mortes, elles vivent encore en nous, elles sont encore en toi, et moi je suis vivante, et pour de vrai ma peau s'électrise à la tienne. Et pour de vrai ma bouche cherche l'air à ton souffle, et pour de vrai tes mains sont posées sur mon dos et les miennes sur tes reins, pour de vrai nous sommes nues et nous nous faisons jouir.

Choisis maintenant la vie, choisis de louer l'instant qui m'a rendue à toi, qui t'a ramenée ici. Regarde comme mes yeux se remplissent de toi, comme c'est fou, immense, et même inconcevable, que tu m'aies retrouvée, que nous soyons ensemble, dans les bras l'une de l'autre. Et je voudrais hurler à lui en exploser les veines sur ses tempes, là, tout près des oreilles. Sa peine est absolue, le deuil est bien trop lourd et je m'avoue vaincue.

J'ai donc retrouvé Louve, je vis avec son corps que peuplent des fantômes, elle n'est plus celle que j'aime, elle n'est pas vraiment là. Sa tête sur mes genoux j'en sens certes le poids, la douceur des cheveux que jamais elle ne taille, je sens pulser son sang à l'artère de son cou. Mais ses yeux voient du vide, et par-delà le vide toutes celles qui ne sont plus.

L'ENFANT

Maman parle toute seule, elle n'a jamais fait ça. Quand je suis dans ma chambre, je l'entends, je viens voir, et quand elle m'aperçoit elle s'arrête de parler. Elle se met à chanter, alors, et me demande si je veux un gâteau, ou du lait. Moi je dis mais maman ce n'est pas l'heure du goûter.

Maman pleure la nuit, ça je suis habituée. Maintenant elle pleure le jour. On dirait que quelqu'un vit dans notre maison, quelqu'un que je ne vois pas. Hier soir à table, elle a mis trois assiettes.

Cette nuit je l'ai vue qui faisait sa valise. Elle a déjà fait ça, quand j'étais plus petite. La valise est restée longtemps dans la cuisine, juste derrière la porte, on n'est jamais parties. On ne peut pas partir, il faut un passe-droit pour sortir de la ville. Article 19 du Pacte national, « Déplacements humains, transports, sécurité ». C'est celui qu'on apprend en ce moment à l'école.

Madame Bille n'a toujours pas réapparu. Ça m'inquiète aussi. Pourquoi elle est partie ?

ÈVE

Louve ne cesse plus de parler de la mort.

Ce matin je suis sortie quelques minutes, pour balayer dehors un amas de feuilles mortes. La façade et l'allée doivent être entretenues en toutes circonstances, ne pas attirer l'œil. Surtout en ce moment. Comme un mauvais présage je voyais le ciel lourd qui se gonflait d'orage et me suis rappelé qu'elle redoute la foudre. Au retour la maison était silencieuse, mon cœur s'est emballé, j'ai cru qu'elle s'était tuée.

J'ai peur du temps qu'il fait. Qu'elle bascule seulement à cause d'un grondement de tonnerre sur la ville. Je crains qu'elle se jette dans le fleuve qui gronde lorsque vient la tempête. Ce fleuve qui n'est plus une frontière entre nous mais la trace symbolique entre le monde des Autres où nous vivons cachées, et tout ce qui n'est plus.

Mon amour se veut temple, oreiller pour sa joue, protection, couverture. Mais je ne peux rien pour la soulager.

Assister à sa peine reste ma seule option. L'enfant ne comprend pas. Ma petite regarde cette personne hantée, qui se tord de colère et de chagrin mêlés. Et elle en reste coite. Je veux la protéger de ça, de notre histoire. Je ne veux pas qu'elle voie que l'on peut tant souffrir.

Il faut quitter ces lieux. Ce n'est pas bon pour nous d'y rester enfermées. Bien trop de souvenirs peuplent ces quatre murs, souvenirs de solitude, auxquels se surajoutent les fantômes qui habitent sous les paupières de Louve.

Je l'implore de trouver la force de partir, en prenant tout son corps plié comme un fœtus sur mes genoux, à terre. Elle n'est plus qu'un spasme de douleur immense, parmi les feuilles mortes échouées près de l'entrée, parce que j'ai lâché tout ce que tenaient mes mains, les sacs et le balai, la porte à peine franchie, en prononçant son nom. Louve, tu es en vie. Je crains trop de te perdre, je n'y survivrai pas. Je t'ai trop attendue. Partons loin d'ici. Cessons de contempler les ruines de ce qui fut.

RAPHAËL

Mère je viendrai demain chez toi pour déjeuner, comme j'en ai l'habitude en début de semaine. Et comme chaque lundi nous parlerons de choses insignifiantes et tendres, qui font ton quotidien, et tissent notre lien. C'est le dernier lundi où je viendrai te voir, et ma dernière lettre. Je les déposerai toutes dans ton panier à linge, tu les liras jeudi, puisque c'est le jeudi ton jour de repassage.

Bientôt s'ouvrira une faille si grande que personne ne pourra écoper dans les temps ce grand bateau-fantôme que nous appelons l'État. Une faille invisible par laquelle s'échappera une nuée puissante autant qu'immatérielle : les données numériques. La mémoire du monde tel qu'il était avant s'évadera des serveurs où elle est contenue.

Ceux qui comme moi sont nés voici moins de trente ans n'auront peut-être pas toutes les clefs nécessaires pour comprendre ce qui viendra s'afficher sur les écrans, s'échouer au hasard. Mais le chaos sera total au point qu'on peut imaginer que cette société collapsera une deuxième fois. Peut-être qu'il renaîtra quelque chose de plus beau. Ou peut-être de pire. La Police n'est rien sans l'Administration, qui elle-même n'est rien sans le monde des Affaires, et il n'est pas prévu qu'un seul des bâtiments de ces trois entités réchappe aux incendies.

J'ai quelques inquiétudes quant à la mise en œuvre. Mais si dans cinq nuits tu peux voir les tours de l'Administration se dresser comme des torches dans l'air noir et que sur les écrans apparaissent des images du monde et des mots de langue morte, des visages oubliés et des vues d'autres lieux que notre territoire, si partout la police court sans savoir où donner de la tête, si des ombres venues du Sud de la ville s'aventurent au grand jour dans les nuages de cendre qui tomberont du ciel comme s'il en neigeait, ne prends pas peur maman. C'est qu'on a réussi.

Je me demande quelles seront les images qui surgiront sur ton écran à ton réveil. Des images de ta vie, lorsque tu étais enfant ? Des photos de vacances, prises par tes parents, lors d'un de vos voyages ? Peut-être des vidéos qui ne te diront rien. Des images d'un passé antérieur à ta vie, aux souvenirs que tu as pu te forger et que tous les pare-feu, les filtres et barrages aux transferts de données ne pouvaient extirper de ton cerveau bien qu'on les ait retirées de tous les disques durs, clouds, réseaux en ligne et modes de stockage divers et variés, où il était d'usage de conserver les traces visuelles, écrites ou sonores de nos vies. Thamar m'a raconté. Il m'a fait visionner dans le plus grand secret certaines images d'archives. Des articles de presse, journaux télévisés datant de trois années après le vote du Pacte. Quand les médias se sont mis à parler tous de la même chose et au même moment. Il m'a montré aussi des sites qui ne sont plus en ligne, classifiés parmi les archives numériques interdites d'accès. Des sites indépendants et collaboratifs, sans but lucratif, qui publiaient toutes les informations interdites de médias officiels, venues des citoyens eux-mêmes. La manière dont les armes de la police ont été augmentées avec leurs effectifs. Les blessures infligées par balles « de défense », lors des grandes marches urbaines avant le vote du Pacte. Puis l'usage des armes à balles réelles contre toutes celles et ceux entrés en rébellion.

Dans cinq nuits il y aura, dans les sous-sols des bâtiments contenant les serveurs qui retiennent ces données captives et muettes depuis trois décennies, une minuterie. Une fois qu'elle est lancée, l'arrêt n'est plus possible. Peut-être entendras-tu, depuis les quartiers Est où tu sommeilleras, une déflagration. Après, il s'agira d'une question de minutes. Il faudra que Thamar puisse pénétrer la salle des machines avant que n'interviennent les forces dites « de sûreté », qui ont fait plus de morts de leurs armes létales qu'aucun autre phénomène naturel ou social dans l'enceinte du pays, depuis le vote du Pacte. Mais tu n'as pas ces chiffres, personne ne les a. Ces chiffres viendront bientôt sur vos écrans, si les données s'échappent comme nous l'avons prévu. Elles sont impalpables, tout comme la mémoire qui fait notre passé. Mais comme la mémoire, il leur faut un contenant. Les serveurs cachés dans les sous-sols blindés sont comme un être dont la mémoire est intacte mais les mains sont liées et la bouche bâillonnée. C'est toute son histoire qui est prise en otage, qu'il ne peut raconter. Et nous allons œuvrer à libérer les mots, les sons et les images. Ils couleront sans doute en désordre anarchique, il vous faudra du temps pour savoir démêler les archives personnelles des contenus médiatiques, des données statistiques, des œuvres de fiction. Mais comme tout est dans tout, vous vous y retrouverez.

Louise ne sera plus là, mère. Elle est maintenant de ceux et celles qui œuvrent de nuit, en secret. Elle sera dehors lorsque retentiront les alertes incendie. C'est donc un double adieu que tu ne pourras nous faire. Je t'en demande pardon. Je voulais que Louise reste, qu'elle soit à tes côtés lorsque le territoire connaîtra, je l'espère, une transformation, bien après le désordre où il sera plongé après cette nuit-là. Mais elle sera avec moi et les uraniens. Chacun tiendra son poste, exécutera les gestes qui lui sont dévolus, durant ce grand ballet silencieux dont la chorégraphie n'est écrite nulle part, si ce n'est dans cette lettre. Mais tu ne sais pas le vrai nom des danseurs ni la partition de leurs déplacements. Cela vaut mieux pour toi. Brûle ces pages dès que tu les auras lues.

Imagine ma main qui a tracé ces mots. Et dis-toi que cette main que tu as tant tenue quand j'étais tout petit, cette main a œuvré à semer le chaos seulement parce qu'il est parfois la seule voie vers un futur possible, l'avènement d'un après. D'une respiration.

ÈVE

Je suis une fractale d'une grande division. Chaque matin je retrouve les morceaux de mon être, épars entre ses bras.

J'ai aimé une absente, maintenant elle est là, à portée de ma main. Je caresse son dos. Parfois elle se retourne, un soupir lui échappe, sa paume cherche ma peau. Mais je n'ai pas accès. À quoi exactement ? C'est difficile à dire. Elle n'est pas vraiment là. La douceur est perdue, elle n'est plus que tristesse.

Elle dormait encore de ce sommeil profond du tout petit matin, le seul repos qu'elle trouve après avoir pleuré au tomber de la nuit jusqu'à l'épuisement. Ses cheveux sur sa peau je les ai écartés avec le bout des doigts, comme j'ai toujours fait, et j'ai posé ma bouche à cet endroit du cou que j'aime tant embrasser. J'ai glissé le couteau juste sous son oreille. J'ai senti son odeur, je m'en suis imprégnée, espérant la garder tout entière en moi, souvenir olfactif, le parfum de l'aimée. J'ai enfoncé la lame sitôt que mes poumons se sont trouvés pleins d'elle.

J'ai appris à tuer quand nous vivions ensemble. Avant, dans la forêt, nous étions chasseresses.

La jugulaire tranchée, le sang se précipite comme un petit torrent trop longtemps contenu. C'est une libération. L'animal effaré ouvre des yeux emplis de peur et de souffrance, il sait qu'il va mourir. Louve n'a pas senti la vie qui la quittait. Le sang trempe le drap, goutte sur le plancher. Son souffle s'est éteint après quelques hoquets. Je l'ai serrée très fort, ma bouche sur sa nuque, mes jambes serrant ses hanches, mes bras cerclant son torse, comme elle me l'a appris, pour maintenir la proie, biche, chèvre sauvage, les animaux qu'on tuait. Nous faisions cela pour contenir les spasmes juste avant qu'ils ne meurent. Pour empêcher le corps de retenir l'esprit. Laisser l'âme s'envoler en serrant fort les chairs, s'assurer que la mort n'est pas une solitude, puisque quelqu'un vous tient.

Je l'ai tellement aimée, je ne sais qui je suis sans ce grand amour-là. Il me fallait l'aider, et m'aider moi aussi. Les sœurs ne sont plus là pour former tout autour un cercle empli de chants. Quand l'une de nous partait, on l'y aidait toujours. Celle qui souffrait trop dans son âme ou son corps, pouvait choisir la lame et celle qui la tiendrait. C'était souvent Rosa, dont le geste précis et l'étreinte puissante évacuaient la douleur. Celles qu'elle délivrait quittaient ce monde-ci en un léger sourire. Il n'y avait chez nous ni prêtresses ni pleureuses. Chacune était liée, on s'aidait dans la mort comme on s'aimait en vie.

J'ai appris une chose de ces années passées à aimer Louve absente et de ces jours passés à aimer Louve souffrante : l'amour est une puissance, un flot ou un torrent qui, s'il coule en un sens, vous vide de toute substance. Le sang fuit maintenant depuis sa jugulaire sur les draps, sur mes mains, et s'étend. Je pose délicatement ma bouche sur la sienne, et je lui dis adieu.

GRÂCE

Je suis sans doute la seule à avoir survécu au massacre des sœurs, et Ève est sans doute l'unique déserteuse qui est restée si près de notre ancienne rive. Si je l'ai retrouvée ce n'est pas un hasard. Un cycle va s'achever. L'avant et puis l'après, les effets et leurs causes, tout cela est question de temporalité. Parfois il faut courir car le temps s'accélère. Les Autres ne le savent pas, mais le temps est venu où il faudra courir.

Avant d'aller demain retrouver Raphaël, je passerai voir Ève. Car je me suis promis de revenir la chercher avec sa petite quand tout sera fini. Il nous faudra alors partir pour quelque temps.

Car vendredi la ville sera un grand brasier. J'irai la prévenir que c'est maintenant l'heure de quitter les lieux.

Je m'inquiète cependant de l'état dans lequel je vais la retrouver.

Quand je suis venue la voir pour la première fois voici de cela cinq jours, je n'ai pas eu l'aplomb de tout lui raconter. Les balles à bout portant, les explosions, le feu, les aboiements des chiens et les cris de nos sœurs, ma survie dans les bois, comment je vis ici dans les quartiers Sud depuis maintenant trois ans, la plonge au restaurant, et jusqu'à la rencontre avec Raphaël, Louise, et les uraniens. L'histoire brûlait mes lèvres mais je ne savais pas par où la commencer. J'avais appréhendé, espéré ce moment. Retrouver une sœur à visage découvert, sans témoins, lui parler. J'avais imaginé que nous pleurerions ensemble. De joie, de gratitude, de ne plus être seules, chacune de son côté, savoir que nous n'étions pas l'unique survivante cachée dans cette ville.

Je n'ai pas eu le courage de lui dire comme cela m'a serré fort le cœur de la voir si changée, ni de lui raconter comment je l'observais sous mon déguisement depuis plusieurs jours, chaque fois qu'elle venait au grand supermarché. Je ne lui ai pas dit comme cela m'inquiète de lui voir ces yeux flous, aux pupilles noyées dans des iris liquides. Je me suis retenue ensuite de lui dire : tout ça n'a plus de sens, mais de quoi parles-tu ?

Car ce qui a suivi mon arrivée chez elle au milieu de la nuit dépasse toute logique.

Elle a failli crier, son visage s'est fait blême. Elle m'a reconnue, son regard s'est figé. Puis elle m'a souri de cet air absent et poli que je lui ai vu dehors quand elle fait la queue au supermarché et s'adresse aux caissières. Elle m'a servi un thé qu'elle m'a préparé sans cesser de parler de choses insignifiantes. Elle m'a demandé si je n'avais pas eu froid en venant jusqu'ici, m'a proposé du sucre à verser dans mon thé, dans une petite soucoupe avec une cuillère minuscule, argentée. Elle m'a raconté que c'est une soucoupe d'un service à thé pour jouer aux poupées, mais que sa fille n'aime pas vraiment ce genre de jeux et qu'alors elle s'en sert elle-même dans la cuisine. Puis elle a murmuré : « Il faut parler très bas, elle a école demain, ne la réveillons pas. »

Nous sommes restées ainsi dans sa cuisine, à boire du thé brûlant, et à faire comme si ma visite chez elle au milieu de la nuit, six ans après qu'elle fut partie de chez les sœurs, était chose anodine. Elle disait se réjouir que j'habite la ville, qu'on pourrait se revoir, faire ensemble nos courses, se promener au parc ou bien au bord du fleuve. Elle m'a raconté comment avec l'enfant elle prend le ferry pour regarder de loin la rive où nous vivions. J'en suis restée muette, ne sachant plus que dire. Sa mémoire est intacte. Mais j'avais devant moi une sorte de fantôme agissant comme si j'étais une voisine simplement en visite à l'heure du goûter.

Quand je suis repartie, au milieu de la nuit, elle m'a prise dans ses bras pour me dire au revoir, puis a fermé la porte, doucement, sans un bruit. Je suis restée un peu dans l'ombre à l'observer par la fenêtre basse de sa cuisine éclairée au rez-de-chaussée. Elle a lavé ses tasses et rangé la théière, est montée dans sa chambre. Pas un geste inutile. Une femme d'intérieur accomplie, aux rituels rodés.

Juste avant de partir je lui ai dit d'attendre que je lui fasse signe, que je reviendrais, que bientôt cette ville ne serait que chaos, que le futur venait, qu'il n'était plus très loin. Qu'elle se tienne prête si elle voulait quitter la ville et cette vie de solitude extrême. Parce qu'une chose est sûre, elle n'a pas d'amies, pas de proches, d'entourage, se cache de sa famille. Sa fille ne fréquente pas d'autres enfants en dehors des horaires de l'école. Sa maison, son allure, sa voix, ses habitudes, sont celles de quelqu'un qui vit aux aguets, ne veut pas qu'on s'approche.

Lorsque j'ai prononcé cette phrase son visage a changé. Ses yeux se sont tournés vers une réalité qu'elle seule peut voir derrière ses paupières. Dans un souffle elle m'a dit, d'une voix exaltée, toute gonflée de passion :

« J'attends Louve, tu sais. Je ne peux pas partir. Il faut que tu comprennes. »

Je sais qu'il ne faut pas choquer les somnambules, crier ou les secouer. Les réveiller d'un coup peut leur être mortel.

J'ai quand même eu la force, devant ses yeux vides, de lui dire d'une voix claire quelle est la vérité.

LOUISE

La petite a levé ses yeux graves vers moi puis a posé sa main sur ma patte en fourrure.

« Maman a besoin d'aide. »

Elle était entrée seule, dans le blanc des néons, vêtue juste d'une robe et de simples sandales. Je me suis demandé si la mère la laissait à présent venir seule acheter les provisions, mais elle n'avait pas de sac, et au lieu de hocher timidement la tête en passant devant moi comme elle fait d'habitude, avant de s'engouffrer au rayon ultrafrais en tenant d'une main le caddie de sa mère, elle est venue vers moi et m'a dit cette phrase de la voix décidée de qui n'a pas trouvé de meilleure solution que demander de l'aide à la peluche mascotte du grand supermarché. J'ai compris qu'elle n'avait personne de confiance, et cela m'a fait peur. Même si je me doutais qu'elle n'avait pas d'amis, et sa mère non plus.

Une personne sensée serait immédiatement allée avec l'enfant à l'Administration, à l'Aide sociale ou au poste de police, aurait appelé l'école ou bien les pompiers. J'ai su que si l'enfant était venue à moi, marionnette de fourrure, c'était pour éviter d'y mêler des instances de gens en uniforme. Alors je lui ai dit de me suivre au vestiaire où j'ai pu enlever mon costume de castor. Quand j'ai ôté le haut et qu'elle a découvert pour la première fois mon visage en dessous, elle a ouvert les yeux avec effarement.

« Tu te doutais quand même que je suis une personne, et pas une peluche ? » je lui ai demandé, de mon ton enjoué, celui que je prends toujours lors des anniversaires pour faire l'animation.

Elle m'a répondu de sa petite voix, claire et décidée :

« Oui ça je le savais. Mais vous avez l'air jeune. Et je ne savais pas que vous étiez une femme. »

Puis elle a pris ma main et m'a dit :

« S'il vous plaît, il faut venir chez moi. Maman ne se lève plus, et je ne sais pas quoi faire. » Et elle a ajouté, d'un ton de petite fille bien trop habituée à compter sur elle-même :

« Vous verrez, ce n'est pas loin, je connais le chemin, il suffit de me suivre. »

Alors je l'ai suivie. Le long de la Grand-Rue puis dans le dédale des ruelles du quartier qui borde le fleuve à l'Ouest. Je passe souvent par là avec Raphaël quand nous sortons de nuit, pour éviter les rondes qui quadrillent le Centre. Mais je n'avais jamais exploré en plein jour cet endroit de la ville. Les façades sont modestes, des petites maisons séparées de clôtures. Les gens qui habitent là travaillent pour la plupart dans le centre de tri. L'enfant m'a expliqué que sa mère y est en poste, mais que cela fait cinq jours qu'elle n'y est pas allée.

« Je ne préfère pas prévenir les voisines, elles posent trop de questions. Maman ne les aime pas », m'a-t-elle dit à voix basse, quand nous sommes arrivées juste devant chez elle, et que j'ai demandé si elle avait cherché à alerter quelqu'un parmi leur entourage.

Je n'ai pas insisté, je l'ai laissée ouvrir, j'ai alors découvert une maison proprette, aux murs entièrement blancs et au parquet ciré. La cuisine était vide, tout était bien rangé. L'enfant m'a regardée observer les lieux avant de me presser la main légèrement, sa voix s'est faite inquiète, le ton précipité :

« La chambre est en haut, s'il vous plaît je ne sais pas s'il faut un docteur. Maman n'aime pas quand des gens viennent dans la maison. »

J'ai gardé mes chaussures, et déposé ma veste sur le portemanteau. L'intérieur faisait peine. Hormis quelques affaires qui devaient être celles de la petite, un cartable, une veste, quelques paires de chaussures rangées sous l'escalier, et trois dessins d'enfant punaisés sur une porte, une caisse de jouets trop proprement rangés, des meubles de vaisselle et un garde-manger, la maison semblait vide. La maison de quelqu'une qui ne se résout pas à faire un chez-soi du lieu qu'elle habite.

J'ai monté l'escalier aux marches impeccables, la petite a poussé une porte sur sa gauche. Une odeur de sueur, une touffeur renfermée m'a saisie à la gorge. Dans la chambre, un placard, une fenêtre, un lit. Un tapis sombre au sol recouvrant le plancher. Absolument rien d'autre.

Sur le lit, une forme, enveloppée de draps. La petite s'est penchée pour soulever les draps d'une main délicate en murmurant « maman ».

Le visage qui émerge m'est presque méconnaissable. Cheveux collés de sueur, yeux brillants, cernes creux, et tout près du visage, les mains crispées sur un couteau à cran d'arrêt qu'elle berce contre sa joue.

ÈVE

Tout l'intérieur de moi s'est d'abord effondré, puis tout a repris place comme les plaques tectoniques de continents disjoints, partis à la dérive depuis six longues années.

Je redeviens entière, puisque je me souviens.

De combien j'ai eu mal, comme jamais dans ma vie. De comment j'ai voulu plus de cent fois mourir pour fuir cette douleur. De ce qui m'a retenue d'aller sauter de nuit, de toute la hauteur des remparts dans le fleuve. J'avais fait une enfant. Penser qu'elle ne suffisait pas à me retenir l'aurait brisée en mille petits éclats qu'une vie entière ne suffirait jamais à rassembler.

J'ai quitté notre rive, abandonné mes sœurs, il y a de cela six ans. J'étais folle de douleur.

J'avais peur pour l'enfant, les incursions des Autres sur notre bord du fleuve se faisaient plus fréquentes, nous craignions chaque jour de perdre les maisons que nous avions construites, les galeries sous la pierre que nous avions creusées, notre œuvre, nos mémoires. Et nous avions vu juste. Ils ont pris tout cela, et la vie de mes sœurs. Pour protéger l'enfant, il me fallait partir.

Mais il y avait plus.

Si j'ai quitté mes sœurs, la forêt, la montagne, c'est que je ne pouvais rester dans les lieux où j'avais connu Louve, où nous nous sommes aimées.

Seule parmi les Autres, j'ai élevé mon enfant, du mieux que j'ai pu. L'ai nourrie, protégée. J'ai trouvé un emploi, une maison pour nous deux, et lorsqu'elle a grandi, l'ai emmenée à l'école comme le doit chaque mère, puis partais travailler pour revenir le soir, et tout recommençait. La nuit et le jour, au réveil, au coucher, la douleur m'habitait, tenace, ne partait pas. Elle restait logée dans chaque repli de chair, méandre de pensée. Elle habitait mon corps et chacun de mes gestes.

La petite ne sait pas ce que Louve est pour moi. Elle était si petite. Il me faudra lui dire, à mon enfant solide, ma petite survivante d'une époque révolue qu'elle a si peu connue, que l'amour peut blesser et la perte de l'autre être cruelle au point que l'on perd avec elle la personne qu'on était. Quand on aime si fort on ne sait plus qui on est, sans ce si grand amour. Je lui dirai aussi, à ma fille, qu'elle est toutes les raisons, résumée en une seule, de ma ténacité à rester malgré tout présente en ce monde. Je lui raconterai la vie parmi les sœurs. Comment nous étions liées par des formes d'amours illicites chez les Autres. Quels étaient nos rituels. Je chanterai les chansons que nous entonnions toutes pour célébrer ensemble notre sororité.

Je me suis souvenue. C'était Grâce et non Louve sur le pas de ma porte, cinq nuits auparavant.

Lorsque Grâce a parlé, je n'ai d'abord rien dit. Ses mots ont résonné dans une cuisine vide comme l'intérieur de moi. Car j'ai quitté mon corps à cet instant précis. Mes mains ont fait un thé, à gestes automatiques, comme en lévitation. La bouilloire, l'eau brûlante, l'amertume sur ma langue du liquide fumant, le visage de Grâce suspendu devant moi, n'étaient pas plus réels que ne l'est une fiction. Et qu'est-ce qui existe ? On peut se raconter tellement de versions d'une même réalité. J'avais bifurqué là.

Nous sommes restées ainsi un moment à parler sans que je sois présente. Et puis elle est partie. Elle m'a dit de l'attendre, qu'elle reviendrait me voir. Je me rappelle mes bras la serrant un instant, la paume de sa main se posant doucement, enveloppante, sur ma joue, pour me dire au revoir. Mes mains ont verrouillé la porte de la maison juste après son départ, puis rangé les tasses et lavé la théière, suspendu le torchon à sa place près du four, se sont posées ensuite sur la rampe de bois clair qui longe l'escalier vers le premier étage et poussé la poignée de porte de ma chambre, ont ouvert mon armoire pour saisir mon cahier et commencer d'écrire.

C'est alors que mes doigts se sont mis à trembler et j'ai dû m'allonger. Puis je suis tombée dans un puits très profond, la sensation de chute ne s'arrêtait jamais, sauf lorsque je perdais connaissance tout à fait. Je partais et revenais à la conscience au gré de vagues déferlantes qui me dépassaient toute. J'ai perdu le contrôle des liquides dans mon corps, des sueurs comme des écumes s'écrasaient sur mon torse, venant de l'intérieur. Ma peau était trempée, je grelottais sans cesse, ma vessie s'est vidée sans que je m'en aperçoive. Je me souviens d'avoir voulu crier à l'aide, ma voix ne portait pas plus loin que dans ma gorge et mourait sur mes lèvres. Il y a des moments dont je ne me rappelle pas. Des choses que j'ai faites ou dites, cette nuit-là, ma mémoire n'est pas sûre qu'elles se sont bien produites.

Je n'ai de ces heures-là ni trace, ni souvenir, hormis des draps souillés, quelques pages de cahier noircies d'une écriture délirante, illisible.

Le temps s'est dilaté, je ne savais plus l'heure. Mais je sais que l'enfant a fini par aller chercher de l'aide pour moi.

Je me souviens qu'une femme est venue dans ma chambre, escortée de ma fille. Une femme inconnue, jeune, et au visage tendre. Elle a pris soin de moi, m'a portée jusqu'au bain qu'elle avait préparé, en soutenant ma tête pour que je ne glisse pas au fond de la baignoire, fait couler dans ma bouche de l'eau goutte après goutte, que je peinais à boire. J'étais déshydratée. Je n'avais rien mangé ni bu depuis deux jours entiers. Ma fille m'a raconté ce que fuit ma mémoire : je suis restée des heures, allongée dans mon lit sans pouvoir me lever, et je tremblais de fièvre.

C'est le surlendemain que Grâce est revenue pour la deuxième fois, avec cette même jeune femme dont ma fille me disait « C'est elle, le grand castor ». Je ne comprenais rien à ces allées-venues dans ma chambre, la maison, mais je les laissais faire, je n'avais pas de force et chaque évènement peinait à se relier à ce qui succédait. Je ne sais plus très bien quand j'ai parlé, dormi, mais un geste de Grâce m'a restituée au monde.

Elle s'est penchée vers moi sur le matelas moite en cherchant mon regard.

« Ève. Il faut partir. »

Elle a posé sa main, doucement sur ma joue en m'appelant par mon nom.

Elle avait fait ce geste juste cinq jours plus tôt, au moment de partir. Ma joue reconnaissait cette paume solide et chaude, qui se posait comme pour rassurer, soulager. Et je me suis rappelé les mots qu'elle m'avait dits, sur le pas de ma porte : « Louve ne t'aime plus, elle ne reviendra pas. Mais nous avons des sœurs, des frères, ici, parmi les Autres. »

Je me suis souvenue pourquoi il n'y a pas de tombe sur laquelle pleurer mon grand amour. Louve n'a pas péri dans les galeries de pierre, ni même sous les rafales des hommes en uniforme, comme Rosa, Francesca, Maïna et mes sœurs à jamais disparues. Elle n'était pas là, lors de la grande attaque. Elle a quitté le camp voici plus de six ans, emportant dans ses poches les promesses qu'elle m'a faites, bien avant que mes sœurs périssent assassinées. C'est une déserteuse, et elle m'a trahie. Et mon cerveau malade d'être coupée des sœurs, d'être seule chez les Autres, n'a pas pu l'accepter.

Mais maintenant je sais.

Des bribes me reviennent.

Louve nous a quittées sans nous faire ses adieux, on ne l'a pas revue. Elle en aimait une Autre, une contributrice.

Grâce me l'a rappelé. Durant ces six années nous n'étions pas si loin, sur ce même territoire, de ce côté du fleuve. Peut-être que les Autres l'ont prise, peut-être pas. Le savoir m'aurait-il aidée à accepter la perte de mes sœurs, et la blessure d'amour ?

J'ai tellement souffert de mon amour perdu que j'ai franchi de nuit le fleuve près des écluses à son passage à gué, mon enfant sur le dos, sans dire adieu aux sœurs et sans me retourner. Et j'ai laissé ma peine recouvrir d'un linceul chaque jour de ma vie. Mon corps sur cette rive et mon âme sur l'autre. Je sentais sa présence comme les amputés sentent le membre manquant, longtemps après sa perte. J'en suis devenue folle. J'ai cru la retrouver certaines nuits près du fleuve. À partir du souvenir de ses mains sur ma peau, je me reracontais notre histoire en secret et j'inventais une suite, que j'ai écrite chaque soir tombant dans mes cahiers.

Grâce a laissé sa paume chaude sur mon visage assez longtemps pour que je revienne à moi. J'ai gémi sans savoir si c'était de douleur ou de soulagement. Et tout a repris place à l'intérieur de moi.

GRÂCE

Les arbres referment sur nous le frais de leurs branchages dans l'ombre de la nuit. Je retrouve l'odeur, la sensation du sol meuble et accueillant, de la terre qui s'enfonce sous mes pas en forêt. J'entends l'agitation de l'autre côté du fleuve, les camions des pompiers, les sirènes de police.

La petite marche bien, elle suit mon allure, sa main dans celle de Louise. Je soutiens Ève qui est encore faible, chancelante. J'ai sur mon dos un sac avec de la nourriture, des vêtements et des couvertures que j'ai pris chez Ève. Je leur ferai un lit, cette nuit dans la forêt. Je me souviens comment avec des feuilles mortes, des branches souples et du lierre, on peut faire une couche qui épouse les corps, où trouver le sommeil très confortablement.

Au matin, j'irai voir l'endroit d'où j'ai fui sous le claquement des balles. L'entrée de la clairière est maintenant rasée mais il reste cette souche, tout près des éboulis. L'entrée de la galerie est encore obstruée. Ils l'ont laissée telle quelle. J'ai peur mais il me faut creuser, soulever la pierre. Voir ce qui est dessous. Et si je trouve des corps, donner une sépulture à mes sœurs disparues, en disant une prière pour que survive l'histoire de notre utopie.

Ève viendra avec moi, si elle en a la force. Nous ferons de ce lieu un endroit de mémoire.

ROSA

C'est le dernier matin. Quelqu'un trouvera ces mots, couchés contre mon corps, le jour où l'on viendra soulever ces pierres.

J'ai terminé d'écrire mon récit et pourtant il reste tant à dire. Mais c'est une prière qu'il faudrait prononcer, une prière qui aurait le souffle continu du vent dans les branchages, qui ne s'arrêterait jamais. Une prière qui serait litanie de prénoms. Les prénoms de toutes celles qui ont vécu ici, celles qui y sont passées, celles qui y sont mortes, celles qui en sont parties, celles qui nous ont cherchées sans jamais nous trouver, celles qui se souviennent que nous avons vécu, celles qui peut-être encore espèrent nous rejoindre, et celles qui peut-être ont écrit notre histoire, en faisant une légende que certaines partageront comme un secret espoir qui liera des âmes. Celui d'une utopie, d'un monde où la violence ne s'exerçait pas pour soumettre et dominer, seulement pour survivre. D'un monde où l'on touchait la pierre, le bois, la peau, d'une même façon, pleine et caressante. D'un monde où l'on savait que les contours des autres ne commencent pas là où s'arrêtent les nôtres, et que blesser autrui c'est se faire mal à soi. Car nous sommes un tout.

Le rayon de lumière s'affadit maintenant. C'est mon cinquième jour et je n'ai plus de force, l'écriture est tremblée, serai-je encore lisible ? Le rituel est clos, mon témoignage est là, couché entre la pierre et la paume de ma main. Je poserai mon stylo à la fin d'une phrase, j'enroulerai ces pages pour pouvoir les glisser dans leur étui de cuir. Ensuite, seulement, je pourrai m'allonger. Personne ne viendra plus.

Mais je ne suis pas seule, ne l'ai jamais été. Parce que j'ai aimé, et parce que j'ai écrit. L'écriture a été ma dernière compagne, m'a permis de tenir quelques heures de plus, puis encore quelques heures, me tenant par la main, scellant un dialogue qui a éclos le jour où est née ma conscience. Quand la conscience s'éteint mais que les mots subsistent et que quelqu'un les lit, on ne meurt pas vraiment.

RAPHAËL

Cette lettre maman, tu ne la liras pas. Je l'écris depuis l'autre rive du fleuve. Et je ne sais pas comment l'envoyer jusqu'à toi. Mais je trouverai moyen de te faire savoir que je suis en vie, et que Louise va bien.

Thamar lui est resté, dans les flammes au sous-sol. Lilian et Samuel ont couvert son passage jusqu'en salle des machines. Au moment de courir j'ai entendu leurs cris, le crépitement des balles. Restent Louis et Paul. Paul qui va veiller sur Louis et les livres, car il y aura besoin bientôt de gens comme lui, celles et ceux qui savent encore parler et lire des mots de langue morte, et qui peuvent transmettre, donner du sens au monde, et faire du chaos œuvre de renaissance.

Afin qu'un autre monde devienne possible, il faut des philosophes, visionnaires, des personnes qui sont capables d'empathie et qui savent ce qu'est l'oppression, dans leur chair. Qui chérissent l'histoire et sont capables de dessiner un futur.

Grâce m'a donné une pointe, un stylet de métal. Pour graver les prénoms de mes frères uraniens aux côtés des prénoms de celles qui sous la pierre ont laissé leurs mémoires.

L'ENFANT

J'ai eu juste le temps de préparer mon sac et prendre mon cahier, il a fallu courir. Moi je suis très rapide, c'est Louise qui me tenait et j'allais plus vite qu'elle. On entendait du bruit, tout autour dans la ville, comme des explosions, et puis les longues alarmes qui hurlaient dans la nuit. J'ai couru tellement fort, ma main dans celle de Louise, que je n'ai même pas eu le temps d'avoir peur. Mais mon cœur battait vite. J'avais bien attaché mon sac à dos pour ne pas perdre le bocal avec mon araignée.

Je l'ai retrouvée le matin où j'avais décidé d'aller demander de l'aide au grand castor du supermarché. Il fallait changer de cachette pour mon cahier volé. Comme j'allais amener chez nous une nouvelle personne, on ne savait jamais. J'ai pensé que sous le lit, en dessous du tapis, serait mieux comme endroit que dans l'armoire à linge. Et Madame Bille était là, juste au ras du parquet, sur une nouvelle toile. Je l'avais cherchée en haut, dans les coins de plafond, mais elle s'était mise en bas, dans l'endroit le plus sombre de ma chambre. Alors quand Louise a dit qu'il fallait partir et que Grâce est revenue pour prendre des affaires et nous emmener loin de la ville qui brûlait, j'ai pris dans la cuisine un bocal vide pour que mon araignée puisse venir avec moi. Louise ne m'a pas dit si on reviendrait mais je suis sûre que non. Et je ne regrette pas, maintenant l'araignée a toute la forêt pour faire ses toiles.

Je l'ai lâchée ce matin. J'ai ouvert le couvercle, elle ne s'est pas sauvée vite comme je l'aurais cru. Elle a pris tout son temps, et puis elle a grimpé à l'arbre près duquel on a fait une cabane.

C'est Grâce qui m'a montré, comment avec des branches on peut tresser un toit qui résiste aux orages. Elle avait des outils dans son sac, une petite scie, des clous, du fil de fer, des vis, un tournevis et un marteau. Et ce matin elle a construit un abri. Maman m'a dit que Grâce vivait dans la même maison qu'elle, tout près d'ici, quand je suis née. Moi je ne m'en souviens pas, puisque j'étais bébé. Grâce dit que comme je suis venue au monde de ce côté du fleuve, c'était écrit que je reviendrais y vivre. « Écrit où ? » j'ai demandé. Elle n'a rien répondu, elle a juste souri.

On a dormi ensemble, les unes contre les autres. Louise nous avait pris deux grands sacs de couchage, j'ai dormi dans le sien, toute collée à elle, et on avait bien chaud. Maman est encore faible, elle ne parle pas beaucoup. Mais elle est différente. C'est comme si maintenant je pouvais la voir nette, qu'avant elle était floue.

Grâce dit qu'elle va m'apprendre, à trouver des racines qu'on peut faire cuire, à allumer un feu. Il faut faire attention de bien creuser la terre pour contenir les flammes, elle m'a tout expliqué. Ma maison a brûlé, ça ne m'a pas rendue triste, même si quand j'y pense ça me donne le vertige de savoir que ça n'existe plus. Qu'il faudra reconstruire. Grâce dit qu'il y aura bientôt d'autres enfants, des familles qui viendront jusque dans la forêt, que la frontière craque, que le fleuve n'est plus une limite maintenant, et que c'est pour bientôt. Je demande « C'est quoi qui sera pour bientôt », elle dit « Le futur ». D'abord je dois apprendre, tellement de nouvelles choses. Grâce dit que je peux oublier maintenant les leçons de l'école, mais qu'on va continuer avec l'écriture. Elle me dit que d'écrire pour pouvoir se rappeler, c'est aussi important que de savoir construire des cabanes en bois et d'allumer le feu. Alors heureusement que j'ai pris mon cahier.

Grâce dit que mon prénom est le plus beau du monde, que je le tiens d'une personne qui a vécu ici, qui était comme une sœur pour elle et pour maman. Elle s'appelait Rosa, elle m'a prise dans ses bras après que je suis née.

Grâce me chante les chansons qu'elles chantaient ensemble. J'ai reconnu les airs que maman chantonnait quand j'étais toute petite, mais je ne savais pas qu'il y avait des paroles. On dirait comme des contes, sauf qu'il n'y a pas de fées, de princesses et de princes, mais de nombreuses sœurs. Ce sont des chants d'amour, des airs pour se donner courage, de la force, des chansons pour danser. Et puis des chansons un peu tristes, aussi, qui font sortir les larmes, ça caresse les joues.

Louise préfère me faire rire, elle sait plein d'histoires drôles et des tours de passe-passe qu'elle va m'apprendre aussi. Elle était clown avant, en plus d'être castor. Elle dit qu'elle n'a jamais marché dans la forêt, qu'elle n'a jamais vu autre chose que la ville. Que ça lui fait bizarre. Que ce n'est pas du tout comme elle l'imaginait. Qu'elle se demande ce qui l'a retenue si longtemps de traverser le fleuve pour aller voir ailleurs. Que ce qui nous empêche de franchir les frontières ce n'est pas que les gardes avec leurs uniformes. On a peur de sortir, on a peur de laisser d'autres personnes entrer.

Elle dit que les frontières, c'est une question de peur. Et que maintenant la peur est partie en fumée.

ÈVE

Toute la ville brûle, depuis maintenant trois jours. C'est le Centre qui s'est embrasé en premier, tous les grands bâtiments de l'Administration. Les sirènes et sifflets déchiraient l'air nocturne, on les entendait même de ce côté du fleuve, jusque dans la forêt.

Grâce a pris ma valise, y a mis un cahier, des vêtements pour l'enfant. M'a dit « Il faut partir ».

Je ne voulais rien laisser aux Autres comme traces des six années vécues en fantôme de moi-même. Avec tous mes cahiers, j'ai bâti une tour de papier immense au milieu de la cuisine, et j'y ai mis le feu avant de quitter les lieux. Puis Louise, l'enfant et moi avons couru ensemble en direction du fleuve. Nous n'étions pas les seules à aller vers le Nord, des bagages sur le dos, empaquetés à la hâte.

Maintenant que je sais, que je me suis souvenue, l'histoire se désagrège. Celle que j'ai inventée dans ce repli de moi, forteresse inviolable où j'ai construit un monde pour ne pas être seule ici parmi les Autres, seule avec mon enfant. Un monde où une autre âme était liée à la mienne. Où deux êtres s'aimaient au point que je franchisse le grand fleuve de nuit. Et je l'ai traversé si souvent dans mes songes que la sensation des galets sous mes pieds, de l'eau sur mes chevilles, est devenue réelle.

Une dernière fois et pour de vrai celle-ci, j'ai traversé à gué le fleuve pendant la nuit, évitant le ferry où allait s'entasser la foule des évacués. La petite serrée dans les bras de Louise, Grâce me soutenant, veillant aux intervalles des rondes de surveillance des hommes en uniforme. Ils étaient moins nombreux qu'ils ne sont d'ordinaire, la plupart s'étaient vu appeler au centre-ville pour contenir le peuple des quartiers Sud sorti avec le feu, qui éclatait les pompes à incendie, brisait les compteurs d'eau. Tout fuyait de partout, leur édifice craque.

Tous les morceaux de moi flottent devant mes yeux, je sais qu'ils m'appartiennent, comme une carte du monde qui aurait éclaté, les fragments intérieurs sont en lévitation. Si j'attends quelque peu, ils se poseront doucement. Alors il sera temps, je pourrai rassembler, donner forme et faire sens. Retrouver mes contours et récrire l'histoire pour ce qu'elle a été.

Car celle que j'ai aimée, elle n'a pas existé telle que je la voyais. L'amour que j'ai conçu, l'amour que j'ai porté, il était bien trop grand pour une simple mortelle, quelle que soit sa beauté.

Maintenant que je vois s'élever le brasier dans la ville derrière nous, que mes cahiers sont cendres, maintenant que ma douleur se transforme en fumée, noire et dense dans le ciel, balayée par le vent, maintenant que j'efface complètement de moi cette histoire que j'ai faite, que moi seule ai conçue, et que je peux détruire parce qu'elle m'appartient, que je peux oublier car elle n'a pas eu lieu, je sens la joie venir. Une joie pure. Une force. J'ai survécu aux Autres. J'ai près de moi mes sœurs. J'ai près de moi l'enfant. Et nous sommes en vie.

Références des livres cités au fil du roman :

Le livre trouvé par Louise dans la cave du Gentlemen's Club et dont des extraits sont cités [p. 19, 22, 24, 28, 66] est : *Les Guérillères*, de Monique Wittig, Minuit, 2019 (1969), p. 45, 116, 158, 188, 195.

Le livre dont Raphaël cite un extrait en exergue de la deuxième lettre à sa mère [p. 81], et dont il lit un extrait à Louise dans le douzième chapitre de Louise [p. 215], est : *Lettres à un jeune poète*, de Rainer Maria Rilke, « Lettre du 16 juillet 1903 », La Bibliothèque électronique du Québec, collection « Classiques du 20e siècle », volume 8 : version 1.0, beq.ebooksgratuits.com > classiques-word > Rilke-Lettres-a-un-jeune-poete, traduction de Bernard Grasset (1937), p. 29, p. 31.

Le livre dont Raphaël cite deux extraits dans la cinquième lettre à sa mère [p. 143] est : *C'est de l'eau*, de David Foster Wallace, Au Diable Vauvert, 2015 (2005), traduction de Charles Recoursé, p. 7-8, p. 13.

La phrase qui clôt la sixième lettre de Raphaël à sa mère [p. 159] est extraite du roman *Ronde de nuit*, de Sarah Waters, Denoël, 2006, traduction d'Alain Defossé, p. 250.

La citation en exergue du roman [p. 7] ainsi que la phrase que cite Rosa dans le cinquième chapitre de son témoignage [p. 178] sont extraites de *Chronique des oubliés*, de Velibor Čolić, Le serpent à plumes, 1996 (1994), traduction de Mireille Robin, p. 16, p. 13.

Les « lettres des uraniens » sont entièrement composées d'extraits du livre *Un appartement sur Uranus*, de Paul Preciado, Grasset et Fasquelle, 2019.

Voici les références des pages :

La première « lettre des uraniens » [p. 103] est entièrement composée de phrases extraites des pages 45 et 46 d'*Un appartement sur Uranus*.

La deuxième « lettre des uraniens » [p. 133] est entièrement composée de phrases extraites des pages 45, 46, 53, 68 d'*Un appartement sur Uranus*. (La phrase extraite de la page 68 a été légèrement modifiée, voici la phrase originelle dans le paragraphe d'où elle est extraite, p. 67-68 : « Ce que préconisent les langages national-chrétiens quand ils agitent le drapeau de la rupture et de la rébellion sociale ne peut être appelé politique, mais guerre. La militarisation des relations sociales. La transformation de l'espace public en espace surveillé. Fermer les frontières, blinder les utérus, expulser les étrangers et les émigrants, leur interdire de travailler, de se loger, de se soigner, éradiquer le judaïsme, l'islam, enfermer ou exterminer les Noirs, les homosexuels, les transsexuels… En définitive, il s'agit de nous expliquer que certains corps de la République ne doivent pas avoir accès aux techniques de gouvernement, en fonction de leur identité nationale, sexuelle, raciale, religieuse, qu'il y a des corps nés pour gouverner et d'autres qui devraient rester les objets de la pratique gouvernementale. »)

L'extrait de la troisième « lettre des uraniens » lu par Grâce lors de sa rencontre avec les uraniens [p. 212], provient des pages 87 et 88 d'*Un appartement sur Uranus*.

Certaines phrases prononcées par le personnage de Paul proviennent aussi de l'ouvrage *Un appartement sur Uranus* de Paul Preciado :

« L'État est devenu un bras punitif dont l'unique fonction est de recréer la fiction de l'identité nationale par l'effroi sécuritaire. » (p. 46 d'*Un appartement sur Uranus*) [p. 204-205]

« Affirmons-nous en tant que citoyens entiers et non plus comme utérus reproductifs. » (p. 75) [p. 205]

« Chaque personne trans a au moins deux noms propres au cours de sa vie. Celui qui lui fut assigné à la naissance et avec lequel la culture dominante cherche à le normaliser, et le nom qui indique le commencement d'un processus de subjectivation dissidente. » (p. 96) [p. 211]

Merci

À Isabelle Sorente, auteure magnifique, pour l'inspiration qu'insufflent tous tes livres. Tes retours sur ce texte m'ont été si précieux. Parler avec toi d'écriture donne du sens à ma vie.

À Isabelle Cambourakis et Oliv Zuretti qui m'ont permis de donner sa forme finale à ce roman, merci pour votre travail attentif, vos regards sur ce texte. Je suis reconnaissante d'avoir la chance de travailler avec vous.

À Chloé Delaume, qui a soutenu ce texte. Tes livres m'ont changée. L'écriture sous ta plume est une orfèvrerie, un labo de sorcière où tu fais résonner des ondes sororales.

À Paul Preciado pour *Un appartement sur Uranus*, et ta faculté à nous faire imaginer ensemble unE autre monde quand on te lit. Merci pour ton autorisation à insérer dans ce roman des extraits de ton livre (le lecteur ou lectrice trouvera les références exactes ci-dessus). Les uraniens sont nés lorsque j'ai lu ce livre de toi, et continuent de vivre dans ce texte.

À Camille Mestres-Rouschmeyer, ma mère écrivaine. Tu m'as donné la confiance et l'estime de soi, si précieuses à chaque enfant, pour l'adulte qu'on deviendra. Merci pour tes relectures si fines, et ton amour des mots que tu as su transmettre.

À Adeline Guilhempourqué pour ton amour, ta lecture attentive, ton soutien inconditionnel, ta sensibilité profonde, ta sagesse bienveillante. Je t'aime et tu me rends heureuse.

À Valérie Mitteaux, pour tes relectures et ton amitié solide, qui m'a tenue debout quand je suis tombée.

À Laura Garby, ma fière amie et danseuse libre, avec qui j'ai pu mettre en scène une partie des monologues du personnage d'Ève en 2019.

À Juliette Labbe, pour tes jardins partagés, tes relectures, et tes idées si pertinentes pour les personnages et la narration.

À mon frère Sébastien Kunert, pour ton sens du détail dans la relecture, tes avis si constructifs pour bâtir un roman.

À Lessa Wilson a.k.a Louise Deville, mon amie. Tu es présente dans chacun de mes romans.

À Paola Hivelin et Sophie Rokh, qui m'ont accueillie au Coven des sorcières durant l'été 2019, le personnage de Raphaël est né durant ce séjour.

À Raphaël Boudin, qui a aimé ce texte. Ce fut un plaisir de travailler ensemble sur mon précédent roman.

À ma grand-mère Lucienne Mestres, qui m'a appris à lire et à écrire avant l'heure de l'école. Tu m'as donné l'amour de l'écriture, ma plus belle compagne.

Il paraît que l'odeur, ce sont des molécules. Respirer le parfum d'un corps, d'une chevelure, c'est l'avaler un peu. Goûter une personne, ingérer les infimes particules de son être.

Il paraît que porter un embryon en soi procède à des échanges de cellules qui migrent de l'enfant vers le corps qui le porte, y deviennent cellules-souches et des années plus tard y sont encore présentes, même multipliées.

L'enfant que j'ai portée est donc encore en moi, plus de huit ans après sa venue en ce monde. Les peaux que j'ai léchées, mordues et embrassées, font donc partie de moi, même des années après que l'on s'est séparées.

Mon corps est donc la somme des deux corps qui m'ont faite, du corps que j'ai porté, des corps que j'ai aimés. Il est la somme aussi de ceux dont j'ai goûté l'odeur sans le vouloir. Dans le bus, au travail, dans la rue, chaque fois que mes narines ont frémi d'écœurement, j'absorbais malgré moi des particules des Autres.

Mais celles de mes sœurs vivent dans tout mon être. Celles que j'ai embrassées, avec qui j'ai dormi, partagé des repas, et qui y ont laissé des cellules de leur peau, salive, sueur, cheveux, poils, rognures d'ongles, larmes, aussi, parfois.

Mon corps ne s'arrête pas aux limites de la peau. Mon corps ne mourra pas le jour où je mourrai. Il a semé partout des fragments, gènes, souvenirs impalpables et données matérielles qui ne peuvent s'effacer.

La seule chose qui meurt, vraiment, est la conscience. Et c'est pourquoi j'écris, souvent, dans ce cahier, pour conjurer le sort de disparaître un jour sans avoir laissé trace de l'histoire qui m'habite, de celle de mes sœurs.

Le langage est matière, et ce même s'il n'est pas palpable comme la chair.

Car il prend de la place, sur une page, dans l'espace qui résonne des mots que l'on a prononcés. Même si les mots n'ont pas d'enveloppe charnelle, de cellules qui migrent d'un organisme à l'autre et pas de placenta, qu'ils ne transmettent pas de maladies génétiques, ne marchent pas tout seuls, ils peuvent naître et mourir, si on ne les emploie pas. Parce qu'ils sont vecteurs, code dans lequel transmettre un état de notre âme, ce que ressent un être. Un millier de valises, de toutes formes possibles, et des arrangements infiniment variables, combinatoires multiples.

Le langage est aussi manière peu salissante de se reproduire, d'assurer la survie, d'un peuple, d'une espèce. Pas d'accouchement sanglant, d'acte sexuel suant, de mélange de salive, sperme et sécrétions. Le langage est le pacte premier qui nous lie, notre contrat social.

Le langage pourtant est fait de mots qui tuent, qui nous emmurent, aussi. Comme le dit Wittig, les mots nous empoisonnent la glotte, la langue, le palais, les lèvres. Nous forcent à projeter nos êtres dans des formes qui épousent rarement toutes les fluctuations de nos états internes.

Et on se fait violence, dès qu'on ouvre la bouche ou qu'on nous interpelle. Ça commence très tôt. À moi, dès la naissance, on a dit c'est une fille, elle fera des enfants. Le pacte du territoire sur lequel j'ai grandi ne voyait de raison à l'existence d'une femme pas plus qu'à celle d'un vase : il faut un contenant. Posé sur une table ou bien sur ses deux jambes : les deux sont récipients.

Mais j'ai voulu soustraire le contenu du vase, le concocter moi-même, et faire à ma façon œuvre de reproduction. Il n'y aurait pas d'homme. Personne pour me dire que c'est le couvre-feu. Il n'y aurait personne faisant autorité. Celle du père, je l'ai fuie.

À vingt ans j'ai rompu le pacte qui me liait aux Autres en mélangeant ma sueur, ma salive, l'empreinte de mes doigts, les cellules de ma peau, mes ongles, mes cheveux, à ceux d'une autre femme. Et je n'ai eu de cesse ensuite de chercher un autre monde possible, un territoire annexe, un peuple qui n'aurait pas de pères, et pas d'heure à laquelle se coucher.

J'ai fui en suivant une amante après l'autre, des bribes d'elles restant ancrées dans ma mémoire, je les porte à jamais comme des cellules-souches.

Une amante après l'autre m'a éloignée du centre, m'a menée hors des murs de là où je suis née. M'a fait franchir le fleuve, quitter le territoire. Un amour après l'autre a forgé qui je suis. Comme j'étais forte, alors, je n'avais peur de rien. J'étais tout animée par la joie radicale de traverser les flots qui séparaient le monde des futurs à venir, et celui où la langue fait corset invisible à tous les corps femelles, rogne chaque jour nos ailes, fait de nous des fantômes entre les pages de livres qui ne content d'histoires que les autorisées.

J'ai quitté la rive gauche et sa langue rectiligne, un cahier dans ma poche, voici presque vingt ans. Je ne savais pas encore qu'il existe des livres dont on ne parle pas. Des livres qui racontent l'histoire de mes sœurs, de toutes les évadées.

J'ai écrit chaque jour, comme acte nécessaire. Pour ne pas laisser fuir la mémoire des moments vécus sur l'autre rive.

L'enfant que j'ai portée aime lire pendant des heures. C'est pour elle que j'écris, sans doute, maintenant. Les cellules de mon corps, elles, n'ont pas la mémoire des histoires que l'on vit, elles ne transmettent pas les souvenirs de nos êtres, le sens qu'on a donné à leur présence ici. L'enfant trouvera peut-être qu'on a des traits communs, la forme du visage, ou le ton de la voix. Tout ça ne dira pas comment se sont tissées son histoire et la mienne, et celle de mes sœurs.

C'est pourquoi ce matin j'ai ouvert ce cahier que j'avais dans mon sac, pour récrire une histoire que je pourrai transmettre.

Car écrire c'est aussi traduire l'expérience de nos corps en ce monde, quand les chairs sont muettes, que la conscience n'est plus. Remanier le langage, réinventer les mots, les rendre caressants, les faire se reproduire, et puis donner naissance à d'autres mondes possibles.

Notre histoire nous survit, pourvu qu'elle soit écrite, pourvu qu'on puisse la lire.

LE GUIDE PRATIQUE DU FÉMINISME DIVINATOIRE

Camille Ducellier

C
am
bou
rakis

LE GUIDE PRATIQUE DU FÉMINISME DIVINATOIRE

Camille Ducellier

Le féminisme divinatoire est un lieu de passage pour celles qui inventent leurs propres lois ; pour celles qui développent une sensibilité hors des normes sociales ainsi que celles qui souhaitent profondément l'explosion de tout ordre établi.
Le féminisme divinatoire propose de désenclaver le féminisme radical de son rationalisme et de son absence totale de considération pour les traditions ésotériques telles que sont l'astrologie, l'alchimie, la magie cérémonielle, les arts divinatoires.
Le féminisme divinatoire est un syncrétisme qui s'inspire librement et avec humour du féminisme matérialiste et radical. Il s'agit d'une réalité considérée comme augmentée par les mouvements pro-sexe, post-porn, cyberféministes et n'excluant aucunement une dimension païenne, spirituelle ou ésotérique.

Édition revue et augmentée.
Préface de Starhawk.

Plasticienne, auteure et réalisatrice, **Camille Ducellier** se revendique également Sorcière.
Son travail artistique s'articule principalement autour de portraits documentaires, féministes et expérimentaux dans lesquels l'image du corps et les stéréotypes de genre se déjouent joyeusement : *Sorcières, mes sœurs* (2010), *Le Guide du voyageur astral* (2015), *La Lune Noire* (2016), *Reboot Me* (2016), *Sorcière Queer* (2017), *Gender Derby* (2018), *Chef.fe* (2019), *Sonothérapie* (2020)...

LES ORAGEUSES
Marcia Burnier
C
am
bou
rakis

LES ORAGEUSES
Marcia Burnier

« Depuis qu'elle avait revu Mia, l'histoire de vengeance, non, de "rendre justice", lui trottait dans la tête. *On dit pas vengeance*, lui avait dit Mia, *c'est pas la même chose, là on se répare, on se rend justice parce que personne d'autre n'est disposé à le faire*. Lucie n'avait pas été très convaincue par le choix de mot, mais ça ne changeait pas grand-chose. En écoutant ces récits dans son bureau, son cœur s'emballe, elle aurait envie de crier, de diffuser à toute heure dans le pays un message qui dirait *On vous retrouvera. Chacun d'entre vous. On sonnera à vos portes, on viendra à votre travail, chez vos parents, même des années après, même lorsque vous nous aurez oubliées, on sera là et on vous détruira*. »

Un premier roman qui dépeint un gang de filles décidant un jour de reprendre comme elles peuvent le contrôle de leur vie.

Marcia Burnier est une autrice franco-suisse de 33 ans. Elle a co-créé le zine littéraire féministe *It's Been Lovely but I have to Scream Now* et a publié différents textes dans les revues *Retard Magazine*, *Terrain vague* et *Art/iculation*. Née à Genève, elle a grandi dans les montagnes de Haute-Savoie. Elle a notamment suivi des études de photographie et cinéma à Lyon 2 et vit désormais à Paris, tout en restant profondément passionnée par les loups. *Les Orageuses* est son premier roman.

HELLSEGGA
Une descente écoféministe dans le maelström
Sandrine Teixido
c
am
bou
rakis

HELLSEGGA

Une descente écoféministe dans le maelström

Sandrine Teixido

Depuis 2011, l'anthropologue Sandrine Teixido et le plasticien Aurélien Gamboni développent le projet *A tale as a tool*, une enquête artistique basée sur une nouvelle d'Edgar Allan Poe, « Une descente dans le maelström » (1841), qui les a conduit·e du Brésil à la Norvège.

Au cours d'un workshop pendant une exposition à Genève, la philosophe Émilie Hache propose des pistes pour une réécriture écoféministe de cette nouvelle. Sandrine Teixido relève le défi, et imagine ce récit situé dans un futur qui interroge les enjeux environnementaux de notre temps.

Cette nouvelle, « Hellsegga », du nom de la montagne norvégienne où se déroulent les deux récits, est suivie de la nouvelle originale de Poe, puis d'une postface retraçant le contexte et les enjeux de ce projet de réécriture : comment la fiction peut-elle permettre de « fabriquer de l'espoir au bord du gouffre », pour reprendre les termes d'Isabelle Stengers ?

Artiste, écrivaine et anthropologue, **Sandrine Teixido** utilise l'enquête et la fabulation pour créer des espaces imaginaires et narratifs partageables au moyen d'investigations, textes, installations, collaborations au sein desquelles l'appropriation par le public est une préoccupation constante. Elle mène depuis 2011 avec l'artiste suisse Aurélien Gamboni le projet *A tale as a tool* (https://ataleasatool.com/a-propos/), qui a donné lieu à plusieurs expositions et performances, notamment à Lausanne (2011), Porto Alegre (2013), Niterói (2016), Zagreb (2016), Genève (2017) et Buffalo (2018).

VIENDRA LE TEMPS DU FEU
de Wendy Delorme
a été achevé d'imprimer en janvier 2021
sur les presses de l'imprimerie Pulsio.

Éditions Cambourakis
62, rue du Faubourg-Saint-Antoine
75012 Paris
www.cambourakis.com

Dépôt légal : mars 2021.
ISBN : 978-2-36624-557-8
Imprimé en Bulgarie.